ニジンスキーは銀橋で踊らない

かげはら史帆
Shiho Kagehara

河出書房新社

NIJINSKY NE DANSE PAS SUR LE PONT D'ARGENT

ニジンスキーは銀橋で踊らない

一九一〇年十二月に、あるいはその頃に、
人間の性質が変わった。

——Virginia Woolf

わたしはアンナを偵察に行かせた——
わたしたちが「プティ」とひそかに呼んでいる
ニジンスキーのところに。

——Romola Nijinsky

本作は実在の人物や出来事および、
それらをめぐる文献から想を得たフィクションです。

目次

装画　表1＝ジョルジュ・バルビエ／「牧神」を演じるニジンスキー『ワツラフ・ニジンスキーのダンス　素描集』／1913年／オーストラリア国立美術館研究図書館
表4＝ジョルジュ・バルビエのデッサン／1913年

ブックデザイン　鈴木成一デザイン室

Prologue

ことばを、失った。

しなやかで……
猫のようで……
いたずらっぽくて……
キュートで……
羽根のように軽く……
鋼《はがね》のように強く……

ロモラ・ド・プルスキーがそんな風に〝プティ〟を語れるようになるのは、二十年以上先のことだ。

一九一二年三月。

十五ヶ月前にとある若き作家の卵がイギリスで感知した変化が、ドーヴァー海峡をわたり、ライン川を横断し、虹色の渦を巻きながら大都市をめぐり、未曾有《みぞう》の大津波となって、いまこのドナウ川中流の歌劇場にまで到達したことを、彼女はまだ知らない。

それゆえに、ロモラ・ド・プルスキーはことばを失った。


オーケストラ・ピットの暗がりから、愛らしいメロディが聴こえだす。たしか、もとはピアノ曲。ロベルト・シューマンの『謝肉祭《カルナヴァル》』だ。姉のテッサが、冬になると家のサロンでよく弾いていた。

舞台上に現れたのは、男女のダンサーたち。紳士はみなシルクハットに、ウエストがきゅっと締まったジャケット。淑女は、白いレースの帽子の紐を顎の下で結び、腰から下がふんわりと盛り上がったドレスをまとっている。若いカップルたちは、新婚のシューマン夫妻さながら優雅に微笑《ほほえ》み合い、ワルツのリズムに乗ってすべるように踊る。その間を縫うように、ロイヤルブルーのスカートをひるがえす婦人や、ちいさな羽根をつけた蝶々《ちょうちょう》の精があらわれて、くるくる回り、きらきら跳ねる。

なんて可憐《かれん》。なんてノスタルジック。おじいちゃんやおばあちゃんが子どもだった頃の、旧《ふる》き良き時代のおとぎ話。

彼女の唇から、安堵のため息が漏れた。

ここは理解できる世界。わたしがすでに知っている世界だ。

これまで、さまざまな大人が、さまざまな本が、さまざまなアートが、この世界を彼女に教えてくれた。偉大なる前世紀の記憶として。ハンガリーの名家の令嬢にふさわしい教養として。芸術を観るために持っておくべき美の基準として。

でも。

――こんな人は、知らない。

舞台袖から現れた、ひとりのダンサー。

目もとを真っ黒な仮面で覆って、顔の造作を隠している。そのぶん、身体の線に目が行く。上半身は肌の色が透けるほどに薄いシャツと、胸の前でひらひら舞う黒いリボン。胸から下は、青と桃色の大きなひし形もようのぴったりとしたハイウエストのタイツ。

疑いようもなく、男の肉体だ。ほかの男性ダンサーよりも小柄だが、首は太く、身を反《そ》らすと喉ぼとけがくっきりと浮き上がる。太腿もふくらはぎも、遠目に見ればしなやかな曲線を描いているが、オペラグラスを向ければごつごつとした筋肉が目立つ。その太腿の間の青いひし形もようは微《かす》かにふくらんで、自身の肉体的な性別をまざまざと証明している。ボックス席の乙女が、気づいてしまった自分を恥じて、そっと睫毛《まつげ》を伏せる程度には。

それなのに。口元の艶《あで》やかな薔薇色《ばらいろ》の微笑みは女そのもの。腕の動きはなめらかで、ときおり、しなをつくるように手を客席に伸べる。柔らかく膝を落としたかと思うと、次の瞬間には床を蹴って飛翔する。指揮棒が、オーケストラが、客席が、はっと息を呑み、天を仰ぎ、世界が鼓動を止める。

——こんな自分は、知らない。

たくさんのダンサーが舞台袖から現れ、ほかの誰かとひととき交わり、また袖の向こうに消えていく。人生さながらの舞台の上で、たったひとりのダンサーに心を奪われ、現れるたびに目で追ってしまう。ロビーで買ったばかりの大判のプログラムをめくると、「アルルカン」という役名が目に入る。イタリア喜劇に登場する小悪魔的なキャラクター。これがあのダンサーの役だ。

それにしたって、こんなにも人の心をとろけさせるアルルカンがこの世のどこにいるだろう。はなやかな謝肉祭のお話なのに、いっしょに踊っている人形役の女性ダンサーも、ほかのダンサーたちも、もう何も見えない。黒い仮面の人ひとりが踊っている。世界に愛と幸福をふりまきながら。

その想いに応えたい。しかし、彼女が伸べ返した手はボックス席の手すり壁に阻まれ、「あ、」という小さな落胆の声は、オーケストラの黄金色の響きに埋もれて消え去ってしまう。

もし、彼女が彼女でなかったとしたら。

すでにことばを獲得し、ことばを操り、ことばで想いを丸めこむ術を知る時代の人であったなら。

休憩時間になるやいなや、彼女は客席から転げるように廊下かロビーへ駆けだし、ポシェットから取り出したスマートフォンの電源を入れ、トイレの長蛇の列に並ぶことも忘れて、親指を画面にすべらせながらこう書きつけただろう。

「語彙力《ごいりょく》なくした！」

語彙力なくした。その一言は、まぎれもない語彙力の証明だ。「尊い」「しんどい」「無理」「待って」と同系列の、抑えがたき感情の絶頂をあらわす定型句。

その叫びには、きっと、たくさんの共感の「いいね」がつくだろう。なにしろ彼女が心奪われたその人は、二十一世紀の俳優やアイドルやフィギュアスケーターさながらに世界じゅうで話題をさらう有名人だった。


ワツラフ・ニジンスキー。

――バレエ・ダンサー、ロシア帝国キエフ出身、二十二歳。


劇場にとどろく喝采《かっさい》。公演のたびに新聞、雑誌、テレビ、ウェブメディアを賑わせる賞賛と批判。多くの人にとっては他人事にすぎないその公的な現象の陰には、それをどういうわけか人生の重要事とみなしてしまった自身の心の熱暴走を持て余し、もんどり打って苦しみ、苦しみながら昇華させようとする人びとがいる。おそろしく長大な鑑賞レポート。彼が天に舞う奇跡の一瞬を描いたイラスト。「※妄想です」という注釈を添え、伏せ字によって検索を避け、「わかる人にはわかる」という前提のもとでひそやかに紡がれる欲望の昇華。

誰かの欲望は、それを見たほかの人の欲望も呼びさます。「わかる、わかる、わかる」「それ、それ、それ」――ああ、みんな、語彙力がすごい。「猫のよう」まさに。「羽根のよう」「鋼のよう」まさに。ていうか、もはや「神」？

そうして彼女自身も、やがてその神を表現するための独自の語彙を探り当て、描線や彩色や声音を開発し、愛が創作物を生み落とすこの世の不思議に戸惑いつつも、それを他の誰かが受け止めてくれる期待に胸焦がし、投稿ボタンを押しただろう。こんな鉄則を胸に刻みつつ。

「決して、本人に近づきすぎないこと」

そう、近づきすぎてはいけない。許されるのは喝采だけ。公式ウェブサイトに記された宛先やSNSを介したメッセージだけ。指定された場所で、スタッフに監視されながら交わす十数秒ほどの握手とおしゃべりだけ。最大限に無難なファンアートを隅にしのばせた手紙や、許される範囲でのプレゼントだけ。公式グッズの購入などの許可された消費活動だけ。美しいわたしで。美しいあなたで。「ファンです」「ありがとう」「また観に行きます」「ありがとう」。もし顔や名前を覚えてくれたら、プレゼントを身に着けてくれたら、とてもうれしいけれど。それ以上を望んではだめ。


だが、ロモラ・ド・プルスキーはその時代の人ではなかった。

十五ヶ月前にとある若き作家の卵がイギリスで感知した変化が、ドーヴァー海峡をわたり、ライン川を横断し、虹色の渦を巻きながら大都市をめぐり、未曾有の大津波となって、いまこのドナウ河中流の歌劇場にまで到達したことを、彼女はまだ知らなかった。

それゆえに彼女は、無理やり〝ことば〟を探そうとしてしまった。


脳から引っ張り出される二十一年の記憶。

ハンガリー科学アカデミーの建物内にある生まれ育った家。幼い姉が達者に弾くショパンのエチュード。ルージュで汚れた母の台本。父に連れられて観た巨大なルネサンス絵画。本棚にずらりと並ぶ革張りの文学コレクション。途中で投げ出した演劇学の教科書。……

「ちがう、ちがう、ちがう」

混乱が彼女を襲う。どうしよう。どこにもない。わたしのこの心をあらわすことばが。

部屋じゅうの調度品をなぎ倒し、本という本、雑誌という雑誌をめくり、クローゼットにつるしたドレスをはたき落とし、カーテンを引き裂き、床に這いつくばり、ようやく埃《ほこり》まみれのベッドの下から見つけた、たったひとつのことば。

もしそれが二十一世紀であれば。

そのことばもまた、「尊い」「しんどい」「無理」「待って」と同じ、極度の感激をあらわすことばとして発されただろう。

だが、ときは一九一二年だった。そして彼女は一八九一年生まれの二十一歳の女性ロモラ・ド・プルスキーだった。言霊《ことだま》が暴発する条件は揃っていた。万雷《ばんらい》の喝采を受け、腕を翼のように天高くひろげ、白鳥が嘴《くちばし》を湖面に浸すように身をかがめる、その男とも女ともつかない異形のきらめきを、ただなんとか理解して安心したいという衝動に駆り立てられた彼女は、ロベルト・シューマンの愛の調べを胸にかき抱きながら、取り返しのつかない一言を世界に放った。

「結婚したい……!!」

ACT
1

1　春のきざし

「結婚したい、結婚したい、結婚したい……」

　薔薇色の肘掛け椅子にもたれながら、ロモラ・ド・プルスキーは数時間前に獲得したばかりのことばを何度も口にしていた。繰り返すごとに、ことばは迫力を増し、彼女の胸のつかえは下りていった。そう、そうなの、結婚したいんだ、わたしは。

　お気に入りの黒いベルベットのロングドレスを着ていってよかった、と思う。指を撫ぜる柔らかな感触が、出会いの記憶をいっそう甘美にさせた。三日月の映える深夜の格子窓から、春先の冷たい夜風が入ってきて、彼女の火照《ほて》った身体をうるおしていく。

　あの〝黒い仮面の人〟が、この窓から部屋に飛び込んできたらいいのに。


　ここは、ハンガリー・ブダペストの郊外。ロモラの母親のエミリアが先月建てたばかりの壮麗な屋敷だ。屋外のエントランスは劇場のファサードさながらで、広々とした階段の両脇に雄々しい獅子の石像が控え、家族や客人たちを出迎える。ハンガリーを代表する大女優にふさわしい邸宅だ。

〝赤のサロン〟とエミリアが呼ぶこの客間は、屋敷の北側に位置していた。名前のとおり、床もソファも肘掛け椅子もテーブルも、あらゆる家具や調度品に上質な薔薇色のシルクが敷かれていたが、奥の壁面を覆う巨大な黒檀の本棚だけは、手つかずのまま静かな威厳を保っていた。十三年前に亡くなった父親、カーロイの蔵書コレクションだ。ロモラが少女のころにむさぼり読んだ本も並んでいる。アナトール・フランス、エミール・ゾラ。……

そして前世紀のイギリスの女性作家、ジョージ・エリオットの『ロモラ』。カーロイ自身のハンガリー語訳による全三巻の大作である。

激動のルネサンス期、イタリア・フィレンツェに生き、貧しい村人たちの救済に身を捧げたひとりの女性の物語――。

プルスキー一族は、当家の次女に、愛と期待をこめてこの気高《けだか》い名前をさずけたのだった。ヒロインのロモラのように、あるいは作者のエリオットのように。プライドを胸に、知性と勇気と博愛の精神でもって、時代の荒波を乗り越えて生きるようにと。

しかし〝黒い仮面の人〟と出会ってしまったいまは、彼女の名付け親たるこの本さえも、運命の急変を告げる予言書に変貌してしまった。なぜならエリオットは、美青年ティートに恋するヒロイン・ロモラの心をこう書いているのだから。「冬枯れの若い年月のなかに、ふいに、春の花束が投げ込まれた」……

これが彼女自身の心でなくして、いったい何だろう？

ニジンスキーなるダンサーが、いまヨーロッパ各地で話題をさらい、「舞踊の神」と崇《あが》められているのは、ロモラももちろん知っていた。しかし彼女は、そうした礼賛の声をどこか胡散《うさん》臭《くさ》くも感じていた。バレエは留学先のパリで何度か観たことがあったが、男性ダンサーは黒子か従者のように女性ダンサーの隣で手を添えているだけで、ほとんど印象に残らなかった。女性ダンサーの優雅な身のこなしには幾度となく目を見張ったが、客席の雰囲気は苦手だった。成金たちがボックス席や平土間席の一列目を占領して、チュチュの下のお尻や脚を舐めるように凝視している。舞台裏では彼らが踊り子たちを金で買っているという噂を聞いて、彼女はなおのこと嫌悪感を抱いた。ストーリーは取ってつけたようなハッピーエンドだし、音楽もブンチャッチャ、ブンチャッチャ、と単調なリズムを刻むだけだ。

この世界は〝わたしのもの〟じゃない。

そう思っていたのが、昨日までのロモラ・ド・プルスキーだった。ところが、いまや彼女は、舞踊の神の神たるゆえんを思い知らされ、肘掛けの上でぐったりと熱に浮かされている。あんなひとがこの世にいるだなんて。もっと見たい。あの手招きするように伸べられた腕を、飛翔のための力を溜めて筋張ったふくらはぎを。もっと近づきたい。呼吸の聞こえるところへ、手を握り返せるところへ。手に入れたい。あの異形のひとを。誰のものでもなく、わたしのものと呼べるように。

ふいに、ロモラの記憶の底から、まったく別の青年の顔がよみがえった。

ことばが電撃的に全身をつらぬき、彼女は肘掛けから汗まみれの額を上げて叫んだ。

「結婚したくない……!」

ロモラがバンディ・ハトヴァニ男爵と出会ったのは、前の年の夏だった。母親と継父のオスカールに連れられて、ボヘミアの有名な温泉リゾート、カルロヴィ・ヴァリで休暇を過ごしているとき。叔母のポリーが開催した夜会の場で、彼女の前に現れ、にこやかに手を差し伸べた男性――それがバンディだった。

あとから思い返せば、それは完全に仕組まれた出会いだった。すでにポリーは男爵の家柄や一族の経済状況を調べ上げており、申し分なしと判定した上で、この青年を夜会に招き入れたのだった。

第一印象は決して悪くなかった。歳はロモラとほとんど同じ。伯爵クラスのプルスキー家と比べれば地位こそ劣るものの、今をときめくブダペストの新興商人の一族のご子息。蝶よ花よと女の子のようにかわいがられて育ったことが見て取れる、ほどほどにハンサムな顔立ちと、ほどほどの馴れ馴れしさ。休暇が終わってからも、彼はひんぱんに彼女の家にやってきて、オペラや演奏会に誘い、会うたびにボンボンや薔薇の花束をプレゼントしてくれた。

男性からこれほど熱心にアプローチされたのは、彼女にとってはじめてだった。学生同士のダンス・パーティーで、手を握るや否や口説《くど》いてくるようなナンパ男とは毛色が違う。仕掛け人の叔母も、初々《ういうい》しくてお似合いよとしきりに褒めそやす。「二十歳年上のオジサンじゃなくてよかったでしょ?」と誇らしげに言われると、彼女の方も、なるほどこれは良縁かもしれないと思えてくる。バンディがロモラとの交際を真剣に望んでいるのは明らかだったし、会うたびにかわいい、きれいと褒められて、彼女自身もふわふわした気持ちにならないわけではなかった。
あの事件が起きるまでは。

その年の冬。バンディは持病の気管支炎を悪化させ、スロヴァキアのタトラ山地に静養に行った。会いたいという手紙を受け取ったロモラは、エミリアと一緒に列車に乗って見舞いに出かけた。教えられたホテルの一室には誰もいなかったので、彼女はひとりで彼を待つことにした。暖炉では、火が薪《まき》を呑み込んで勢いよく燃えていた。暑かったのでコートと毛織りの上着を脱いで、ロモラは窓辺で、灰色の雪原のかなたで朽ちていく黄土色の夕陽を眺めていた。

するると突然、背後に気配を感じた。ぎょっとして肩をこわばらせる間もなく、バンディが両腕をロモラの腰に回し、首すじにキスを始めていた。汗をかいた肌に唇が吸いつく感触が、悪《お》寒《かん》となって彼女の全身を震わせた。

声にならない声をあげ、バンディの腕を引き裂くようにふりほどくと、ロモラは部屋を飛び出した。追いかけてくる彼を見ようともせずにホテルの廊下をひた走り、階段を駆け下り、自分の部屋に飛び込むと、優雅にティーカップを傾けていた母親の腕にすがりついて号泣《ごうきゅう》した。しばらくあっけにとられていたエミリアは、ひととおり娘の話を聞くと、鼻を鳴らして小さく肩をすくめた。

「大丈夫よ。キスされたくらいじゃ、妊娠しないから」

耳を疑ったロモラが顔を上げると、涙に曇った視界の向こうで母親は笑っていた。「女の子は結婚するまで、男に身体を触らせてはだめ」——そう言われてきたのに。そのことばを信じてきたのに。ロモラのように気高く生きよと教えられてきたのに。なぜだか、笑っている。

「もっと上手にあしらいなさい。あなた、もう二十歳なんだから」

タトラ滞在中も、ブダペストに帰ったあとも、ロモラはバンディをひたすら無視し続けた。それなのに、母親はまるで味方してくれない。ため息交じりに、ロモラをこう諭《さと》すばかりだ。――あんまり意地を張らないことよ。ほら、またバンディがやって来たわ。きれいな薔薇の花束を抱えて。しょげ返っちゃってかわいそうじゃない。

かわいそう――？　どうしてあちらがかわいそうなのだろう。卑屈な表情をあらわにして、窓の向こうからこちらを責めるようなまなざしで見つめている青年。不快でたまらないのに、なんといって彼を罵倒《ばとう》すればいいのかわからない。唇を結んだまま、彼女は静かにカーテンを閉めた。かさかさに乾いた空っぽの口のなかに、他の誰かがことばを押し込んでくる。「男の子は不器用なのよ」「不器用なのに、いきなりキスしてくるの？」「そうよ、それが愛情なの」「わからない」「そのうちわかるわ」「――わからなきゃ、だめ？」……

どうかしていた。

彼女の胸に強い確信が芽吹いた。あのときの自分が、ではない。あのときの自分を、どうかしていると笑ったりなだめようとした母親がだ。

どうかしていた。自分は何も間違っていなかったのに、結局、母親や周囲の人からの説得に負けて、バンディを許し、プロポーズを受け入れてしまったなんて。なんという過ちをおかしてしまったのだろう。

「この三月中にも、社交界にお披露目をしなきゃね」

招待状の束を扇のように広げて頰ずりしているエミリアを、ロモラは冷然と見つめた。伊達《だて》にこの見栄っ張りな大女優の娘を二十一年やっているわけではない。母親の魂胆はお見通しだった。盛大な婚約パーティーを開いて、贅《ぜい》をつくしたこの新居をブダペストの名士たちに見せびらかしたいのだろう。

ロモラはひそかに決意を固めた。バンディ・ハトヴァニ男爵と結婚はしない。絶対に断ろう、と。

この一件で、ロモラにとってただひとつ無駄ではなかったのは、バンディの母親との出会いだった。

バンディからの謝罪を無視して引きこもっていたある日、若い使用人のアンナが客の来訪を知らせに来た。こっそり裏口からおもてへ出たロモラは、獅子の石像の陰から様子を伺って、思わず息を呑んだ。レースの日傘をほっそりとした腕にぶらさげて佇《たたず》んでいたのは、あの悪《にく》き白馬の王子ではなく、ファッショナブルな装いの貴婦人だった。

大きくゆったりとした黒のコート。首をふちどる真っ白なファー。手は大きなマフで覆い、東洋風の柄物のターバンを頭に巻きつけている。カラーリングした漆黒の巻き毛は高く結い上げ、青年のようにシャープな顎のラインを大胆に見せていた。パリのファッション・プレートから抜け出したようないでたちだ。

アンナに背中を押されるまま、ロモラは訪問客の前に飛び出すと、胸の高鳴りを抑えながら女学生風のお辞儀をした。貴婦人の正体はバンディの母親、ハトヴァニ男爵夫人だった。すみれの香りの漂う手招きに誘われて、街なかのお洒落《しゃれ》なカフェに出かけて、大好きなホット・チョコレートを注文する。耳まで真っ赤になってうつむくロモラの顔を覗き込みながら、貴婦人は長いシガレット・ホルダーを咥えた珊瑚《さんご》色の唇に微笑みを浮かべていた。

「マドモワゼルは、こういうファッションがお好き？」

――それなら、もしこの街にツアーが来たら、連れていってあげる。いまパリで大ブームのバレエ団。「バレエ・リュス」とか「ディアギレフ・バレエ団」って呼ばれてるの。ファッションデザイナーも、お友達のマダムたちも、みんな夢中になってるのよ。

まさか、婚約者の母親に誘われて行ったその公演で、運命の男性に出会ってしまうなんて。ロモラの腰に手を回して睦言《むつごと》のように「ね、素敵だったでしょ？」とささやく男爵夫人も、フィアンセを迎えに自慢のロールス・ロイスで現れたバンディも、ディナーの席で婚約パーティーの段取りをまくしたてる母親も、もはやロモラの心を素通りしていくばかりだった。

ワツラフ・ニジンスキー。

その名を口にするだけで、彼女の心が、身体が、リフトされるバレリーナのようにぐっと持ち上がる。抱きすくめられて、動けなくされて、無理やりキスされる――あのいまわしい記憶はもう過去だ。

ワツラフ・ニジンスキー。

ロモラは知らず知らずのうちに、椅子から飛び降り、両足でおかしなリズムを踏みならしていた。どどどどどどど、どど！　どど！　どどどど。小さな子どもが親の前で踏む地団駄みたいに。ドレスが足元で大波のようにうねり、身体が呑まれていく。あのボックス席に座った瞬間に世界は終わり、あのひとが現れた瞬間に再び創造された。これが本当の世界で、本当のわたし。春のきざしがようやく訪れたばかりのまだ寒い晩なのに、全身から汗が噴き出し、とめどなく涙がこぼれ落ちる。ああ、ワツラフ・ニジンスキー。


肘掛け椅子に倒れ込んだロモラは、熱く脈を打つ身体を自分自身で強く抱きしめた。

また、あのひとに会いたい。

2　会えないバレエ・ダンサー

「いない……」

サロンの片隅で、ロモラはひとり失意をかみしめていた。

エミリアの知名度と社交的な性格のおかげで、プルスキー邸は、昔からブダペストの文化人たちの溜まり場になっていた。国外からやってきたアーティストたちも、一級の人脈とトカイ・ワインに焦がれてこの家を訪ねる。

バレエ・リュスのダンサーたちは、新居の〝赤のサロン〟に招かれた最初の外国人アーティストとして、サロンで終演後のひとときを満喫していた。


バレエ・リュス。通称「ロシア・バレエ」もしくは「ディアギレフのバレエ団」。

もしくは、旅するバレエ・カンパニー——。

一九〇九年にパリでの初公演を成功させて以来、彼らは、モンテカルロ、ローマ、ベルリン、ロンドンほかヨーロッパ各地をめぐり、新旧のレパートリーを披露した。新興のカンパニーでありながら、評判はすでに世界じゅうに聞こえ、行く先々で熱狂的に出迎えられている。

東欧の大都市のひとつであるブダペストでの公演は、この一九一二年三月が初めてだった。


ロモラは連日連夜、劇場にいそいそと出かけ、お目当ての人が舞台に現れるたびに腰を浮かせた。

バレエ・リュスのオリジナル・レパートリーは小品が多く、一回の公演で複数の作品が上演された。つまり通えば通うほど、たくさんのレパートリーを鑑賞できる。『クレオパトラ』『ポロヴェッツ人の踊り』『ペトルーシュカ』——。ワツラフ・ニジンスキーばかりを目で追っているつもりが、知らず知らずのうちに、さまざまなダンサーの顔を覚えていく。

終演後や休演日となれば、出演者やスタッフたちは食事や観光を楽しみにブダペストの街へ繰り出した。運良くばったりと出くわせば、気軽に声をかけて、どさくさでドナウ遊覧船の貸切デッキやカフェのテーブルに混ぜてもらうことも難しくない。

それだけではない。ロモラは何より強いカードを持っていた。自宅のサロンだ。彼女は劇場の楽屋口でこっそりと入待ちをするファンよろしく、サロン・ルームの薔薇色のカーテンの陰にひそみ、入れ替わり立ち替わりやってくるダンサーたちの姿をつぶさに確認した。

だが、かの〝黒い仮面の人〟は一向に現れなかった。

彼女がニジンスキーの姿を目撃したのは、サロンではなく劇場からほど近いレストラン。しかもたったの一度きりだった。ミステリアスな黒い仮面を外し、ありふれた濃紺の紳士用コートに袖を通したニジンスキーは、遠目とはいえまったく目立たない青年だった。隣のテーブルでおしゃべりに興じている一般人の青年たちと比べても、特に背が高いわけでも、手足が長いわけでもなさそうだ。顔は、日本の浮世絵に描かれた髷《まげ》姿の男性さながらあっさりしている。そのせいかロモラの目には、歳よりも幼く、曇りガラスを介したようにぼやけて見えた。

この冴えない印象の二十一歳の男が、鼻筋にほんのわずかシャドウを足し、裸も同然の衣裳をまとい、舞台上でスポットライトを浴びると、えもいわれぬ妖しげなムードを放って観客たちを熱狂させるのだ。

いったいあの魔力は、どこから生まれるのだろう。

フォークを皿の上に置いて、ロモラは席を立った。しかし、給仕や客の人波をかきわけた先には、もうその姿はなかった。

一方、ニジンスキーに次ぐ人気ダンサーのアドルフ・ボルムは、すでに〝赤のサロン〟の常連になっていた。筋肉隆々の風貌と野獣のようなダンスで、ご婦人や令嬢はもちろん、男性客からも羨望と尊敬のまなざしを勝ち得ているこのドイツ系ダンサーは、舞台を降りれば陽気で社交的な兄貴で、邸宅のお嬢さまであるロモラにも気取らずに声をかけてくれた。

——なんでこの人とはあっさり会えて、ニジンスキーとは会えないのだろう。

そんな恨み節を言ってもはじまらない。彼女はひそかに作戦を立てはじめた。まずはこのボルムと親しくなって、ニジンスキーの情報を聞き出そう。

ブダペストの観光案内を申し出て、ロモラはボルムを街に連れ出した。半世紀以上の歳月をかけて七年前に完成した聖イシュトヴァーン大聖堂。ドナウ川を挟んで西のブダ地区と東のペスト地区を結ぶセーチェーニ鎖橋《くさりばし》。亡き父の職場であり、ロモラの幼少期の住処でもあったハンガリー科学アカデミー。街を一望できる展望台を擁《よう》した要塞「漁夫の砦」——。

「東欧のパリ」「ドナウの真珠」とも呼ばれるこの街の美しさに見ほれ、ボルムの口は自然と軽くなった。

ボルムも含め、バレエ・リュス所属のダンサーの多くは、ロシアが誇る帝室バレエ団の出身である。

ロシアといえばバレエ。バレエといえばロシア。そのイメージを作り出したのは、この帝室バレエ団に勤めるダンサーや振付家たちだった。彼らは『ジゼル』などのフランス発のロマンティック・バレエを改訂して上演したり、『眠れる森の美女』や『白鳥の湖』などのロシア発の名作を世に送り出し、十九世紀末にバレエの一大黄金期を築き上げた。

そんな彼らの高水準のスキルとアーティスティックな作風を武器に、ヨーロッパにロシアの芸術を知らしめようと乗りだしたのが、セルゲイ・ディアギレフなる男だった。貴族の家に生まれ育った彼は、青年時代にはオペラ歌手を目指し、美術展のキュレーションや美術雑誌の編集を手掛けたこともあったが、オペラやバレエの舞台プロデュースに天職を見出し、自ら新興バレエ団「バレエ・リュス」を創設するに至った。

そのバレエ・リュスに参加しているダンサーのなかで、もっともヨーロッパの観客を騒然とさせたのがワツラフ・ニジンスキーだった。

バレエ・ダンサーである実の父から影響を受け、倍率十倍以上の難関をくぐりぬけてマリインスキー劇場付属の帝室バレエ学校に入学したニジンスキー少年は、そのたぐいまれな跳躍力でもって在学中から注目を集めた。卒業後に帝室バレエ団に入団すると、すぐに大役を任され、マチルダ・クシェシンスカヤほか先輩格のバレリーナの相手役をつとめるようになった。

しかし彼にひそむ不可思議な色気を見いだし、清廉潔白な王子やヒーロー役では物足りないとばかりに、王の寵妃《ちょうひ》と情事にふける奴隷《どれい》や、恋に敗れて殺される道化人形、深夜に少女の部屋に侵入する妖しげな薔薇の精といった一癖ある役柄をあてがい、イメージを一新させたのは他ならぬディアギレフだった。大ブレイクを遂げた彼は、一年前に、帝室バレエ団を電撃退団。いまはバレエ・リュスの専属ダンサーとして活躍している。

「ニジンスキーは、このカンパニーの顔といってもいい大エースだ」ボルムはそう断言した。「ディアギレフは彼に惚れ込んでいる。先輩のミハイル・フォーキンが妬《や》くくらいにね」

ところが、おしゃべりなボルムも、ニジンスキーのプライヴェートな情報は頑《がん》として明かさなかった。上客と同伴デートはしても、公私の線引きは心得ていると見える。ロモラは焦りを募らせた。バレエ・リュスのブダペスト滞在は一ヶ月足らずだ。もうすぐ、団員たちも〝黒い仮面の人〟もいなくなってしまう。なんとしても、彼と接触する機会を得なくては。

ボルムいわく、バレエ・リュスの次の巡業先はウィーンだという。同じオーストリア＝ハンガリー帝国内で、ブダペストからは列車で四時間ほどだ。結婚した姉のテッサも住んでいる。行って、舞台を観るだけならば難しくないだろう。

だが、ロモラの顔は晴れなかった。ウィーンに行ったところで、じかに会える保証なんてどこにもない。このブダペストでさえ、一向にチャンスがないままなのに……。

いったい、ニジンスキーはブダペスト公演中にどこにいたのか。

実は、ボルムは答えを知っていた。

ロモラを街の郊外の屋敷まで送り届けて、名残《なごり》惜しそうに手を振った次の瞬間、彼は踵《きびす》を返して走り出していた。目指すはブダペスト中心部の老舗《しにせ》「フンガリア・ホテル」。そこには、団員より遅れてブダペストに到着したセルゲイ・ディアギレフが投宿していた。

「有益な情報に感謝する」

髭の下で笑みを浮かべるプロデューサーに一礼して、ボルムはスイート・ルームの扉を静かに閉めた。タイを解《ほど》いたシャツからのぞく、中年男の毛むくじゃらの胸から視線を逸らしながら。その背中の後ろで何が起きているか、彼はすでに悟っていた。ただし、関わる気は毛頭ない。自分の性《しょう》には合わないし、望んでもいない。むしろ、中に招き入れられたら一巻の終わりだ。二番手には二番手にふさわしい人生の御し方がある。

「〝ご新規〟のパトロネスがつくかもしれん」

ファンから贈られたトカイ・ワインを二つのグラスに注ぎ分けながら、ディアギレフはベッドに向けてことばを投げた。

「そうなれば、このハンガリー公演は成功といえるだろうね」

恋人の返事が鈍いのはいつものことだ。

グラスをサイドテーブルに置いて、ベッドの脇に腰を下ろす。彼の愛する青年は眠りに落ちていた。一糸まとわぬ肢体《したい》が、皺《しわ》だらけの湿った白いシーツの上で、寝息とともに小さく波打っている。夕刻の陽の光が射して、腰まわりと脚にまだらの影を落としていた。ディアギレフの視線が、その影の輪郭を舐めるように動く。〝牧神〟を次作のテーマに選んだのは我ながら慧眼《けいがん》だった。来る五月のパリでは、かのヒット作『薔薇の精』を超える万雷の喝采を受けるだろう。

ほんのり腫れた青年の唇に短くキスすると、自分の精の匂いが鼻腔をついた。先ほどまでの愛の記憶が彼の腹からせりあがる。揺り起こして、もういちど仰向けに組み敷きたくなった。なにしろ最近、どういう心境の変化か、恋人はいささかつれない。誘わなければ寝室にやって来ないし、事が終わるや否や、もう充分とばかりにそそくさと服を着はじめることも少なくない。二十歳近く年上の自分が、まだ満足できずにいるというのに。

だがいまは、ベッドの上で欲望を使い果たすべきときではない。眠れる半人半獣の神の隣に横たわると、ディアギレフは蜜のように甘いワインで口元を濡らしながら、パリ公演のプログラムの構想を練り始めた。

3　二十世紀の乙女

しかし、このパトロネス候補の令嬢――ロモラ・ド・プルスキーの行動力は、バレエ・リュス関係者の想像を超えていた。

列車に揺られてウィーンまでやってきて、今日は平土間の最前列、明日はボックスの一角と毎日席を変えながら、華奢《きゃしゃ》な肩をいからせてオペラグラスを上げ下げしている。そこまではまだ理解できる。翌月、はるばるパリのシャトレ座にも姿を現したときには、ボルムやほかの団員も仰天した。二十歳そこそこのハンガリー娘が、貫禄と気品に満ちたパリの紳士淑女たちに混ざって、すっかり常連客の顔をして一等席に座っているのだ。

ファッションもずいぶん垢抜《あかぬ》けた。Vネックが映えるポール・ポワレの東洋風夜会ドレスに、羽飾りのついたターバン。小さなポシェットからのぞくのは、波模様の細工を凝らしたコンパクトと、小ぶりの銀のシガレット・ホルダー。生粋のパリジェンヌに引けを取らないコーディネイトだ。

若い女性の連れと一緒の日もあった。こちらはめかしこんでいる様子がないから、ハンガリーから連れてきた付添人《シャペロン》だろう。口を半開きにして、ロモラから押し付けられた大判のプログラムを眺め回したり、馬蹄の形をした天井のカーブを仰いで目を回したりしている。

「バレエ鑑賞のために、わざわざパリにおでましとは」

「やっぱりお嬢さまは違うねえ」

団員たちは真っ赤なサロン・ルームを擁したブダペストの豪邸を思い起こして、舌を巻いた。

しかし、ロモラの「パリ遠征」に至るまでの道のりは、実際には決して平坦ではなかった。

婚約破棄。

何のためらいもなくそう切り出した娘を前に、エミリアは激怒した。実のところ彼女も、バンディ・ハトヴァニ男爵を気に入っていたわけではなかった。決して悪い青年ではない。ただ、結婚の荷を負うには若すぎるし、いきなり娘の身体に手を出して泣かせる鈍臭さもいただけない。何より気にかかるのは、彼をロモラに引き合わせたのが亡き夫カーロイの妹ポリーであることだった。彼女は、次女が母たる自分より叔母になついているのを快《こころよ》く思っていなかった。

とはいえ、これまでヴァイオリンや歌のお稽古だ、パリのカルチェ・ラタンの名門女学校への遊学だと、さんざん教育費を投資してきた娘が、フランス語と英語が少し達者になったほかは何ひとつ芽が出ぬまま成人してしまったいま、この縁談が無難な落としどころなのは間違いなかった。これで片付くならありがたいと、彼女自身もほっとした矢先の急転直下だ。いったい、なぜなの。言ってごらんなさい。

すると、娘はこぶしを握って、突拍子《とっぴょうし》もないことばを放った。

「わたし、ダンサーになってバレエ・リュスに入団したいの!」

寝耳に水、とはまさにこのことだ。想定外の事態を前に、かえって冷静になったエミリアは、舞台人らしい深みのある低声を効かせて娘を諭しだした。——お聞きなさい。あなたは、子どもの頃からずっと心配の種だったわ。おとなしくって、デリケートで、おかしな悪夢をしょっちゅう見ては夜中に泣きじゃくって、学校でも一人しかお友達ができなくて。しばらくやってた演劇学の勉強も、わたしへの義理立てにしか見えなかった。そんなあなたが、自分の夢を見つけたのはとてもいいことよ。でも、とても残念だけれど、ダンサーを目指すには遅すぎるわ。ましてあのバレエ団にいるダンサーなんて、たとえ端役《はやく》でもエリート中のエリートなんだから。子どもの頃からバレエ学校でどれだけ厳しい訓練を受けてきたか、ボルムさんから教えてもらったでしょう?


対するロモラはすでに腹を決めていた。「ほかに好きな人ができた」だけならさておき、その相手が母親もボックス席から観たあの〃黒い仮面の人〃だと言ったら、一笑に付されるのが目に見えていた。真の動機を明かすつもりはなかった。バレエ・リュスの大ファンで、好きが高じて、バレエ・リュスに入団したくなった女の子。これがロモラ・ド・プルスキーの公式設定だ。決して嘘はついていない。結果的に、ニジンスキーに近づいて、知り合って、仲良くなって、結ばれるという野望が叶えばそれでいいのだ。

母親の感触がかんばしくないので、ロモラは継父のオスカール・パルダニーにも相談を持ちかけた。実父カーロイの没後にエミリアと再婚した相手で、政府の報道機関に勤める、品のいい口髭をたくわえた小柄なユダヤ系紳士だ。彼はもともと女優エミリアの熱狂的なファンだった。公演のたびに楽屋にまで押しかけ、彼女がアクセサリーやドレスを欲しがれば大枚をはたいてプレゼントし、再婚しても「エミリア・P・マルクス」という芸名を変えたくないと言えば、自ら「P」のつく姓に改名するという離れ業まで披露して人びとを驚かせた。パパっ子だったロモラにとっては長年の天敵だったが、今回に限っては味方になってくれる可能性もある、と踏んだ。うまくいけば、スターに近づくコツを聞き出せるかもしれない。

ところがこの継父も、頑として首をたてには振らない。

「あいにく、きみの教育費はもう出せない」

ロモラにとって、それは青天《せいてん》の霹靂《へきれき》も同然の回答だった。

「この屋敷を建ててしまったからね。まったく、エミリアの浪費には困ったものだよ」

ダンサー志望を反対されたこと。家に財産がないこと。

二重のショックをロモラは味わった。これまで若い娘らしく無邪気に信じていた幻想が、一瞬のうちに崩れていった。湯水のように金を使って自分好みの屋敷を建てた母親にも、目の前にいる腰巾着《こしぎんちゃく》まがいの男にも怒りがわいた。名女優をものにした男の武勇伝は、世間からは献身的な愛の成就ともてはやされたが、プルスキー一族からの評判を下げるには充分だった。振り返れば、叔母と母親の仲が険悪になったのも、このスキャンダラスな再婚が原因だったのだ。

——自分はちゃっかり好きな人と結ばれて、義理の娘の夢は叶えてくれないなんて！

間もなく別れを切り出そうとしている婚約者の姿が、ロモラの目の前を再びよぎった。ハトヴァニ男爵家は、ブダペストでも一、二を争う成長を誇る商人の一族だ。バンディもゆくゆくは大事業を担い、莫大な富を稼ぎ出すだろう。将来が約束された成金の貴公子を青田買いする。自分が祝福される生き方は、結局それしかないのかもしれない。そんな絶望が彼女の胸に這い寄った。彼の妻になって、あのすてきな義母と姉妹のように仲良くなって、めいっぱいパリ風のお洒落を楽しんで、趣味として、あるいは罪のない小さな浮気として、劇場で男性ダンサーたちの肉体美に大騒ぎし、夜な夜な公演プログラムとお菓子をベッドの上に広げてパジャマ・パーティーを繰り広げる。そんな人生の道もたしかに存在するのだ。

でも、それは無理。ロモラは大きく首を振った。わたしはあの〝黒い仮面の人〟と結婚したいんだもの。

最後の頼みの綱だ。ロモラは涙ながらに叔母のポリーの家を訪ねた。

母と継父が反対しているからには、彼らと仲の悪い叔母は、きっと逆張りの行動に出るだろう。そんな彼女の予想は見事に的中した。

「われわれプルスキー家としては」——叔母の声は、女帝マリア・テレジアのごとく威厳に満ちていた。「あなたの望みを認めましょう。婚約も破棄してよろしい。ただし、いくつかの条件付きでね」

——まず、ひとりきりで長距離列車に乗ったり、ホテルに泊まるのは絶対にだめ。門限付きの女子寮に入るのとはわけが違いますからね。お目付け役を連れておいきなさい。アンナが適任ね。あの子、なかなか気が利くから。

それから、いちばんの問題はお金ね。旅費でしょ、宿泊費でしょ、バレエのレッスン代でしょ、服だって買わなきゃいけないし……。

「ああ、そういえば土地があるわねえ」

ロモラは椅子から躍り上がった。

「カーロイ兄さんが所有していた土地よ。あなたの相続分も少しはあるはず。管財人に連絡を取ってあげるから、あとは自力でがんばりなさい」


ユダヤ人銀行家の管財人は、エミリアとの相談なくこの成人したばかりの若い娘に不動産を渡すのをためらった。しかしロモラは必死だった。なにしろ、パリ公演に行くための資金が目の前にある。泣いたりおだてたりの交渉を重ねて、なんとか相続分を受け取る約束を取り付けた。

これで準備は整った。子どもの頃からずっとベッドの脇に掛けてある「プラハの幼子イエス像」の小聖画の前にひざまずき、彼女はひとしきりの祈りを捧げた。ありがとう、神さま。二十世紀を生きるけなげな乙女に、夢の切符を与えてくれて。

4　ニジンスキー、燃える。

バレエ・リュスにとって、パリは特別な場所だった。

拠点をもたないカンパニーではあるが、一九〇九年の旗揚げ公演も、重要な新作の初演も、その多くはパリで行われてきた。ロモラもそれを知ったからこそ、必死で遠征資金を手に入れ、婚約者と正式に別れ、はるばるパリまでやってきたのだ。

しかも今回のパリ公演では、ニジンスキー自身による初めての振付作品が披露されるという。ロモラはホテルのベッドの上で、情緒不安定なまま初演までの日々を過ごした。楽しみでならないのに、不安で胃が痛い。実のところ、どんな作品なのか想像できるほど、彼のことをよく知らないのだ。あまり好みの作品でなかったら、どうしよう。ミハイル・フォーキンには遠く及ばないと叩かれてしまったら、どうしよう。


シャトレ座のフォワイエで列に並んで買い求めた、あざやかな青と茶の彩色が映える大判のプログラムには、新作としてこんなタイトルが記されていた。

『牧神の午後』

音楽は、クロード・ドビュッシーの『牧神の午後への前奏曲』。ステファヌ・マラルメの耽美的な詩にイマジネーションを受けて作曲された、十分ほどのオーケストラ作品だ。十八年前に大ヒットした、ドビュッシーの出世作である。

登場するのは、女性ダンサーたちが扮する「ニンフ」、そしてニジンスキーが扮する好色な「牧神」。おいしげる草木や豊かな水流が描かれた背景幕の前に、岩の上に寝そべった牧神が姿を現す。上半身はほとんど裸に見えるユニタードで、胸から足先まで、牛のようなまだら模様をまとっている。牧神がブドウを食べたり、笛を吹いたりしてのんきに遊んでいると、ニンフたちが水浴びのために小川にやってくる。好色な牧神は、岩からおりて彼女たちを追いかけはじめ、ニンフたちは小川のほとりを逃げまどう。

追いかけるといっても、まっしぐらにニンフたちのもとへ駆けていくわけではない。逃げまどうといっても、舞台上を四方八方に散っていくわけではない。ニンフも牧神も、舞台の端から端まで横移動するだけだ。横顔しか見せない古代ギリシアの彫像のように。しかも、日本の歌舞伎や能さながらの、地を舐めるようなゆっくりとしたすり足で。身体を外向きに開放し、軽やかに宙を舞う、これまでのバレエとはおよそかけ離れた踊りだ。

ドビュッシーの淡くぼんやりとしたサウンドとともに、ごくわずかずつ、世界が動いていく。奥行きを感じさせない、のっぺりとした平面世界。だんだんと、舞台ではなく、紙人形劇を見ているような錯覚に陥っていく。

これがニジンスキーの想像力《イマジネーション》。ニジンスキーの創造力《クリエイティビティ》。

「舞踊の神」と呼ばれし彼は、振付においても天才だったのだ。……

感嘆のため息が劇場を包むなか、不満をあらわにしている観客も少なくなかった。

なにしろ、ほとんど跳ばないのだ。

中性的でエキゾティックなムードもさることながら、ニジンスキーといえばやはり跳躍ではないか。彼の十八番として知られる演目『薔薇の精』でも、話題をさらったのは、本物の妖精のようにひらりと窓を飛び越えて少女の部屋に出入りする姿だった。アクロバティックなテクニックに酔いしれたい人びとは、足をほとんど床につけたまま横移動をくりかえす振付に苛立ちをつのらせていった。

しかし観客を待ち受けていたのは、それ以上の大事件だった。

音楽が終盤に至るころ。ニンフが落としていったスカーフを拾った牧神は、いとおしそうにそのスカーフを抱き、岩の上に広げて置いた。そして、自分の身体をスカーフの上に横たわらせたかと思うと、両手をうつ伏せの腰の下にはさみ、ふいに全身をびくりと震わせ、身体を弓なりに逸らす。

最後の一音が空気に溶けて無へと消えていくなか、シャトレ座の客席は時間が止まったように凍りついていた。

それは、明らかに性的な慰めの表現だった。


ロモラは、まばたきの時間さえも惜しむように大きく目を見開いていた。

ついこの間までキスで妊娠すると信じきっていた娘は、いまや果てた彼がぐったりと岩の上に横たわる幕切れを、身じろぎもせずに凝視していた。

「これって、どういうことです？　まさか、そういうことなんです？」

すっかり気が動転したアンナが、ボックスの真後ろの席からひそひそ声を送ってくる。ロモラはごく平静な声で答えた。

「ええ、そういうことなの」

真っ赤になってプログラムで顔を覆うアンナをよそに、ロモラは万感の想いをこめて力強く拍手をはじめた。

はじめて彼女がアルルカンを観たときは、目の前で繰り広げられている状況にただ混乱した。不可思議なキャラクターや世界をどう受け止めていいか、わからなかった。

だが、いまは違う。ブダペスト公演から二ヶ月の間、図書館や書店に通いつめ、舞踊や芸術の歴史をやみくもに勉強したおかげだろうか。この新作が投じられて、彼女の頭は霧が晴れるようにクリアになった。つまりこれは、長い長い芸術史の果てに起きた革命なのだ。かつてイタリア・ルネサンスが起こした革命に匹敵するレベルの。

未曾有の大津波に世界が覆われるその歴史的な瞬間に、いま、自分は立ち会っている。

ロモラはそんな確信に衝《つ》かれていた。


ヨーロッパの宮廷で生まれた舞踊――「バレエ」の発祥は、まさにイタリア・ルネサンスの時代にまでさかのぼる。

フィレンツェの名家であるメディチ家をはじめとする貴族の祝宴の余興として発展したバレエは、十六世紀に同家の女性カテリーナ・デ・メディチがフランス王アンリ二世に嫁ぐことによって、フランスの宮廷にも広められたとされている。ブルボン朝の絶頂期を築いた「太陽王」ルイ十四世は、わけても深くバレエを愛したフランス王だった。彼は自身もダンサーとして「太陽」の役を踊り、世界初の舞踊アカデミーを創設した。

ルイ十四世は肥満で踊れなくなっても舞踊を愛し続けたが、彼が踊らなくなったことでバレエの政治的な重要度は減少し、バレエの世界は女性ダンサーが中心を占めるようになっていく。一八三〇年代には、マリー・タリオーニやファニー・エルスラーといった人気バレリーナがあらわれ、爪先で立つトウシューズと、白い木綿糸でつくられた薄く軽やかなチュチュで、本物の妖精さながらに舞台上を舞った。

女性の身体は美しい。男性の身体は醜い。……

そんな価値観が十九世紀のパリっ子に浸透するにつれ、男性ダンサーはだんだんと舞台から追いやられてしまった。それに相反するように、客席には女性ダンサーのファンである男性の姿が増えていく。ステージの上で踊る若い女の子たちを裕福な男性ファンが追いかけ、楽屋裏で高価なアクセサリーを贈り、デートに誘い、身体を求める。十九世紀後半のフランスのバレエは、こうして堕落の一途を辿っていった。

この状況によって仕事を失い、フランスを去った男性ダンサーたちは、ロシアに活路を見いだしていく。

『ドン・キホーテ』『白鳥の湖』などのクラシック・バレエの主要レパートリーを築いた大家マリウス・プティパもそのひとりだった。十九世紀中盤にバレエ・ダンサーとしてロシアに渡った彼は、帝室バレエ団で振付家として才能を開花させ、一八九〇年には大作『眠れる森の美女』を発表した。

プティパをはじめとする外国人の力を借りて、ロシアのバレエ界では若い男性ダンサーや振付家が次第に育っていった。ミハイル・フォーキン、アドルフ・ボルム、そしてワツラフ・ニジンスキー。セルゲイ・ディアギレフは彼らに目をつけ、「新時代のロシア芸術」をヨーロッパで広めようと彼らを巧みにスカウトし、パリでの初公演を敢行した。

ディアギレフ率いるバレエ・リュスが変えたのは、舞台の演目だけではなかった。舞台を観る側も大きく変わった。女性の観客やパトロネスが爆発的に増えたのだ。

太ももをちらつかせて踊る女の子をブルジョワ紳士が買う世界ではない。お姫様が王子様と結ばれるおとぎ話の世界でもない。エジプトや東洋を舞台にしたエキゾティックな世界観。レオン・バクストが手がける色彩豊かでハイセンスな舞台美術や衣裳。そして、帝室バレエ団で鍛えあげられたダンサーたちが惜しみなく披露するパフォーマンス。そのエースたるニジンスキーが放つえもいわれぬ妖艶《ようえん》さ。意識の高いパリの女性たちは、そんなエキサイティングな舞台に敏感に反応した。

ミシア・セールのような有力なパトロネスも現れた。

ピアノの名手であり、パリの文化人サロンの主宰者でもあった彼女は、ディアギレフがバレエ・リュスの立ち上げ前に実験的にプロデュースしたオペラ『ボリス・ゴドゥノフ』にすっかり魅了され、空席のチケットを買い占めて友人たちに布教して回った。ほどなくディアギレフとは親友さながらの仲になり、パトロン兼相談役の立場でバレエ・リュスの運営に深く関わっていく。

プロデューサーとして駆け出しの三十代のディアギレフに莫大な資金を提供したテニシェワ公爵夫人。イギリスでの巡業に手を貸したリポン侯爵夫人。イギリスの作家ヴァージニア・ウルフ。ファッション界の新星ココ・シャネル——彼女たちも、バレエ・リュスの重要な支援者たちだった。

そうした地位と才覚のある女性たちの陰には、何十倍もの無名の女性ファンがいた。彼女たちは、ファッションカタログさながらのおしゃれなプログラムを愛読し、『シェエラザード』に登場するターバンやハーレム・パンツを真似《まね》した。劇場に通い詰め、楽屋裏で出待ちをし、目当てのダンサーが出演する非公式のパーティーにもぐりこむチャンスを得ようと躍起になった。

——女性の支持なくして、バレエ・リュスは存在し得ない。

セルゲイ・ディアギレフは、誰よりもそれをよく理解していた。

『牧神の午後』初演の反応を、彼は舞台袖からじっとうかがっていた。幕が降りたとたん、客席の紳士たちが野獣のごとく叫びだす。ある者は斬新な振付への熱烈なブラヴォーを、ある者は牧神の痴態を非難する罵声《ばせい》を。

天地をひっくり返すような大騒ぎのなか、バレエ・リュスとニジンスキーの挑戦に敬意を示すかのように、力をこめて拍手を送っている女性たちの姿があちこちにあった。一等席から天井桟敷《さじき》まで、色とりどりのドレスと〝バレエ・リュス風〟の頭の羽飾りが、意思と連帯の表明のごとく誇らしげに輝いている。

——あなたがたこそが、われわれの味方だ。

彼は蝶ネクタイを整え直して、自ら舞台へと歩み出た。

「ディアギレフだ」

前方の席でざわめきが起きる。ロモラは拍手を止めて、手すり壁から身を乗り出した。ボルムの口から、あるいは新聞や雑誌を通して、幾度も聞かされたバレエ・リュスの帝王の名前。しかし、ロモラがその姿を実際に目にするのははじめてだった。

ダンサーたちの洗練されたプロポーションを見続けたせいだろうか。舞台に現れたディアギレフは、ひどく場違いに見えた。体型は横にも縦にも大きく、顔も腹も手も贅肉《ぜいにく》がついて丸っこい。しかし、身なりや仕草は王族のように洗練されている。パリの高級ブティックで誂《あつら》えたとおぼしきシルクハットに、皺ひとつないタキシード。胸のボタンホールには、かつて『薔薇の精』をプロデュースした男にふさわしく、一輪の大ぶりの薔薇の花が挿してある。その花弁をお守りのように撫でる手つきは優美だったが、この事態に興奮しているのか、口髭のまわりは真っ赤に上気していた。

「アンコール！　アンコール！」

ふいに、客席の一角から甲高い声が飛んできた。そこには、バレエ・リュスの熱狂的なファンである女性画家、ヴァランティーヌ・グロスと仲間たちがいた。その声の強さに気圧《けお》されたのか、アンチたちの声が一瞬やんだ。

隙をついて、ディアギレフは口を開いた。

「もういちど」

教養の高さをうかがわせる、上品で完璧なアクセントのフランス語だった。

「もういちど、ご覧ください」

騒然とした客席は、だんだんと落ち着きを取り戻していった。ディアギレフは舞台袖に消え、再びフルートが、牧神のパンの笛のメロディを吹きはじめた。

袖までたどり着いたディアギレフは、滝のように流れ出た汗を絹のハンカチで拭っていた。

七年前、怒れる民衆をサンクトペテルブルクの冬宮殿のバルコニーから見つめていた皇帝ニコライ二世は、このような心持ちだったのだろうか。そんな想像が彼の頭をかすめた。こちらがもう少し高圧的に出るか、アンチの声が大きければ、炎上が暴動になり、取り返しのつかない事態を招いたかもしれない。ストライキをやめない民衆に当局が発砲し、千人以上の死者を出したあの「血の日曜日事件」がそうであったように。

むろん、マスターベーションの振付を盛り込もうと決めた時点で、ディアギレフは覚悟を決めていた。客席はきっと荒れるに違いない。だからこそ、彼はあらかじめアンチへの対抗策を練った。パトロネスのミシアの助力のもと、ディアギレフはパリの新聞社や一流文化人に手を回し、初演前のゲネ・プロに彼らを招待して、高いシャンパンやキャビアでもてなした。

それが功を奏して、初演の場ではぎりぎりで支持派が勝利を収めたというわけだ。ディアギレフはハンカチの下で笑みを浮かべた。あとは、メディアが仕事をしてくれればいい。

彼の戦略は大当たりした。

翌日から、フランスじゅうの新聞で、この「ニジンスキー振付作品」の評価をめぐる大論争が始まった。

『フィガロ』紙は、編集長自らがペンを執り、「卑猥」「みだら」と作品をこきおろす。一方の

『ル・マタン』紙は、老彫刻家オーギュスト・ロダンの名前を使った絶賛記事を掲載する。本当にロダン本人による筆なのかどうか、真相は闇の中。しかしその真偽不明の記事がまた新たな燃料になる。パリの文化人たちは、暇さえあればサロンに集《つど》って激論を交わし、記憶を確かめるように幾度もシャトレ座に足を運んだ。

ファンを育てることは、アンチを育てること。むろん、逆もしかり。

それがディアギレフの戦略だった。

ファンとアンチがぶつかりあって生まれる莫大なエネルギーこそが、バレエ・リュスを、そしてワツラフ・ニジンスキーを、時代のトレンドへと押し上げていく。

二十世紀における芸術革命の秘密はここにある。より多くの人が巻き込まれること。より多くの感情が血潮のごとく人びとの胸からほとばしること。そうした情動に押し上げられて、たったひとりの天才が舞台の上で輝く。跳躍を拒絶し、バレエの基本的な姿勢たるアン・ドゥオールを否定し、秘められた内股の性愛に身を捧げるたったひとりの天才。それまでは男性の身体を積極的に見ることがなかった女性の観客たちに、自らの肉体を晒して性の衝動や悦びを訴えかけ、熱狂的な支持を受けるたったひとりの天才。それがワツラフ・ニジンスキーだ。

恍惚《こうこつ》のなかで、ディアギレフは二度目の「初演」を終えて舞台袖に戻ってくる恋人に向けて両腕を広げた。舞台の上で何が起きようとも、幕が降りれば彼は帰ってきて、一輪の薔薇として再びこの胸のボタンホールに納まってくれる。そう疑わないまま。

ディアギレフはまだ、自身の最大の誤算に気づいていなかった。

バレエ・リュスにとって、アンチは両刃《もろは》の剣《つるぎ》だが、ファンもまたアンチ以上に両刃の剣であることに。アンチはいつも砦の外側から罵声を浴びせ、中に攻め入ろうと大暴れする。ところがファンは、油断しているうちにするりと城内に入り込み、塔の階段をのぼり、姫君の眠る寝室までしのびこんでくるのだ。ファン自身も悪気のないままに。

5　失意の初対面

「わたし、やっぱりバレエ・リュスに入団したいの！」

一九一二年の暮れ。半年ぶりに再会したロモラの前で、アドルフ・ボルムは小さなためいきをついた。

ロモラとはすでに気のおけない仲だ。パリでも休演日に一緒に遊んだし、この二度目のブダペスト巡業でもさっそく顔を合わせた。劇場の楽屋口から出ると、彼女はまっさきに彼の姿を見つけ、手を振って駆け寄ってくる。彼女のお気に入りだというカフェのホット・チョコレートを飲みながら、いろいろな打ち明け話も聞いた。芸術の才能に恵まれた母親や姉について。幼い頃に亡くなった大好きな父親について。バレエ・リュスとの出会いがきっかけで、成金お坊ちゃんとの婚約を破棄したことについて。

カンパニーの新しい金づるを接待する。それがボルムの当初の心積もりだった。ナンバーツーの俺は女の太客《ふときやく》のお遊びの面倒を見て、ナンバーワンのニジンスキーはボスの下半身の面倒を見る。かつては女性ダンサーの専売特許だった色恋商売が、いまや男性ダンサーにも明け渡された。これぞ時代の変化。これぞ偉大なる二十世紀ってわけだ。――しかし、小さなテーブルの上で同じチョコレートを飲み、同じ公演プログラムをのぞきこみ、同じジョークで笑い合っているうちに、そんな小賢しい思惑は消えていった。ニジンスキーだって、実は、ディアギレフを本当に愛しているのかもしれない。だとしたら俺だって、もしかしたら、この娘と……。

「どうしたの?」

淡いブルーの瞳に覗き込まれて、ボルムはたくましい身体を小さく縮めると赤くなった。

――いやいや、そんな風に考えたら、彼女に失礼じゃないか。

この一年、ロモラはどれほど奮闘したことか。自力でみつけたバレエ教室に入り、美術館や図書館でバレエにまつわる絵画や歴史本を熱心に漁《あさ》っていたこと。公演という公演に通いつめ、息を詰めて祈るように舞台を見つめていたこと。そしてブダペストに帰ってきたいま、お願いだからもう放蕩《ほうとう》はやめてと母親から懇願され、それを突っぱねるのに苦労していること。それらを知っているのは他ならぬ自分だけだ。

なんとか、彼女の夢を叶えてあげたい。ボルムのその想いは決して偽りではなかった。

しかし、入団にはディアギレフの承認が必要だ。いくら太客で、パトロネスになってくれる可能性もあるとはいえ、初心者に等しい彼女が入団を許される可能性があるだろうか。

例外がないわけではなかった。

かつて、イダ・ルビンシュテインという団員がいた。彼女もバレエをはじめたのが遅く、踊りのスキルは低かった。その代わり、女性版ニジンスキーとでも呼ぶべき、中性的でエキゾティックなムードを醸《かも》し出すのが上手だった。主役を演じた『クレオパトラ』では、赤の長いショールをはためかせながらポーズを取るだけだったが、踊らずとも古代の女王にふさわしい風格をたたえていた。バレエ・リュスらしい規格外のキャスティングだ。

ただ、あのイダに匹敵するほどの魅力がロモラにあるだろうか。

ボルムは背もたれに身をあずけ、向かいの席で公演プログラムに魅入っている〝ブダペストのお嬢さま〟の肢体に目を遣《や》った。身体条件はそれなりにバレエ向きだ。腕や脚はほっそりしている。顔立ちも、派手ではないが品がいい。鼻筋のとおった瓜実顔《うりざねがお》に、いつも微笑をたたえているように見える小さな唇。名家の次女として大切に育てられ、教養もアクセサリーも申し分なく与えられてきたご令嬢。だが、それ以上の美点をディアギレフが見いだすとは思えなかった。

——いっそ、何も知らないこの娘に真実を明かしてしまおうか？

そんな考えが彼の脳裏に浮かんだ。

バレエ・リュスが、他のバレエ団にはない規格外のセンスを備えているのはなぜなのか。プロデューサーのディアギレフとはいったいどういう人物なのか。自ら踊るわけでも、振付をするわけでもない彼が、どういうモチベーションでもって斬新な作品の数々を世に送り出しているのか。『シェエラザード』『ル・カルナヴァル』『火の鳥』『薔薇の精』などの数多くの作品を振り付けて、バレエ・リュスの名声を世界に轟《とどろ》かせたミハイル・フォーキンは、なぜ先ごろこの団を去ってしまったのか。なぜこのバレエ団は、ワツラフ・ニジンスキーをエースとして祭り上げているのか。

――ひいては、なぜ俺は永久にそのポジションに就《つ》けないのか。

胸中からあふれ出しそうになる煩悶《はんもん》を押しとどめ、ボルムはロモラに、思いつく限りもっとも堅実な提案をした。

「それなら、マエストロ・チェケッティのクラス・レッスンを受けてみたら?」

エンリコ・チェケッティは、バレエ・リュスの団員の指導にあたっていた、イタリア人の老バレエ・ダンサーだった。あだ名のように皆から「マエストロ」と呼ばれる彼は、世界でも指折りの名バレエ教師として知られていた。

曜日ごとに課題を設定し、毎週それを繰り返して精度を高めていく彼のレッスンは、バレエのベーシックなポーズやステップのパターンを覚えるのにうってつけだった。ロモラはレッスン室のいちばん端のバーを握り、団員たちの動きを真似ながら、一生懸命に練習にはげんだ。チェケッティも教育のプロなだけあって、素人にすぎない彼女にもしっかりと目を向け、温かなアドバイスをくれた。

――わたしはもう、ただのファンじゃない。

彼女がそんな勘違いに陥ったのも無理はなかった。あの絢爛《けんらん》たる舞台で舞っていた人たちと同じ空間にいて、同じピアノの伴奏に耳を澄ませて、同じメソッドをなぞって、一緒に汗を流しているのだ。レッスン室の鏡が熱気で曇っていくのにさえ陶然とする。このもうもうとした空気の一部は、他ならぬあのニジンスキーの吐息なのかもしれない。

ところが、肝心のニジンスキーは一向にレッスン室に現れる気配がなかった。どうやら彼はチェケッティから個人指導を受けていて、通常のクラス・レッスンには参加していないらしい、と気がついた。まれに、別のレッスン室で自主稽古や振りうつしをしている姿を、分厚い窓ガラス越しに追いかけるのがせいぜいだった。

ニジンスキーのレッスン着……踵《かかと》が黒くなったぼろぼろのシューズ……汗をぬぐうタオル……床に仰向けになって脚を広げる無防備なストレッチ……すっぴん………。

これまでは見ることが叶わなかった舞台裏での姿の数々に、ロモラは気を失いそうになった。他人の目さえなければ、一日じゅうこの窓に張り付いて見つめていたい。

だが、窓越しの世界は近くて遠かった。接触が許されないという意味では、客席から舞台を観るのとさほど変わらない。

早くも物足りなさを感じだした頃、最大のチャンスがめぐってきた。ブダペスト公演のリハーサルを取材するために、地元の女性ジャーナリストが劇場にやってきたのだ。いましかない。ロモラは彼女の背中をそっとつついて、できる限り神妙に頭を下げた。

かくして、初対面の瞬間がやってきた。

ジャーナリストの後ろに影のようにくっついて、リハーサルが終わった舞台の上で談笑している男性ダンサーたちの一群に近づいていく。ワツラフ・ニジンスキーは、彼らの背後にひっそりと佇んでいた。

ジャーナリストからの声がけに控えめな相槌を打ちながら、ニジンスキーがふっと視線を上げる。エキゾティックな切れ長の眼に自分の顔がちらりと映ったのを見て、ロモラはまた気を失いそうになった。

しかし、夢見心地になったのは一瞬だった。すぐそばでダンサーやスタッフたちがかしましくお喋りしているせいか、はたまた自分の問いかけが下手なせいか。ロモラ自身はゆっくりと大きな声で話しかけているつもりなのに、まるで反応らしい反応が返ってこない。声や内容のせいではなく、言語が通じていないのだと途中で気がついた。フランス語なら大丈夫だろうと思っていたのに、彼は不思議そうに彼女の顔を見返すばかり。英語に切り替える。それでもだめだ。ドイツ語も無理。ロシア語か、彼の両親のルーツであるポーランド語なら問題ないが、あいにくロモラはどちらもできない。

バレエということばのない芸術を介して出会った相手と、ことばの応酬で苦労するとは想像していなかった。

「ハンガリー、歌劇場?」

首を傾げて、ニジンスキーは繰り返す。どうやら、ロモラをこの劇場の専属バレリーナだと勘違いしているらしい。彼女は動転した。ちがう、ちがうの。そうじゃなくて、わたしは……。

与えられた対面時間は、あっという間に終わった。女性ジャーナリスト《レツェランス》が、ロモラの両肩をつかんで事務的に引き剝がす。お手本のように優雅なお辞儀をして、同僚たちと連れ立って楽屋に向かうニジンスキーの背中を、ロモラは呆然と見送るしかなかった。

ひとりきりになった瞬間、ロモラは膝から崩れ落ちた。

ああすればよかった、こうすればよかった。心の大反省会が止まらない。何語で話しかけるのが正解だったのだろうか。顔くらいは覚えてくれただろうか。自分がこの劇場のバレリーナだという誤解は解けただろうか。もし誤解が解けていたとしたら、なおのこと、この素性のわからない女がなんのためにやって来たのかわからなかったに違いない……。

振り返れば振り返るほど、みじめさで胸がつぶれそうになった。

何者でもない自分では、ニジンスキーから存在を認知してもらえない。ロモラはそう痛感した。やはり、バレエ・リュスの一員にならなければ。同僚として、同じ舞台に立つ者として、彼に真正面から堂々と挨拶して、気安くおしゃべりをしたり食事に出かけられる仲にならなければ。

パリのシャトレ座の客席から見た、巨漢のプロデューサーの姿が脳裏によみがえった。なんとか、あのセルゲイ・ディアギレフから入団の許可を取り付けないと。ニジンスキーは、山上の城に幽閉された姫君も同然だ。ディアギレフに道を通してもらわない限りは、鉄柵の外から指をくわえて、薔薇の蔓《つる》が絡まる塔を見上げているだけだ。

どうしたらディアギレフとの直接交渉に持ち込めるだろう。ロモラは再び頭のなかで作戦会議をはじめた。

バレエ・リュスの内部の人に仲介を頼むのは難しそうだった。

ボルムはだめだ。彼は飄々《ひょうひょう》とふるまっているが、内心では雇用主のディアギレフを恐れている。その上、彼はロモラのバレエへの向学心を信じきっていて、「チェケッティだけじゃなくて、ウィーンのヴィーゼンタール姉妹のレッスンも受けたらいいよ」と熱心にすすめてくる。ウィンナ・ワルツの現代的なアレンジ作品で一世《いっせい》を風靡《ふうび》した、グレーテ、エルザ、ベルタの有名なダンサー三姉妹だ。いうまでもなく、ロモラにとってはお節介きわまりない提案だった。

ウィーンに定住してレッスンを受けるとなれば、バレエ・リュスの巡業についていけなくなってしまう。

チェケッティはもっとだめだ。若いダンサーたちを長年にわたって観察してきた勘だろうか。彼は、ロモラが窓越しにニジンスキーの姿を見つめているのに気がついたらしい。あるとき通りすがりに、彼女の耳元にこうささやいてきた。

「ニジンスキーは太陽のような人です。でも、冷たい太陽ですよ」

ロモラは青ざめた。好きなダンサーと繋がりたくてレッスン場に侵入していることが明るみに出たら、追い出されてしまうだろう。チェケッティの前では、勉強熱心な生徒に見えるように心がけなければ。

――それなら、一体どうすればいいのだろう。

クリスマスの街の華やぎも、母親からご機嫌伺いのように贈られた高価なアクセサリーも、ロモラの目には入らなかった。勝ち筋の見えない戦術で頭をいっぱいにしたまま、彼女は再びブダペストの実家を飛び出してウィーンに向かった。


一九一三年初頭のウィーン公演は、波乱の幕開けとなった。

昨年五月の『牧神の午後』の初演以来、バレエ・リュスのアンチは格段に増えた。かつてはバレエ・リュスの一座が来るというと、どの街の人びとも拍手喝采で出迎えたのに、最近は列車から降りるやいなや罵声や生卵が飛んでくることも珍しくない。

もともと保守的な風土のウィーンであればなおさらで、ハプスブルク一家の公演臨席という名誉が騒ぎに拍車をかけた。あのようなハレンチな舞台を、われらが高貴なる一族にお見せするなんてとんでもない！

アンチは演者側からも湧いた。『ペトルーシュカ』の演奏をウィーン・フィルハーモニーが拒否したかと思えば、作曲者のストラヴィンスキーがショックを受けて泣きだし、ディアギレフがその仲裁役として奔走《ほんそう》する始末。一触即発の空気は、開幕の直前まで続いた。

幸い、公演が始まると雰囲気は一変した。初日はマチルダ・クシェシンスカヤ、タマラ・カルサヴィナといった主役級の女性ダンサーたちが続々と登場し、観客は彼女たちの美と技量に魅了された。貴賓席のハプスブルク一家も、舞台に向かって熱い拍手を送った。その様子にメディアもたちまち態度が一変、こぞってバレエ・リュスを褒めそやす。

そんな大盛況のなか、ひとり「反バレエ・リュス派」を標榜《ひょうぼう》し続ける人物がいた。音楽評論家のルートヴィヒ・カルパートなる人物だ。十九世紀の楽劇の巨匠リヒャルト・ワーグナーを至高の存在とみなしている彼は、昨今の「新しい芸術」への疑いを表明しつづけていた。

客席で頑固そうに腕を組むカルパートの姿を目撃したロモラは、息を呑んだ。

そういえばわたし、あの人を助けてあげたことがある。


さかのぼること数年前。家族と一緒に、チェコの高級温泉地マリーエンバートを訪れたときだ。ある夜、ロモラが月夜の庭園をひとり散歩していると、温泉のエントランスの前で立ちつくしている中年男に出くわした。

この人、たしかワーグナー好きの有名な評論家だったような……。ロモラは思い切って声をかけた。

「おじさま、何かお困りですの？」

　すると、カルパートは消え入りそうな声で答えた。

「あそこにホテルがあるんだけど、ぼくは暗いのがとても苦手でねえ……」

　彼が指さした先には、黒々としたボヘミアの森が広がっていた。

　ワグネリアンなのに、森が怖いだなんて。しのび笑いをもらしつつ、ロモラは自分の腕を差し出した。

「それなら、あたくしがエスコートしてさしあげましょうか？」


　情けは人のためならずだ。

　ディアギレフはきっといま、カルパートに会いたがっている。ロモラはそう分析した。カルパートは、悪質なアンチのように、作品の表層をあげつらって騒いだりはしない。確固たる芸術観を持つがゆえに辛口を辞さない評論家で、ディアギレフも彼には一目置いている。お互い、膝を突き合わせての芸術談義はむしろ歓迎だろう。

　ただ、カルパートの側からすれば、いちど公の場で批判してしまったカンパニーのプロデューサーにのこのこ会いに行くのは、相手の策に丸め込まれたようで見栄えがよろしくない。おそらく、会うための口実がほしいはずだ。

　――それなら、わたしが彼の口実になってあげればいい。

　ロモラは、喝采を送る観客たちの波をかきわけながら、ひとり泰然とした足どりで劇場の出口に向かうカルパートを追いかけた。

「おじさま。また会えてうれしいわ。覚えてらっしゃる?」そのでっぷりした腕を取って、息をはずませながら、彼女は満面の笑顔を見せた。「お願い。今度は、あたくしをエスコートしてくださらない?」

6　化かし合いのオーディション

それから数日後。

ロモラは侍女のごとくルートヴィヒ・カルパートの背後に付き従って、ホテル・ブリストルのレセプション・ルームに足を踏み入れた。

ホテルマンがやってきて、ディアギレフにそっと耳打ちする。新作の構想がぎっしり書き込まれた黒い手帳を閉じ、ソファから立ち上がると、彼は髭の下に薄く笑みを浮かべて来客たちを迎え入れた。

今日の本題は、カルパートとの芸術談義であろう。しかしディアギレフの興味は、むしろカルパートが「わたしの恩人」として引き合わせたがった若い娘の方に向いていた。名を聞けば、なんとボルムから情報提供を受けていた、かの〃ブダペストのお嬢さま〃ではないか。

彼はバレエ・リュスの女性ファンと交友するのが好きだった。彼女たちは、頭でっかちで気取った男のパトロンとは大違いだ。つまらないモラルにとらわれないし、金は出しても余計な口は出さない。そして、ひとりのファンが十人の〝ご新規〟を連れてきてくれる。劇場近くのカフェで、お気に入りのダンサーや作品について彼女たちがおしゃべりしている様子を見かけると、彼はいつも、自分も混ざりたいくらいにうれしくなった。実際、仲良くしているうちに、ミシア・セールのような大親友もできた。

さて、この噂に聞く令嬢はどうか。自分にとって、あるいはバレエ・リュスにとって、どんな存在になってくれるだろう？

カルパートと慇懃《いんぎん》な握手を交わしながら、ディアギレフは、その背後に佇んでいる娘の顔を盗み見た。

ロモラ・ド・プルスキー、二十一歳。

母親のエミリア・P・マルクスはハンガリーが誇る大舞台女優。父親のカーロイ・ド・プルスキーは著名な美術キュレーターでありブダペスト国立美術館の創設者のひとり。

〝プルスキー〟は、ハンガリーを代表する名士の苗字だ。ルーツは西ヨーロッパであるが、ポーランドを経由して十七世紀頃にハンガリーに居を移し、政治家や学者などの名士を多数輩出した。ロモラの祖父フェレンツは、一八四八年のハンガリー革命を率いたラヨシュ・コシュートの側近であり、祖母のテレジアは、オーストリア出身でありながら、ハンガリーの農民たちの生活向上に貢献した賢人として世に知られていた。

十九世紀は、民族のアイデンティティが覚醒した時代だった。ニジンスキーは両親が、パトロネスのミシアは父親がポーランド系で、それぞれ祖国の独立運動に深く関わっている。東欧の文化人の家庭に色濃く残る、改革派の気風。それこそが幼い彼らの魂の糧《かて》となり、バレエ・リュスのスピリットを受け入れる大きな器《うつわ》を形づくった。そう言っても決して過言ではない。バレエ・リュスのファンはこう語る。ある日いきなり、奇妙奇天烈《きみょうきてれつ》な作品やダンサーに出会い、愛の沼に突き落とされたと。価値観や美意識を根底からくつがえされたと。しかし多くの場合、バレエ・リュスを迎え入れる準備は、出会う前にすでに整っているのだ。

ロモラ・ド・プルスキーも、決してその例外ではないだろう。

だが、彼女の人格と教養の形成に大きな影響を与えたであろう父親は、もうこの世にいない。彼は十三年前、十九世紀の末に若くして亡くなっている。死因は——ピストルによる自殺。ちょうど、若きディアギレフがサンクトペテルブルクで展覧会を開催し、美術雑誌『芸術世界』の刊行を始めた頃の出来事だ。同業者が偽画の購入疑惑をめぐるスキャンダルの末に選んだ自死。事件の真相は未だ明らかではないが、同じ畑で起きた事件である。ディアギレフにとっても他人事ではない。

当時、次女のロモラはわずか八歳。幼心にどれほどショックを受けただろう。

しかし、めかしこんだ姿で花のように微笑むこの妙齢の娘からは、そんな暗い過去を思わせる影を窺うことはできない。どこかに心の綻《ほころ》びがあるには違いないが、あって悪いわけではない。むしろその人知れぬ闇こそが、彼女をバレエ・リュスの世界へと導いたのだろう。

——そうなると問題は、彼女が何を真に望んでいるかだ。

ディアギレフは薄皮一枚の慎重さを挟みつつ、ロモラに友好的な目線を送った。興味はある。

だが、厄介な相手かもしれない。よくよく観察して、処遇を決めねばなるまい。

対するロモラは、チェケッティから教え込まれた女性ダンサー用のお辞儀とともに、ディアギレフの顔を盗み見た。好奇心をのぞかせた漆黒の瞳が自分を射ているのに気がついて、びっくりしてまた顔を伏せる。こんな有名人に自分がしげしげと見つめられるなんて……。

セルゲイ・ディアギレフ、またはセルジュ・ド・ディアギレフ——四十歳。
ロシア中西部・ペルミの貴族の出身。そういえば聞こえはいいが、先祖から受け継いだ財産や不動産は何ひとつない。青年時代に実家は破産してしまい、サンクトペテルブルクの大学生活は苦学生そのものだった。二十四歳で初の展覧会を開催したときから今まで、彼の企画する興行を支えてきたのは、ゼロから関係を築いたパトロンやパトロネスたちであり、彼の仕事の多くは資金獲得のための営業活動だった。
理想の舞台を実現させるために、死ぬほどの思いで金をかき集め、惜しみなく全額を投じる。そんなディアギレフが率いるバレエ・リュスの経営は、名声とはうらはらにいつも火の車だった。その逼迫《ひっぱく》した状況を隠すかのように、ディアギレフは冬になるとビーバーのコートを着込んでいたが、近づいてよくよく見るとその毛皮はすりきれていた。高級ホテルへの投宿も、豪勢な接待も、舞台の上と同じく演出でしかない。頭のなかはいつも新作の構想でいっぱいだ。

誇り高き表の輝きと、隠しきれない現実の影。

その二面をともに抱えたふたりは、それぞれにきらびやかな仮面を装着しつつ、にこやかに握手を交わした。


耳に付けた大ぶりのダイヤモンドの瞬《また》きに、ディアギレフが目を細めている。

それを感じ取ったロモラは、さりげなく腕を持ち上げて、手首に幾重にもからめた金鎖のブレスレットを見せつけた。ロモラの作戦その一。それは、露骨すぎるくらいの金満アピールだった。ひょっとしたらこの小娘、カンパニーのパトロネスになってくれるかもしれない。そんな望みをディアギレフに抱いてもらえるように。

「なるほど……」二杯目のコーヒーをすすったディアギレフの喉仏《のどぼとけ》が、欲望を呑み込むように上下するのをロモラは見逃さなかった。「マドモワゼル。つまりお話をまとめると、こういうことですね。わが団に入りたい——と」

「もちろん、最初は研修生でも構いませんわ。何なら、床掃除からでも」

口髭を噛み潰して苦笑しているプロデューサーを見て、彼女は最初の手応えを感じた。水仕事とはまるで縁のない白魚のような手を、あえてディアギレフの顔の前でひらひらさせる。

どうやら作戦は成功したらしい。ディアギレフはすんなりと面談モードに入っていった。バレエ経験は？　去年はじめたばかり。トウシューズは？　まだ履いていない。ボルムがヴィーゼンタール姉妹のレッスンをすすめている？　なるほど。しかしその意見はあまり支持できませんね。

「理想は、ロシアの帝室バレエ学校に入って学ぶことでしょう。しかしあなたはロシア人ではありませんし、年齢も少し行きすぎている」

ディアギレフは丸々とした人さし指をぐるりと北の果てに向けた。

「いちばんよいのは、ロシアに行って、ミハイル・フォーキンの個人レッスンを受けることでしょうね」

ロモラのこめかみにじっとりと焦《あせ》りの汗が湧いた。バレエ・リュスはこれまでロシア公演を行ったことがない、とボルムから聞かされていた。そんなに遠くに行ってしまったら、自分はもうニジンスキーに会えない。

だが、彼女はあえて飛び上がって喜んでみせた。

「まあ、それはすてきですわ！　あたくし、ロシアに行くのが夢でしたの」

ディアギレフはまた笑ってくれた。しかも今度は、教育者が生徒に向けるたぐいの、至極まじめで温かな微笑みだった。勇気づけられたロモラは、怒濤《どとう》のごとくしゃべりはじめた。ロモラの作戦その二。真の動機を隠すために、ボルムに夢中なふりをすること。ボルムさんはあたくしにとても親切にしてくださって……マエストロ・チェケッティを紹介してくれたのはボルムさんで……ボルムさんの踊りはとてもワイルドで……ボルムさんはいつもカフェの給仕にもとっても優しくて……ボルムさんは……ボルムさんは……。

「ディアギレフは俺に興味がないんだ」

昨日、ザッハー・ホテルのカフェで名物のトルテをつつきながらボルムがぼやいた一言は本当なのだろうか。熱弁するふりをしながらロモラが盗み見たディアギレフの顔には、もう当初の覇気がない。眠たげな厚い二重まぶたの下から、彼女をうつろに眺めている。小娘のおしゃべりにすっかり退屈しているようにも、仮面の下でひそかに真意を探っているようにも見えた。

ロモラの顔はいまや汗まみれになっていた。いまさらのように緊張がこみあげ、ひとつ嘘をつくたびに息があがる。ああ、この人こそがバレエ・リュスのプロデューサー。そして、これは入団オーディション。帝室バレエ学校のような骨格審査も、バーレッスンのテストもないけれど。それなら、これはいったい何のオーディションなのか。

強《し》いていえば「演技」だ。ディアギレフの挙動に呑まれず、女優になりきる。それがわたしに求められている、唯一のスキルだ。


そんなロモラの本気が試される瞬間がやってきた。

ふっと沈黙が訪れた矢先、ディアギレフはこんな質問を投げた。

「マドモワゼル。あなたは、ニジンスキーについてどう思いますか？」


——ロモラ・ド・プルスキー。

おまえ、ほんとうはニジンスキーを狙っているんじゃないのか……？


一瞬の間も置かず、ロモラは即座に唇を開いた。

「それはもう、ニジンスキーさんは天才ですわ。唯一無二のアーティストですわ」

そこではじめて一息入れ、照れ隠しをするように手で口元を覆いながらこう言った。

「でも……ボルムさんのほうがずっと人間味があるような気がしますわ」

ディアギレフの重く垂れ下がったまぶたが、ぴくりと動いた。

見抜かれたら、負けだ。母から受け継いだ大女優の血が、ロモラの体内で熱く燃えた。

――愚問だったか。

ディアギレフは、口髭の下に皮肉っぽい笑みを漂わせて、この若い娘にうやうやしく勝ちを譲った。

「マエストロ・チェケッティには、わたしから話をしておきます。バレエを志すなら、彼の特別レッスンを受けなさい」感激を示すように両手を胸に押し当てた入団志望者に向けて、彼はもう一言、付け加えた。「勉強のために、今後の巡業にもついてくること。いいですね」

7　かの人の名はプティ

一九一三年六月、パリ北駅。

ドーヴァー海峡に面した町カレーに向かう長距離列車は、間もなく出発時刻を迎えようとしていた。一等のコンパートメントに、ハンガリー語の黄色いはしゃぎ声が響いた。

「ねえアンナ、あなたスパイになれるんじゃない?」

肩をすくめて、アンナはロモラの隣の座席に身を沈めた。ロンドンまでの道のりは長いというのに、すでに疲れている。ニジンスキーが乗る列車を調べてこいという命を受けて、今朝方から、ホテルのロビーやら駅の切符売り場やらを奔走していたのだ。そのかいあってか、真昼のプラットホームにぶじ彼の姿を見つけ、ロモラは勝利の悲鳴をあげた。

ところが、列車が動き出してもロモラは一向に落ち着く様子がない。新聞を顔にあてがって、「〝プティ〟は、隣の車両にいるみたいなの」と、くぐもった声で言う。アンナは眉をひそめた。

「で、なんで顔を隠してるんです？」

「だって、ディアギレフに見つかっちゃうかもしれないじゃない」

巡業に同行する許可は得ているはずなのに、なぜ見つかったらまずいのだろう。

むろん、アンナは訊かずとも答えを知っていた。「女の子同士の秘密」と称して、ロモラの口からとんでもない野望を聞かされたのは、この二度目のパリ滞在の最中だった。新聞から切り抜いて小さな額縁におさめたニジンスキーの舞台写真を胸に抱いて、パジャマ姿でホテルのベッドの上を転げ回るロモラを前に、アンナは絶句した。それで、婚約破棄を？　それで、バレエ・ダンサーになりたいと嘘をついて？

――まったく、うちのお嬢さまときたら……。

アンナは深々とため息をついた。

彼女は叔母のポリーが推薦しただけあって、女執事さながらに有能な付添人だった。ハンガリーの中上流階級の令嬢が、こうした同性の世話焼き役を連れ歩くのは珍しくなかったが、彼女の仕事ぶりは単なる小間使いの域を超えていた。巡業先の新しいホテルに着けば、ロモラがくつろげるよう速やかにクッションや銀の花瓶を並べ、ベッドの脇には「プラハの幼子イエス像」の絵を掛ける。バレエ鑑賞のおめかしを手伝い、ときに劇場に同行し、ショッピングやとりとめもないおしゃべりにもとことん付き合った。

ありふれた風貌なのをいいことに、彼女はニジンスキーの動向をさぐるための探偵役としても駆り出された。お仕えするお嬢さまの秘密を誰かに悟られるへまはしなかったが、当人に対しては女友達さながら容赦ない口をきくのが常だった。

「ねえ、こんな生活いつまで続けるんです？　そろそろ冷静になったらいかがですか」

「早くブダペストに帰りましょうよ。わたしも一緒にお母さまに謝ってあげますから」

「あんなに大きな劇場のセンターで踊ってる人ですよ？　新聞に毎日載ってるような人ですよ？　絶対に無理ですって」

しかしロモラは一向にひるまない。

「ねえ、プティがいつ食堂車にランチを食べに行くか調べてきてよ」

〝プティ〟というのは、ふたりの間だけで使われている、ニジンスキーのことを示す隠語だった。やれやれと腰を上げて、アンナは湯気の漂う食堂車に偵察に行った。ところが予約表を小脇に携えた給仕からは、小娘がなんの用だとばかりにつまみ出されてしまった。戻ってきてそれを告げると、ロモラは怒りだした。「もういい！」

新聞を丸めると、ロモラはハンドバッグを漁りだした。取り出したのはシガレット・ホルダーだ。パリジェンヌめいた気取った仕草でくわえると、すっくと席を立つ。

「自分でなんとかするから」

ところが、隣の車両へ乗り込んでいく姿を見送ってから数分もしないうちに、ロモラは両手で顔を覆い隠しながら席に駆け戻ってきた。

窓際で煙草に火をつけていたところ、いつの間にかニジンスキーが彼女のすぐ隣に立っていたのだという。辺りを見回したが、ディアギレフの姿はなかった。どうやら同じ列車には乗っていないようだ。煙も震えるくらいにどぎまぎしていると、昨日覚えたばかりのようなたどたどしいフランス語で「あなたは、ロンドンに行ったことはありますか？」と訊かれたという。

「で、いったい何語で答えたんです？」

「フランス語。でも彼、そのあと何も言わないから、ひとりでいっぱいしゃべっちゃった」

「それ、ことばが通じなかったんじゃありません？」

アンナの呆れたまなざしをよそに、ロモラは足をばたつかせて座席の上を転げ回るばかりだった。ひとしきり暴れたあとには、息も絶え絶えといった様子でこう口走る。

「……シャム猫みたい」

「は？」

「わたし、昔シャム猫を飼ってたの。すごく似てる」

そう言って、世紀の大発見のように眼を輝かせている。

シャム猫みたい……。

アンナは肩をすくめた。その発見だけで満足すればいいのに、彼女はどういうわけか、その新しいシャム猫を飼いたがっているのだ。

何かがおかしい。

それはアンナが、同じ若い女性として抱く直感だった。

ロモラのことは、彼女が十代の頃から知っている。内気で、年頃になっても浮いた話ひとつなくて、ごくたまに食事の席で目を虚空に向けて唇をゆるませているので、いったい何事かと思っていると、夜中に黒檀の本棚の下で、ナポレオン・ボナパルトの伝記に頬ずりしているような娘だった。「悪い子じゃないんだけど、だいぶ変わってるの」ロモラの姉のテッサが、彼氏にそうこぼしているのをアンナも聞いたことがあった。「これまで好きになった男性は、みんな本に出てくる人なんですって」

それがようやく人並みにデートをして、婚約までこぎつけたと思いきや即座に破棄してしまい、いまや恐ろしいほどの執念で一目惚れしたバレエ・ダンサーを追いかけ回している。遅れてきた初恋と言えば聞こえはいいが、ろくに喋ったこともなく、人柄も私生活も知らず、裸の上半身だけは数え切れないほど見て、一方的に気持ちを飛ばすだけの関係を果たして恋と呼べるのか。巡業に同行する許可こそ得たものの、半年経ってもろくな進展がなく、ちょっとことばを交わせただけで大はしゃぎしている。

思い切って、アンナは当人に問うてみた。すると、意外にも冷静な返事が返ってくる。

「わたしも、実はよくわからないの。でも、恋じゃなかったら何だと思う？」

アンナは額に手を当てた。わからない、確かに。彼女のこの心の状況を言い表す、恋に代わる適切なことばとは、いったいなんだろう？

「アンナ。よかったら、あなたも彼を〝プティ〟って呼んで」

「なんですって？」

「フランス語で〝いとしい人《ル・プティ》〟」ロモラは自分の手のひらにスペルを綴った。「よくわからないから、彼をそう呼ぶことにしたの。人前で口にしても、誰だかバレないからいいでしょう」

かくしてワツラフ・ニジンスキーは〝プティ〟となった。なるほどその語彙はひとつの発明だった。恋人でも婚約者でも夫でもない、遠い憧れの対象を暗に示す一語。アンナの口にも、そのことばは不思議と馴染んだ。いつの間にか使い慣れて、「もう、プティはプティでいいじゃないですか。なんだって結婚したいんですか？」とロモラにたしなめるのが常になった。

しかしロモラの情熱の前では、アンナの忠言は焼け石に水だった。チェケッティの特別レッスンが始まり、劇場や楽屋に堂々と出入りできるようになると、ロモラは自ら〝プティ〟の情報を探るスパイとなって団員や関係者たちに近づいていった。ディアギレフから認められて研修生になったと言うと、みな特に警戒せずに休憩室のおしゃべりの輪に入れてくれる。フランス語が話せるメンバーも多いので、コミュニケーションにも困らない。

すると、ロモラの真意を知らないだけに、なんの気なしに重大情報を吹き込む団員も現れた。

「え？　なんでニジンスキーがいつもディアギレフにべったりガードされてるかって？」

うなずきながらロモラがにじり寄ると、その団員はこともなげに返した。

「そりゃまあ、やつら、〝同性愛《ホモセクシュアル》〟の関係だからね」

ロモラは固まった。

世界が鼓動を止める。レッスン室に射す陽の光も、そよ風も、五月の緑のきらめきも、ほかのダンサーたちのおしゃべりも。タバコの灰白色の煙だけが、こらえきれぬように唇の端からこぼれ出て、頼りなく宙に漂っている。

ロモラの表情に気づき、団員もまた我に返ったように真顔になった。

「ああ、ごめん。……お嬢さまは同性愛なんて知らないかな」


もちろんロモラも、新聞や雑誌などを介して、その単語くらいは見聞きしていた。

この概念が広く取り沙汰されるようになったきっかけは、一八九五年のイギリスの詩人オスカー・ワイルドの逮捕だった。恋人の父親から「男同士の猥褻《わいせつ》行為」を告発され、最終的に有罪判決がくだされたこの事件を、大衆紙は格好のゴシップとして取り上げた。人びとは新聞に描かれたワイルドの風刺画を指差し、売れっ子詩人から受刑者へと転落した彼をあざ笑った。メディアに現れる記事は、たいがいが批判的だった。「同性愛は不自然」「同性愛を罰せよ」「同性愛者の見分け方」「同性愛者の治し方」――ある記事では好事家の異常な趣味として、ある記事では気の毒な現代の奇病として。

一方、芸術家界隈には、ワイルドの逮捕や同性愛批判に対して異議を唱える人びともいた。ロンドンやパリなどの大都市では、すでに同性愛者とその支援者によってアンダーグラウンド・カルチャーが形成されており、彼らは一貫してワイルドに味方した。ロンドンのブルームズベリー・グループには、ヴァージニア・ウルフとその姉ヴァネッサ、若き経済学者のジョン・メイナード・ケインズ、ケインズの恋人であった画家ダンカン・グラント、同性愛の葛藤を描いた小説家E・M・フォースターなどが集った。パリ近郊では、同性愛者《レズビアン》を公言する作家のナタリー・クリフォード・バーネイが女性専用の文学サロンを開き、作家のコレットや女優のサラ・ベルナールなどそうそうたる女性文化人が顔を連ねた。ダンスの世界でも当事者は多く、モダン・ダンスの先駆者であるロイ・フラーやイサドラ・ダンカンなどの著名人も、同性愛者ではないかとしばしば噂を立てられていた。

しかし世の大半の人びとにとって、同性愛はまったくの他人事だった。芸術一家に生まれ育ち、自宅のサロンでさまざまなアーティストと顔を合わせてきたロモラでさえも、その例外ではなかった。自分には関係のない話。そう思っていたら、夢中でのぞきこんでいたオペラグラスの向こうに、その世界が広がっていた。ショックを受ける暇さえない。ロモラの頭の中は、たちまち疑問符でいっぱいになった。

ジークムント・フロイト著『性理論に関する三つのエッセイ』、マグヌス・ヒルシュフェルト著『第三の性の人をどのように理解すべきか?』、リヒャルト・フォン・クラフト＝エビング著『プシコパシア・セクスアリス』――

セーヌ川左岸の書店の〝精神医学〟の棚の一角を見つめて、ロモラはひとり呆然とたたずんでいた。読みたい。知りたい。でも、怖い。バレエの本なら喜びいさんで手に取るのに、この書棚の前ではなかなか勇気が出なかった。

――これはあくまで、バレエ・リュスをもっと理解するため。

そう言い訳するように、公演プログラムで表紙を隠しながら、フロイトの本を手にとっておそるおそるめくった。すると、こんな一文が目に飛び込んでくる。「多くの倒錯者たちは、人生の初期においてすでにある性的な様相を呈しており、それがやがて同性愛傾向に結びつくのである」——

　本を閉じて、ロモラは逃げるように書店を飛び出し、セーヌ川にかかるサン・ミシェル橋の石造りの欄干《らんかん》によろめきながら手をついた。カルチェ・ラタンの学生たちが、老女のように腰を曲げて震えるロモラを不審そうに見やりながら通り過ぎていく。動悸が止まらない。こんなのじゃない、と彼女は心の内で繰り返した。ニジンスキーはたしかにセクシーだけど、スキャンダラスだけど、いかめしいドイツ語やラテン語で、症例みたいに論じられるような人じゃない。

「わたしが考えるに、ニジンスキーは、同性愛の人とは言いかねるんじゃないかしら」

　インテリ女学生さながらの沈着冷静さを装いながら、ロモラは休憩室の端で再びその話題を持ち出した。

「だって、彼は女性とも踊るでしょ。それに、彼が振付した作品には、みんな男女の関係が描かれているじゃない。『牧神の午後』だって、『春の祭典』だって、『遊戯《ゆうぎ》』だって……」

　すると、ある団員がそっと唇に指を添えた。

「そう思うだろう？　ところが、『遊戯』にはとんでもない秘密があってさ」

『遊戯』は、五月にパリで初演されたニジンスキーの振付第二作だった。ロンドンの公園で、男性ひとりと女性ふたりがテニスをして遊んだり、恋のさやあてに興じる様子を描いている。

「あれは、もともと男三人でやるつもりだったらしいぜ。さすがにそれじゃ露骨に〝同性愛〟すぎるってことで、設定を変えたんだって」

ロモラが絶句していると、別の団員が割り込んできた。

「あの二人に関しては、もっとすごいネタがあるぞ。〝タイツ事件〟だ」

――ニジンスキーがまだ帝室バレエ団で踊っていた頃の話だ。『ジゼル』のアルブレヒト役をもらったのはいいけど、彼ときたら、ベルト付きの短いチュニックとピチピチのタイツだけで舞台に出て行っちゃったのさ。バレエ・リュスじゃ珍しくもない衣裳だけど、お堅い帝室バレエ団の連中の目には「丸見え」そのもの。客席も関係者も大騒ぎ！

その事件の黒幕も、つまりは天才プロデューサーのディアギレフってわけだ。ピチピチのタイツなんて、いかにも彼のご趣味だしね。フランスのメディアを使って事件を拡散させて、帝室バレエ団で針のむしろになったニジンスキーへの同情の声を集めたところで、彼をバレエ・リュス専属ダンサーとして引き抜く。完璧な筋書きだ。

「ま、ウチはそういうところだから」

「プロデューサーに抱かれなきゃ、センターには立てない。しかも男だけ」

「不服なら、フォーキンみたいに出て行くしかないね」

それが暗黙の了解といわんばかりに、団員たちはうなずき合うのだった。

彼らがリハーサルのために舞台に行ってしまったあとも、ロモラは床に落ちた煙草の灰を見つめたまま立ち上がれなかった。

牧神に化けたニジンスキーが、舞台の上で絶頂に達する。そのシーンをプロデュースしたのが彼の恋人なのだとしたら、自分はしょせん、その恋人を介して彼を見ているにすぎないのだろうか。女が決して立ち入れない、男ふたりが紡ぎ上げる性愛の世界。それがバレエ・リュスの舞台が醸す魅惑の正体に他ならないのだとしたら。

——つまり、わたしは、最初から蚊帳《かや》の外ってことじゃない。

容赦ない現実に打ちひしがれながらも、ロモラは胸の内で反旗を翻《ひるがえ》すようにつぶやいた。

——そんなの、絶対にいや。


一方、カンパニーの中では二人の不仲の噂も流れていた。

「やつら、最近は別行動が増えてるよな?」

「ニジンスキーが、ついにディアギレフを突き飛ばしたらしいぜ」

「俺、この前見たよ。ディアギレフが公園でしくしく泣いてるのを」

たしかにロモラも、パリの街角で、ニジンスキーとよく似た青年が、娼婦とおぼしき女性と並んでいる姿を見かけていた。そのときはショックを受けて、あれは見間違えか、偶然出くわしたファンと立ち話をしていただけだろうと自分に言い聞かせたが、ディアギレフとの関係を知った今となっては、彼女にとって一筋の希望の光だった。彼が異性とも関係を持てる男性なのであれば、自分にもチャンスはある。

それに、二十歳近く年上の上司との関係を、〝プティ〟は本当に望んでいるのだろうか。

バレエ・リュスが結成されたとき、ニジンスキーはまだ十代の青年だった。ディアギレフのあの催眠術師さながらの重く眠たげな両眼に囚われ、彼の陰謀によって帝室バレエ団の職も失い、彼と寝る以外の選択肢を失ってしまったのではないだろうか。

もちろんバレエ・リュスの舞台で踊る歓びや、トップダンサーとしての誇りはあるだろう。でも、その代償としてプロデューサーから身体を求められ、拒めなかったとして、それを全て彼の自己責任と言いきれるだろうか。

ロモラの胸に、大きな使命感が宿りつつあった。

そうだとしたら、わたしが果たすべきはただひとつ。ニジンスキーを救いだすことだ。ニジンスキーに人生を救われたわたしが、今度は彼の人生をディアギレフから救うのだ。

ホテルのベッドの脇に掛けた「プラハの幼子イエス像」の前にひざまずき、ロモラは毎朝毎夜、祈りを捧げた。

——神さま、どうか彼をディアギレフとの生活から解放してあげてください。

——そのためなら、わたしは、どんな犠牲をはらっても構いません。

8 The Voyage Out

航海中によくある偶然の出来事によって、それぞれの人生の航路も常道から外れていった。

——Virginia Woolf, *The Voyage Out*

ディアギレフとニジンスキーの仲がかんばしくないという噂は、半ば真実だった。

ロンドン公演を終えたバレエ・リュス一行は、八月から初の南米大陸ツアーに行く予定になっていた。しかし、ディアギレフはこの旅に同行するのをためらい続けていた。

前年四月に起きた「タイタニック号」沈没事故も、まだ人びとの記憶に新しかった。有象無象の国籍や階級の人びとを乗せた、ヨーロッパ大陸のミニチュアのような船が、文明の終焉《しゅうえん》のごとく海底に沈んでいく。事故の詳報を新聞で目にするごとに、ディアギレフは震え上がった。いやだ。絶対に乗るものか。ヨーロッパが沈んでも、俺は絶対に生き残る。

とはいえ、バレエ・リュスの象徴たるニジンスキーの南米デビューを潰すわけにはいかない。今回ばかりは独りで行かせるのもやむなしか、と彼は考えた。恋人と大西洋を隔てて何ヶ月も離れ離れになることなぞ、少し前の彼なら想像さえしなかっただろう。だが、ディアギレフはこのとき精神的に疲れ切っていた。

五月にパリで初演した『春の祭典』は、前年の『牧神の午後』を上回る大スキャンダルを呼んだ。処女を異教の神の生贄《いけにえ》に捧げるという設定もさることながら、ニジンスキーの振付も前代未聞だった。首をねじ曲げ、足を内向きにした奇妙な立ち姿の群舞が、ときおり痙攣《けいれん》のように病的に全身を震わせながら、「どどどどどどど」「どど！　どど！」「どどどど」という変則的なリズムにあわせて足をひたすら踏み鳴らしたり跳び上がったりするのだ。狂気の踊りはその後三十分間にわたってつづく。黙って席を立って出ていく客はまだ自制心がある方だった。気が触れたように笑い出す客。口笛を吹きだす客。「医者を呼べ！」「歯医者を呼べ！」と叫ぶ客。あげく、ファンとアンチの客同士の殴り合いまで勃発して、警察まで出動する事態になってしまった。

ディアギレフは頭を抱えた。炎上規模を完全に見誤ってしまった。これでは、バレエ・リュスを受け入れ拒否する劇場が出てもおかしくない。下手をしたら街ぐるみで出入り禁止だ。次のシーズンのツアーができなくなってしまう。

しかし当のニジンスキーは、どれだけ彼が説得しても振付を変えようとしなかった。帝室バレエ団でタイツ姿を押し通したときはさすがわが恋人と大喜びしたディアギレフだったが、その頑固ぶりを自分に対しても向けるようになるのは想定外だった。起きた問題はそれだけではなかった。『春の祭典』の作曲者ストラヴィンスキーも、リハーサルの現場で牙を剝いた。演目の短縮化を提案するやいなや、彼はディアギレフを思い切り怒鳴りつけ、芸術が傷つけられたと大騒ぎを始めた。その事件のせいか、最近は、団員やスタッフからの目線もどことなく冷たい。完全に針のむしろだ。いっそアンチどもの言うとおり、振付に関してはニジンスキーを降ろしてフォーキンを呼び戻そうか……。

悩み抜いた末、ディアギレフは腹を決めた。ほとぼりがさめるまで、ニジンスキーとも団員たちとも少し距離を置こう、と。そもそもこの南米ツアーは、バレエ・リュスの中心人物のひとりであるドミトリー・ガーンズブルグ男爵が進めていたプロジェクトだ。この際、彼を団長代行の立場に置いて、仕切りは彼にぜんぶ任せてしまおう。ニジンスキーのお目付役には、従僕のワシリー・ズイコフを派遣するし、事務局長《レジスール》であるセルゲイ・グリゴリエフも同行してくれる。仕事も恋愛も、冷却期間だ。

かくして彼は、腹心の友であるミシア・セールといっしょに、イタリアで夏を過ごす計画を立て始めた。しばしのバカンスだ。

大西洋を横断し、赤道をこえて南半球へわたる長い船旅に不安をおぼえたのは、ディアギレフばかりではなかった。ロシアやヨーロッパ大陸の出身者にとって、南米大陸はこの世の果てだ。ダンサーからも辞退の声が相次ぐ。結果として、十二人がツアーへの不参加を表明した。

しかしロモラにとって、このツアーは千載一遇のチャンスだった。ニジンスキーと一緒に過ごせる長い船旅。しかも、邪魔者のディアギレフが不在なのだ。ついていく以外の選択肢はない。

ロモラは一等船室を予約した。ニジンスキーもきっと同じ等級の船室にいるだろうと見越してのことだ。その勘はみごとに的中した。彼の部屋であるAデッキの六十一号は、ロモラの部屋と同じ廊下に位置していた。

群舞の一般団員たちは、みな二等船室だ。どんじりの研修生の身分たるロモラが一等船室に宿泊していることは、団員の間でちょっとした噂にはなったが、ニジンスキーが目当てだとは誰も気づかなかった。

「さあ、チャンスが来た」

ロモラの目は燃えている。

「二十一日間、あるのは海と空だけ。それにディアギレフはいない。もうプティはわたしから逃げられない」

船室のベッドの脇に「プラハの幼子イエス像」の絵を掛けながら、アンナは気の抜けた半笑いをするばかりだった。

バレエ・リュスの一行を乗せた王国郵船会社の外洋船「エイヴォン号」は、最後の停泊地であるポルトガルのリスボンから一路、ブラジルのリオ・デ・ジャネイロを目指した。バレエ団の最初の巡業地は、アルゼンチンのブエノスアイレスである。

デッキから遠ざかっていくヨーロッパ大陸に、ロモラは元気よく手を振った。実際、ここにあるのは海と空だけだ。燃えさかる真夏の太陽に見守られて、小さな孤島が、楕円のシュプールを描いてすべるように海面を走っている。さわやかな潮風に髪をなびかせながら、彼女は夢見心地で水平線を見つめた。

──ついに、ここまでやって来た。

最愛の〝プティ〟がもう手に入ったかのような満ち足りた思いで、ロモラは最初の数日を過ごした。

──ワツラフ・ニジンスキーは自分を変えてくれた。

母の説得に負けて流されるがままに婚約したかつての自分は、本当に自分だったのだろうか。ロモラはかつての受け身だった自身を信じられない気持ちで思い返していた。いまの自分は、ニジンスキーに近づくためなら何だってするし、そのための人づきあいだって怖くない。ベテランの女性ソリストであるオヴロコヴァやコヴァレフスカ、団長代行のガーンズブルグとさえも、食堂で同じテーブルを囲い、船上の散歩に出かける仲になった。この素人女がなぜツアーに紛れているのかと、白い目で見てくるグリゴリエフのような堅物《かたぶつ》もいるけれど、気になんてしない。

勇気を出せば、振付の現場だって見学させてもらえる。

ロモラが秘密のレッスン室の存在に気づいたのは、出港から数日後だった。Cデッキからレストランに降りる階段の脇に、一台のピアノが置かれた小さなホールがある。ニジンスキーは三時になると、ツアーに同行しているフランス人ピアニストのルネ・バトンとここへやってきて、バッハの音楽をもとにした新作の振付に取り組んでいた。

立ち入り禁止なのだろうか。

ロモラはこっそりと、階段のいちばん上に座ってみた。するとレストランの給仕長がやってきて、ここは座る場所じゃないと注意してきた。次の日もまた行く。今度はバトンから、出て行ってほしいと丁重に言い渡された。

ああ、やっぱりだめか。あきらめて腰を上げかけたところで、ふっとニジンスキーの手が動く。バトンに向かって、居てもかまわないと身振りで伝えているようだ。

高鳴る胸をおさえながら、ロモラは階段に座り直した。ニジンスキーの新作の制作現場を見られるだなんて……！　きっとヨーロッパじゅうのファンが羨ましがるに違いない。ときに目を閉じてピアノの音にじっと耳を澄ませ、ときに指で動きを確かめ、ときに同じ旋律を繰り返して弾かせながら、少しずつ作品を形にしていく。その輝かしい創造の現場を見守っているのは、ピアニストと自分だけ。

これが愛を貫いたご褒美でなくて、なんだというのだろう。

バレエのレッスンも、彼女は好きになっていた。

「バレエ・リュスに入団したい」というのは、ニジンスキーに接触したいがための口実にすぎなかった。だがいつしか、それはロモラにとって真実の夢となった。早く一人前のダンサーになってニジンスキーと一緒の舞台に立ちたいし、カンパニーに貢献したい。自分の踊りが、まだ客に見せられるレベルでないことは承知しながらも、彼女は真剣にレッスンに臨んだ。

船上では、ニジンスキーの発案によって、デッキで合同レッスンが行われるようになった。ロモラの師たるマエストロ・チェケッティは今回のツアーに同行していない。彼のメソッドではないレッスンについていけるだろうか。不安で胸をいっぱいにしながら、ロモラはいちばん舳先《へさき》に近い、目立たない場所の手すりに必死でしがみついていた。ニジンスキーはデッキの反対側のかなたで、ひときわ美しい影を海面に投げて踊っている。振り向いてほしい。わたしを見てほしい。でもどうか、膝の曲がったぶざまなアラベスクをさらしているこの瞬間ではありませんように……。

しかし、そんな心配が無用なほど、ニジンスキーはロモラに無関心なままだった。デッキで読書をしている前を何度も通りすぎたり、わざと大きな声でほかの人とおしゃべりしてみたり。ロモラが何をしても、ニジンスキーは一瞥《いちべつ》さえしてくれない。秘密のレッスン室に入れてくれたのも、彼にとっては誰が居ようが居まいがどうでもいいからなのだろう。そもそも彼は、他人全般に興味がないのかもしれない。そう悟ったロモラは愕然とした。近づきがたいのは言語の壁のせいだと思っていたが、一概にそうともいえないようだ。

誰からも嫌われてはいない。たとえディアギレフが不在であっても、彼は皆から一目置かれ、大事に扱われて、ズイコフやガーンズブルグからいつも手厚く世話を焼かれている。尊大なグリゴリエフさえも、彼に対してはうやうやしくお辞儀をするし、彼の方も同じくらい丁寧に頭を下げる。話しかけられればきちんと返事はして、たまには微笑んだりもする。それにもかかわらず、ロモラが観察している限り、ニジンスキーは誰とも心から打ち解けている様子がない。自称〝宴会キング〟のアドルフ・ボルムが冗談で場を湧かせているそばで、ぼんやりと突っ立っている。何を考えているかさっぱりわからない。熱が入った様子を見せるのは、バレエに対してだけだ。

舞台の上では神。舞台を降りればコミュニケーション下手なマイペース男子。

ひょっとしたら、ディアギレフは自ら盾になってニジンスキーを守っていたのだろうか。いや、守りすぎたせいで彼はこんな風になってしまったのかもしれない。

理不尽と自覚しつつも、ロモラの腹には静かな怒りが湧き出していた。もし、通りがかりに彼の横っ面をひっぱたいたらどうなるだろう。船室に閉じ込めたら。首を絞めたら。そんなぶっそうな空想まで頭をよぎりはじめて、彼女はひとり身を震わせた。自分は果たして、正気のままこの船を降りられるのだろうか。

一方のアンナの辛辣《しんらつ》さは、ロモラにとってある種の救いでもあった。彼女はお嬢さまの船室にわざわざ日めくりのカレンダーを貼りつけて、これ見よがしにベリベリと剝がすのを毎朝の日課にしていた。

「ほら、タイムリミットまであと十二日！」

9 十七日目の告白

南米に行かないと決めたディアギレフは、それでもぎりぎりまで最終判断を保留していた。一等船室の予約の名簿には、最後までその名前が残されていた。
Aデッキ六十番――ニジンスキーの部屋の隣だ。

やはり、同行すべきだった。

彼が休暇中のヴェネツィアで激しい後悔に襲われるのは、エイヴォン号がリオ・デ・ジャネイロに到着した後のことだった。

船は沈没しなかった。バレエ・リュスの一行はぶじ、南米大陸の地を踏んだ。

しかし彼が手塩にかけて咲かせた一輪の薔薇の花は、船上で無残にも手折《たお》られ、大西洋の海底に沈んでいってしまった。ほんの少し、手を離したばかりに……。

一九一三年八月下旬。

まだ誰も、数日後に起こる大事件を知らなかった。

エイヴォン号の乗客たちは、後半にさしかかった船旅をのんきに楽しんでいた。


仮装パーティー。

ガーンズブルグが発案した船上イベントに、バレエ・リュスの団員たちは大喜びした。そろそろスポットライトが恋しい。その上、自分たちは、世界を虜《とりこ》にするバレエ・リュスの舞台衣裳をふんだんに持っている。鮮烈な青や緑の映えるハーレム・パンツから、クラシック作品用の純白のロマンティック・チュチュまでよりどりみどりだ。ホットなパフォーマンスで、ほかの船客たちも楽しませてやろう。

大騒ぎしながら団員たちは準備に明け暮れた。途方に暮れているのはロモラひとりきりだ。まだ舞台に立ったことがない彼女は、自前の衣裳をひとつも持っていなかった。

「ハンガリーといえば、やっぱりジプシーじゃない?」

団員たちがそう言うので、二等船室のダンサーからそれらしき服を借りて、アンナに手伝ってもらいながら身にまとってみた。「いいんじゃない」と、みんな褒めてくれる。だが、ロモラ自身はしっくりこない。困り果てて、一等船室の廊下を行きつ戻りつしていると、ふいに背後から声が飛んできた。

「考えてみたんですよ。あなたにぴったりのコスチュームを」

ガーンズブルグだった。彼は眼を細め、どこかまぶしそうにロモラを見ていた。

「あなたは、とてもスリムですね。まるで少年のようだ」

ロモラは目を丸くした。わたしが少年？　そんなことを言われたのははじめてだった。パリの女学校時代に、ナポレオンに憧れるあまり、フランス軍風のコートと三角帽で仮装したことはあったけれど。

「わたしは前職で仮装舞踏会のコーディネイトをしていたんです。だから、誰にどんな衣裳が似合うかすぐにわかる」

そう言いながらガーンズブルグは、彼の私物とおぼしき、上等そうな薄い緑色の紳士用パジャマを差し出した。

「髪の毛を隠して、短く見えるようにして。それから、これを着てごらんなさい」


半信半疑のまま、ロモラは、船室の洗面台の半身鏡の前に立った。

そして、息を吞んだ。

ほんのり曇った鏡の向こうに、バレエ・リュス風にプロデュースされた自分がいた。

大きな襟《えり》ぐりから見え隠れする華奢な鎖骨。後ろ髪を固く結いつけた小さく形の良い頭。うなじから背骨につながるすんなりとした長い首。乳房や腰の丸みはぶかぶかの上着に隠されて、桜色の爪の先だけが、長い袖から見え隠れする。

パパのパジャマを着た、いたずらっ子の坊や。そんな雰囲気だ。


——少年のようだ。

ガーンズブルグのことばがよみがえる。

――女のようだ。

黒い仮面をつけたアルルカンのシルエットが、ロモラの背後に影法師のように浮かんだ。

ディアギレフがこれを見たら、いったいどう思うだろう。そんな想像がロモラの頭をもたげた。「ほう、いけるじゃないか」ひょっとしたら、あの眠たそうな眼を鋭く光らせてそう言ってくれるかもしれない。きみは第二のイダ・ルビンシュテインになれる。新作では、ぜひ役を用意しよう。

ロモラはまじまじと鏡のなかの自分を見つめた。わたしも、舞台の上で何者かになれるかもしれない。ひょっとしたら、ニジンスキーの振付作品にだって出られるかも。想像するだけで胸が躍った。あの〝黒い仮面の人〟にエスコートされて、舞台の上に出ていく。かわいい坊や、どうかぼくの手を取って、一緒にステップを踏んで。そう、男同士だってパ・ド・ドゥを踊っていいんだよ。きみの細い肩を抱きしめたい。きみの身体を天高くリフトしたい。きみの小さなかわいい唇にキスしたい。愛しているよ。

しかし同時に、得体の知れない不安が、ロモラの腹の底からこみあげた。自分が知らない自分の姿を、無理やり鏡の前に引きずり出されたような気がした。

ロモラはパジャマを脱ぎ捨てた。クローゼットを開けて、いちばん気に入らない、いちばん古くさいウエストの絞りが入った夜会用ドレスを引っぱりだした。鏡に映った裸体が目に入る。

特別にグラマラスでも、特別にお尻や脚の形が綺麗なわけでもない、味気ない、ただの細身の女の肉体。アルルカンの影法師はもう消えてしまった。すっかり霧が晴れた鏡を睨みつけながら、髪をほどいて、ついてしまった癖を櫛《くし》で必死に直す。船室から出ても、まだ彼女の胸の動悸はおさまらなかった。早足で廊下を突っ切ると、団員たちのはしゃぎ声がだんだんと近づいてくる。

「あれえ？　ロモラ、コスプレしないの？」

みんなが話しかけてくる。なぜだか涙が出そうになったので、聞こえないふりをして、無言でパーティー会場への階段を降りていった。食堂は仮装に身を包んだ人びとでごったがえしていた。細い鎖をぶらさげた腰をくねらせる女奴隷。上着の裾をチュチュのようにふくらませた中世の貴族。ムードメーカーのボルムは、古代バビロニアの王様に化け、厚い胸筋を見せびらかしながら野太い声で歌っている。バレエ・リュスの団員たちは、ほかの船客と比べると、やはりずば抜けて目立っていた。

仮装していないのは自分だけだ。

そう思った矢先、ロモラは階段の途中ではっと足を止めた。もうひとりいる。

ニジンスキーだ。

バレエ団のエースは、階段のいちばん下の左端で、パーティーの喧噪《けんそう》をもてあますように独りきりで立っていた。いつも朝食や夕食の席で見かけるありふれたジャケット姿で。ワイシャツだけは新品なのか、皺ひとつない白い襟が、若鳥の羽根のように肩から広がっている。

視線を感じたのか、彼は階上のロモラを見上げた。息が止まった。一年以上彼を追いかけてきて、はじめて、しっかりと目が合った気がした。小さな会釈が返ってきて、ロモラもあわてて会釈した。驚いたが、不思議と緊張はなかった。ニジンスキーもどこかほっとした様子で、ゆるやかに長いため息をついた。

　ロモラも階段を降りた。人波にさらわれないように、階段の右端にくっついて、手すりの端にもたれた。目の前では仮装した人びとたちが無礼講の大騒ぎを繰り広げている。奇妙な心地だった。いつもは舞台の上の彼を客席から観ているのに、いまは、ロモラと彼だけが客として祭りを眺めている。この隣客に話しかけてみたい。そんな想いが彼女の胸にうずく。でも、何を言ったらいいのかわからない。せめて通訳をしてくれる人がいればいいのに。みんな大酒を飲んではしゃぎ回っていて、それどころではない。

「さっきまで、わたしは男の子のコスプレをしていたの」

　階段から人が絶えたのを見計らって、ロモラは声を出した。これくらいのフランス語ならわかるだろう。そう思ったが、ニジンスキーは何もことばを返してくれない。喧騒《けんそう》にかき消されて、聞こえていないのかもしれない。

「もしわたしが男の子だったら、」

　自分の口からこぼれ出た問いかけに驚いて、彼女は言葉を止めた。だったら、何？　いま自分は何を言おうとしたの？　頭が空転する。ニジンスキーとまた目が合った。表情は読めない。微笑んでいるようにも、困っているようにも見える。女海賊のあでやかな衣裳をつけた四、五人のダンサーたちが階段を降りてきて、視界がさえぎられた。通り過ぎたあとには、もう彼は真正面を向いていた。

鼻の奥にしみるような痛みを感じて、ロモラは静かに目を伏せた。

ニジンスキーはとうとう一曲も踊らないまま、夜中の一時ごろ、ふっと姿を消した。ロモラと目が合ったのも、安堵の表情を浮かべたのも、過ぎてしまえばすべてが幻のようだった。


ロモラは、ニジンスキーに積極的に近づくのをやめた。

何日かたつと、避けるようにさえなった。

そのせいか、周りの人たちはロモラが彼を怖がっているのだと思いこみはじめた。ニジンスキーを追いかける姿は隠していたが、避ける姿は隠し忘れていた。そのせいか、妙に心配されはじめる。とうとう彼女を諭す人まで現れた。

「ニジンスキーは、舞台の上では〝舞踊の神〟です。しかし、ふだんはわれわれと同じ人間なんですよ」

「そんなに怖がらないで。とてもいい青年なんですから」

ロモラはむくれる子どものように下を向いて押し黙った。わかっている。ニジンスキーはたしかに〝いい青年〟だ。相手が誰であろうと、横柄な態度は決して取らない。デッキの狭い通路でかち合えば必ず道を譲ってくれるし、振付の現場を見学するのも許可してくれる。

でも、挨拶できても、目を合わせられても、ちょっとおしゃべりができても、それはただそれきりなのだ。あのパーティーの晩もそうだった。仮装したダンサーたちの天地をひっくり返すような大騒ぎを前に、平凡なジャケットとドレスに身をつつんだ男女としてあてどもなく佇んでいたあの夜、魂のさびしさと哀しみを彼とたしかに共有したような気がしたのに、夜が明けて朝食に行くと、彼はカンパニーのお偉方と同じテーブルを囲みながら、いま人生ではじめて彼女を見たかのようなまなざしを送っているのだった。

結局のところ、まだ顔も覚えてくれていないのだろうか。覚えているなら、「やあ、また会いましたね」くらいは言ってほしい。ただのファンだと思われているのか。いや、むしろファンだと思われていないからこうなのか。彼女にはもう何もわからなかった。はっきりしているのは、彼が対人的な意味でショービジネス向きの人間ではないことだけだった。


おせっかいな人が、ロモラの腕を取って、ニジンスキーがよくいる一等船客用のデッキまで引っ張っていく。数組の男女が愛をささやき合う姿が、暗がりにぼんやりと浮かび上がっていた。

ニジンスキーは、月明かりの下、金色の薔薇を描いた扇子をあおいでいた。一緒にいるのは、ロモラのランチ仲間のひとりのコヴァレフスカ。話しているのはポーランド語だ。

「ニジンスキーくん。ここにご紹介したい女性がいる」

「ああ、そうですか。こんにちは」

これまでもう何度、こんなやりとりを繰り返しただろうか。

コヴァレフスカが笑顔で通訳を申し出てくれたので、ロモラは半ば気がすすまないままないましゃべりはじめた。あなたの踊りはほんとうにすばらしいと思います。ダンスをほかのさまざまな芸術の域にまで高めてくださいましたわ。——コヴァレフスカの通訳をニジンスキーは無言で聞いている。南半球の八月終わりの夜に映える優雅なシルエット。なんて美しい人なのだろう。

うっとりした心地とはうらはらに、絶望が喉をむしばんで、彼女はことばを詰まらせた。こんな歯の浮くような賛辞なんて、彼はもう飽き飽きしているはずなのに。

そのときふと、ニジンスキーの視線が自分の指輪に注がれているのに気がついた。少し風変わりなデザインだ。聖甲虫《スカラベ》に頭をつぶされた金色の蛇が、月の光を浴びて緑がかった光を放っている。

「これはわたしの父が、エジプトから持ち帰ったものです」

ゆっくりとロモラは言い、指輪をはずして、ニジンスキーの手のひらに置いた。

「持ち主に幸福をもたらしてくれる、という伝説があるんです。バレエ・リュスのみなさんと出発するとき、母がくれたんです」

エミリアを説得するのは、一筋縄ではいかなかった。「パリやロンドンならまだしも、南米旅行だなんて！」いまにも卒倒しそうな彼女をなだめすかして、媚《こび》を売って、泣き落として、脅して、考えうるありとあらゆる手を使って、ロモラは南米への旅を勝ち取ったのだ。「奥さま、お約束します。お嬢さまは俺が責任を持ってお預かりしますから」ボルムにそんなセリフまで言わせて。

ワツラフ・ニジンスキー。

あなたを手に入れたい。その夢を叶えるために、わたしはブダペストの客席の片隅から南米行きの船の上にまでやって来た。

——ここまで想っているのに、認知さえしてもらえないんですか？

ニジンスキーはしばらくその指輪を眺めていたが、ロモラの手をとり、指にはめて、ポーランド語でやさしく言った。

「この指輪は、きっとあなたに幸福をもたらすでしょうね」

彼の口元にはかすかな微笑みが浮かんでいた。背後には、生まれてはじめて見る南十字星の神聖な輝き。いつものように優雅なお辞儀をして、ニジンスキーは去っていく。ロモラはいまさっき触れられた手を胸に押し当てて、その姿を見送った。プティが、わたしの手に指輪をはめてくれた！　その興奮さめやらぬまま、ロモラは船室に戻って、「プラハの幼子イエス像」の小聖画の前で神さまに祈りを捧げた。どうか明日はもっと彼に近づけますように、と。


しかし、青白く濡れた月が水平線のかなたに沈んでいき、煌々《こうこう》と熱を放つ黄金色の太陽が顔を現す南半球の朝。ベッドの上で伸びをしたときには、もう前夜の幸福感は彼女の胸から消え失せていた。

ああ、きっと、またふりだしに戻ってしまったにちがいない。

ロモラは船室を出た。さんさんと朝日が降り注ぐデッキで、早速ニジンスキーとすれちがう。彼は、船員や一般の乗客にするのと同じような軽い会釈をしてくれるだけだった。次に、同じエレベーターに乗り合わせる。レッスン着とおそろいの珊瑚色のかわいいバレエシューズを履いているのに、彼は一瞥だにしてくれない。デッキの上で彼の前を通っても、やはりなんの反応もない。『春の祭典』の群舞さながら、どど！　どど！と両足を思いきり踏み鳴らしても。

アンナは、ロモラの静かなあきらめを感じ取っていた。

船は、ブラジルのリオ・デ・ジャネイロ港へ向かって蛇行を始めていた。西の水平線のかなたには、灰色の島の影が蜃気楼《しんきろう》のように浮かんでいる。十五日目のカレンダーを剝がしながら、彼女はついに、ロモラにとどめを刺した。ハンガリー人なら誰もが知る古いことわざを引用しながら。

「わたしなら、いやがる馬に無理やり水を飲ませようとはいたしませんわ」

その翌日。

「来てください、大事な話があります」

ガーンズブルグからふいに声をかけられて、ロモラは凍り付いた。

南米ツアーの団長代行をつとめる人物がわざわざ自分を探しに、団員たちの溜まり場のバーまでやってきて、真顔でそう宣告してきたのだ。とてもいい知らせとは思えなかった。

「あれ？　ロモラ、なんか悪いことでもした？」

周りの団員たちが笑ってからかうが、当のロモラは青ざめるばかりだった。よもや、自分はプティだけでなく、バレエ・ダンサーの夢まで失ってしまうのだろうか？　不安のあまり泣き出しそうになりながら、導かれるまま、ガーンズブルグの後ろをついていく。

デッキに上がると、潮風の匂いが心なしか和《やわ》らいでいるような気がした。陸が近いからだろうか。ヨーロッパを制した革命的なバレエ・カンパニーを乗せた船が、いよいよ南米大陸と接続される。カンパニーは未知なる国々を新たな喝采の渦に呑み込み、わたしの小さな希望だけが泡沫《ほうまつ》となって消えていくのかもしれない。押し潰されそうな心をなんとか保とうと、ロモラは懸命に涙をこらえていた。何を言われても、きちんと受け止めなければ。わたしは自分の意志で、自分のためにここまで来たのだから。

直射日光が照りつける船首の際までたどりつくと、ガーンズブルグは立ち止まり、辺りを見回してから、ロモラにおそろしく真剣なまなざしを向けた。

「まるで少年のようだ」

つい先日、ロモラにそう告げた唇が、いま再び開いた。

「ロモラさん。ことばの問題で、ニジンスキーはあなたと直接お話ができません。でも彼は、こう伝えたいとわたしに頼んできたのです。

あなたと結婚したい、と」

ACT
2

1　夏の終わり

ロモラ・ド・プルスキーは号泣していた。


「どうしたの？　具合でも悪いの？」

「お茶でも召し上がったらいかがですか」

「ロモラお嬢さまったら、開けてくださいってば」

船室のドアを叩くノックの音も無視して、彼女はベッドに突っ伏したまま号泣していた。


ひどい、ひどい、みんなひどい……！

要するに、この船上にいる関係者みんなが、自分のニジンスキーへの想いを察して、陰であざ笑っていたのだ。しかもそれだけでは飽き足らず、こんな小芝居で自分を騙して、ぬか喜びさせて、それをまた笑いの種にしようとしている。

なんてひどい人たち。なんてぶざまな自分。

他責と自責の念が、渦を巻きながら交互に彼女の胸をなぶっていく。

本当はすべてわかっていた。少なくとも途中からは気がついていた。アンナの言い分こそが正しいことを。〝プティ〟と結婚するなんて到底ありえないことを。いつかはその夢を大西洋の海原《うなばら》に葬らなければならなくて、一年半の情熱が泡沫となって消えていったそのときに、自分の旅路が終わりを迎えることを。

せめて、その瞬間をいつにするかは自分で決めたい。

そう願っていたのに、これほど最悪な幕切れを迎えるだなんて。

打ちひしがれながらも、ロモラは決意を固めつつあった。リオ・デ・ジャネイロに着いたら、すぐにこの船を降りよう。そして折り返しの船に乗って、ヨーロッパへ帰ろう。その後の自分の運命はわからない。母も継父も叔母も、きっと笑うだろう。そして何事もなかったかのように、新しい縁談を持ってくるだろう。

でも、いまの自分は、これまでの自分ではない。プティは自分に、人生の舵を自分で取るための大きな力を授けてくれた。それだけでも充分だ。船を降りるときには、涙をきちんと拭いて、彼に御礼とさよならを言おう。

気がつけば、夕食の時間はとうに過ぎていた。

泣きすぎて頭が痛かった。鼻をぐずつかせながらふて寝をしていると、ノックの音とともに、二つ折りの便箋が船室のドアの隙間から差し挟まれた。「お嬢さま、お嬢さま」アンナのささやき声が聞こえる。ロモラはのろのろと立ち上がり、紙を開いた。ドミトリー・ガーンズブルグの署名がそこにあった。

いたずらのお詫びだろうか。短いメッセージに目を走らせたロモラは、そのまま便箋を取り落とした。

「どうして逃げておしまいになったのですか。もしデッキまでいらしてくれないのだとしたら、せめてあなたのお返事だけでもお知らせください。わたしは、ニジンスキーに結果を知らせなければならないのです」


午前中の出来事が、ロモラの脳裏によみがえった。

誰もいない快晴のデッキ。肌が焼け焦げそうなほどに強烈な陽光。髪をくしけずる潮風。ひどく神妙な顔つきで口を開くガーンズブルグ。沈黙。耳を疑って、聞き返す自分。フランス語のレッスンのように、ゆっくりとことばを繰り返すガーンズブルグ。「あなたと結婚、」言い終わらないうちに、気が触れたように叫ぶ自分。

「なんでそんなひどい冗談を言うんですか!」あとは声にならない。ことばは八月の南風に巻かれて、入道雲のかなたに飛んでいく。「あなたという方は、どうして、わたしに……」

血が熱を伴って、ぐらぐらと額まで燃え立つ。眼からあふれ出したのは、血ではなく涙だった。よろめきながら二、三歩、後ずさりしたあとの記憶はない。たぶん、すぐに踵を返して、デッキを駆け、階段を転がるように降り、船室へ飛び込み、廊下じゅうに響くほどの音をたてて鍵を掛けたのだろう。ただ、階段の手すりにしがみついたとき、デッキのかなたに、ガーンズブルグのひどくうろたえた顔が目に入ったような気もする……。

ドアをそっと開けてアンナを招き入れ、一番お気に入りの、東洋風のブルーが映えるイブニング・ドレスに着替える。頭をターバンで巻いて乱れ髪を直し、腫れた眼をよく洗い、唇に紅を引いて、全身をチェックしてもらったあと、ロモラはひとり静かにデッキへ出て行った。もう夜の十一時だ。ガーンズブルグも、逢引きする船客たちの姿もない。

真相は明日に持ち越しか。少しほっとしてため息をついた矢先、彼女の目の前にひらりと黒いシルエットがあらわれた。

「マドモワゼル……」

影は、右腕で優雅に大きな弧を描いたあと、人差し指を左手の薬指にあてがった。波のざわめきに混じって、たどたどしいフランス語が聞こえてきた。

「あなたと、わたしと、……」

『白鳥の湖』のジークフリート王子さながら、ニジンスキーは、デッキの上で誓いの身振り《マイム》を行っていた。

ああ、チェケッティ先生。ロモラは心の内で問いかける。これはあなたが教えてくれた「結婚」というマイムですよね？

そして、これは「承諾」というマイムで合っていますよね？

ロモラは震える両腕を懸命に動かしながら、声を出した。

「はい、はい、はい……！」

ワツラフ・ニジンスキー、婚約。

そのニュースは、一夜でエイヴォン号の船上をかけめぐった。

絶句する人。大声で叫ぶ人。笑い出す人。信じようとしない人。翌日の夕食の席では、バレエ・リュスの団員全員がニジンスキーとロモラを交互に見比べて、噂の真偽をささやきあっていた。誰かと視線が合うのを恐れて、ロモラはレストランの隅でひとり身を縮めていた。昨日の夜も食べていないのに、今日も食事が喉を通らない。

戸惑いつつ、ロモラに祝福を告げに来てくれる団員もいた。一方、気が動転している団員もいた。アドルフ・ボルムは、人がいない瞬間を見計らうようにロモラの側にやってきてささやいた。

「どういうことなんだ。きみはニジンスキーに気があるようにはとても見えなかった」

「わたし、自分の考えや気持ちを全部あなたにしゃべったわけじゃないもの」

「俺はきみの家族から親切なおもてなしを受けた。だから、忠告するのは俺の義務だ」

ボルムの顔からは、いつもの笑顔が消え失せていた。

「きみはまだ子どもだ。それにアーティストとしての彼しか知らない」

ロモラは内心たじろいでいた。たしかにボルムの言うとおりだ。自分はニジンスキーのことを何も知らない。プロポーズしてくれた理由も、さっぱりわからないのだ。

それでも、もう後には引けない。ロモラは目線を落とし、精一杯落ちついた声音で言った。

「たとえあなたが正しかったとしても、わたしは彼と結婚します」

ついでピアニストのルネ・バトンの妻が、食堂に駆け込んでくるなり叫んだ。

「お願い、誰か来て！　女の子がヒステリーを起こして倒れちゃったのよ。ニジンスキーの結婚にショックを受けて」

別の二等船室では、団員たちが心配そうに扉をノックしていた。バレエ団の振付助手をつとめるマリー・ランベールの部屋だ。小さなすすり泣きが廊下まで聞こえてくる。団員たちは顔を見合わせた。

「彼女、好きだったもんね。ニジンスキーのこと」


自分だけではなかった。ニジンスキーに惹かれていた女性は。

当初の気まずさはいつしか、昂奮に変わっていた。当然だろう。彼はそれだけ魅惑的な男性ダンサーなのだから。バレエ団の内部にも、観客のなかにも。何百人も、何千人も、何万人も。彼を知るみんなが、彼を愛し、我がものにしたいと願っていた。

でも、その夢を叶えられるのは世界でたったひとり。

目もくらむような歓喜に打ち震えながら、ロモラは続々と質問攻めにやってくる団員たちの前で、控えめな微笑を浮かべた。


ひとしきり騒ぎ、すっかり疲れきった団員たちと別れて、ロモラは自分の船室に戻ろうとした。途中で、気配を感じて立ち止まる。振り返ると、いつの間にかニジンスキーが彼女の背後にいた。彼の船室の前で、ドアノブに軽く手をかけたままこちらを見つめている。一緒に入っておいで。そう言っているように見えないでもない。

少女を誘惑する薔薇の精。
ニンフを追いかけ回す牧神。

さまざまなワツラフ・ニジンスキーの姿が、ロモラの目の前をよぎっては消えていった。自分はもう、彼の身体を知っているも同然だ。その事実に、ロモラははじめて思い至った。舞台の上で、あるいはレッスン場で、彼女はすでに、裸も同然の彼を数え切れないほど見てきた。皮膚から透ける骨も、腕や脚にまとったしなやかな筋肉も、耳の裏から指先まで優美に流れ落ちる汗のしずくも、腰回りの曲線も。

手に入れるとは、手に入れられること。ロモラは身をこわばらせた。わたしは、わたしの身体をまだ誰にも明け渡したことはない。元婚約者が首すじにキスしてきたときのぞっとする感触。あれが、自分の過去の経験のすべてだ。

あんなにも、わたしを見てと願っていたのに。いまは見られるのも、触れられるのも恐ろしい。ニンフのスカーフを岩の上に置いて、その上に自分の身体を横たえ、背を弓なりに反らして果てたあの牧神が、いま、ロモラただひとりを静かに見つめていた。

成すすべもなく立ちつくしていると、ニジンスキーはつかつかと歩み寄り、背をかがめてロモラの右手をとり、短いキスをした。唇を手の甲に付けるだけの、ほんの一瞬のキスだった。手を離すと、彼はロモラに声をかけるでも目を合わせるでもなく、背中を向けると、そのまま船室に入っていった。ドアは優雅に閉まり、一等船室の廊下は再び静寂に包まれた。

ロモラはへなへなと腰を抜かした。ほっとした一方で、拍子抜けもした。ブダペストの実家の黒檀の本棚に並ぶ亡き父の蔵書コレクションを、彼女は頭のなかでめくった。ボッカチオ、シェイクスピア、サッフォー、カサノヴァ——彼らは初夜について何かを書いていただろうか。母や叔母や姉の顔も思い出す。婚約をすれば、もう男性に身体を明け渡してもかまわない。ハンガリーの女性たちはみんなそう言っていた気がする。ロシア人の考え方はそれとは違うのだろうか。知りたかったが、船上の団員たちに尋ねる勇気はなかった。いま枕を涙で濡らしているあの娘やあの娘の心境を思えばなおさらだ。

キスを受けた手を、ロモラはそっと胸に抱え込んだ。心臓が大きく波打っていた。薔薇の精は、眠る少女の前に現れ、ただ夢だけを与えて窓の向こうへ飛び去っていく。この鼓動はときめきなのか、それとも不安なのか。彼女の気持ちを乗せたまま、船は南米への上陸へ向けて最後の蛇行をはじめていた。

一九一三年九月十日。

結婚式は、巡業先のアルゼンチン・ブエノスアイレスにあるサン・ミゲル教会で行われた。十八世紀に建造された、この国でもっとも立派なカトリックの教会だった。

ガーンズブルグ男爵に手を引かれて、二十二歳の花嫁は車から降り立った。

ワーグナーの『ローエングリン』の婚礼の曲とともに、ロモラは教会の側廊へとしずしずと歩み出た。団員やスタッフの手助けで、急ごしらえながら、なんとか婚礼にふさわしい出で立ちになった。薄いクリーム色のウェディングドレス。白いヴェールと靴。結婚の象徴とされるオレンジの花をブーケに入れることはできなかったが、百合に似た大ぶりの花が用意され、ロモラの腕のなかで白く輝いていた。

式は長大だった。まばゆいくらいに着飾った司祭が、ラテン語とスペイン語をまじえて説教をする。ロモラは終始ぼんやりとその声を聞いていた。

世界の何もかもがかすんで見える。まるで現実感がない。

にぶい金色の結婚指輪は、リオ・デ・ジャネイロの街の宝石店でニジンスキーが選んでくれたものだ。それなのに、指にはめられても、冷たくいびつな感触がしびれのように手を覆っていくばかりだった。祭壇の上には、指輪と似た金色の翼をもつ天使の像がそびえている。ロモラはその姿をただ夢心地で仰いでいた。

アンナはひそかに取り乱していた。ホテルで着替えをはじめたロモラが、女性の団員たちに世話を焼かれ、美しい花嫁に変貌していくにつれて、彼女の不安はふくらんでいった。この結婚を知って、エミリア奥さまはいったいどんな顔をするだろう。すでにブダペストには電報が打たれていたが、まだ返報はなかった。

ボルムもまた取り乱していた。「わたし、自分の考えや気持ちを全部あなたにしゃべったわけじゃないもの」——先のロモラのことばが頭のなかにこだまする。団員のひとりとして祝福の列に連なり、取りつくろった笑顔を浮かべながら、ボルムは取り返しのつかない過ちを深く悔いていた。全部しゃべっていないのは、自分も同じだ。ニジンスキーに対する彼女の態度が近頃ひどく不自然なのには気づいていた。それが恋情の裏返しだとは思いもよらなかったが、せめて一度くらい釘を刺しておくべきだった。俺とはデートしようが寝ようが自由だが、ニジンスキーだけは指一本触れてはならない相手だと。この結婚を知って、ディアギレフはいったいどんな顔をするだろう。俺のせいだ。事の核心に触れずに、万事、都合よく立ち回ろうとした俺自身の。

不穏な表情を隠せずにいる人物が、もうひとりいた。セルゲイ・グリゴリエフだ。感極まって眼をうるませているガーンズブルグの横で、彼は眉間に深く皺を寄せていた。教会にはすでに外野が詰めかけている。アルゼンチンの社交界の人びと。物見にやってきた近隣の住民たち。カメラと鉛筆をたずさえた報道記者たち。世界じゅうにこのニュースが知れ渡るまでのカウントダウンはもう始まっている。

ディアギレフは激怒する。そこまでは確定事項だろう。彼らはいったい、この事態をどうやって収めるつもりなのだろうか。ガーンズブルグも、ニジンスキーも、そしてこの、いつの間にかカンパニーに混ざっていたバレエ素人の令嬢も。

年配のアルゼンチン女性が、ロモラを力いっぱい抱きしめる。窒息しそうなほどむっちりとした腕にあっぷあっぷしていると、みんなが笑った。「幸せになってね！」そんな声があちこちから聞こえる。ニジンスキーはずっと、眉ひとつ動かさず神妙な顔をしていた。式の余韻に浸っているのだろうか。ロモラはそんな彼から目を逸らし、カメラと野次馬の前で精一杯の笑顔をふりまいた。

ワツラフ・ニジンスキー。

わたしの〝夫〟……。

もっとその響きを愉しんでもいいはずなのに、ロモラはどこかしっくり来ないものを感じていた。それは、自分があまりに長いこと、彼を〝プティ〟と呼び続けていたからだろうか。

「アンナ。あなた、こう言っていたのを覚えている？　プティはプティでいいじゃないですか、って」

荷物を新婚夫妻の部屋に移すための支度の手を止めて、アンナは振り返った。一瞬だけ浮かんだ物思わしげな顔つきが、すぐに、新妻を励ますための気丈な笑顔に変わった。

「ええ。でも、もうそう呼ぶのはふさわしくないと思いますわ。あの方は、お嬢さまの旦那さまになられたのですから」

2　彼の妻になるために

南米には、バレエを人生ではじめて観るという客も少なくない。

そこで今回のツアーでは、バレエ・リュスのオリジナル作品だけでなく、クラシック作品のレパートリーも上演することになった。だが、ツアーに参加している団員の数は少なく、掛け持ちしてもまだ頭数が足りない。自腹を切って無理やり巡業についてきたロモラにも、ついに役があてがわれた。

『白鳥の湖』の王子の花嫁候補、『シェエラザード』のパ・ド・トロワ、そして『牧神の午後』のニンフ――。

結婚に続いて、舞台に立つ夢までも叶った。嬉しいはずなのに、ロモラの胸は恐怖でいっぱいだった。自分の踊りの未熟さは痛いほどにわかっている。それをニジンスキーに見られるのは耐えがたかった。彼は自分の出番がない日、きまって客席から公演の様子を眺めているのだ。

ニジンスキーの身体は見たい。「プティと呼ぶのはふさわしくない」と言われても、舞台の上でスポットライトを浴びて踊りだせば、そこにいるのはやはり変わらずプティだ。たとえ、ロモラと同じ金色の結婚指輪を薬指にはめていたとしても。

一方で、自分の身体は彼に見られたくない。彼の視線を意識するだけで脚がもつれて、下手な踊りがますます下手になる。それは船上で合同レッスンを受けるようになって以来、彼女にずっとつきまとっているジレンマだった。

「ねえお願い、今日は客席に来ないでほしいの」

甘えた調子でそう切り出したものの、ニジンスキーはその願いをあっさりと拒んだ。

「だめだよ。ぼくは、みんなを、チェックするんだから」

劇場でのニジンスキーは仕事人だった。妻だからといって自分の楽屋には入れないし、ボルムのように舞台袖で冗談を言ってロモラの緊張をほぐしたりもしない。自分が出演する日は、役に入りきって、団員たちのおしゃべりの輪にいっさい加わらない。出演しない日は、リハーサルから本番に至るまで舞台上をつぶさに観察し、団員たちに指示やアドバイスをおくる。ディアギレフ不在のツアーにおいて、彼は事実上の座長だった。

ニジンスキーを単なる社交下手の青年と思いこんでいた自分をロモラは恥じた。他人と距離を置くのは、役柄や作品に専念するために必要な心のバリケードを築くためだったのだ。

けれど、舞台を終えて、ホテルに戻ったあとは……。


「きみに、伝えたい、話がある」

結婚式から間もないある日、ニジンスキーは、かしこまった様子でロモラに告げた。その話をするために、わざわざガーンズブルグからフランス語のレクチャーを受けてきたという。ホテルの部屋の小さな丸テーブルの上で手を組み、ときおりセリフを思い出すように視線を天にさまよわせながら、彼は訥々《とつとつ》と語りだした。自分とディアギレフの間に、数年にわたって存在していた肉体関係を。

団員たちから吹き込まれた話は、やはり本当だった。

震えるような思いでロモラはその話を聞いた。ディアギレフは男性しか愛さない男なのだということ。十九歳の頃には、すでにディアギレフと性的な関係を持っていたこと。しかし最近は喧嘩も増えて、関係が消滅しつつあったこと。彼とどうしても寝たくなくて、ディアギレフを突き飛ばして逃げた日さえもあったこと。

「でも、ディアギレフは、わかってくれる」ニジンスキーは言い切った。「この結婚にも、賛成してくれるはずだ」

なぜ? 正式に別れたわけではないのでしょう? どうしてそんな風に確信できるの?

そう問いたかったが、訊く方も答える方もつたないことばしか持ち合わせていないこの場において、それが愚問であることはロモラも承知していた。片言同士のぎこちなさに耐えかねるように、ニジンスキーは彼女の手を取って立ち上がった。向かった先は、新婚夫婦のために用意されたダブル・ベッド。何百人もの観衆に見守られながらの婚姻の儀のあとに待っている、カーテンの向こうの秘された暗がり。そこに導かれ、肩を優しく倒されて、頭を大きな枕の上に乗せた瞬間、ロモラは、牧神に捕らえられて岩の上に寝かされたニンフになった。闇のなかで、彼の切れ長の双眸《そうぼう》が猫のように金色に光っている。その眼が闇に慣れてきて、いま服を解かれている自分の身体が、彼の視界にさらされるのが怖かった。

ぎこちなく腕を回した彼の背中と、首すじに這う息が、燃えるように熱い。それがロモラを安心にも不安にもさせた。どうしよう。もし自分の肉体の冷たさを感づかれていたら。どうしよう。触れられる痛みに涙が出そうなことを気づかれていたら。どうしよう。結婚して、ひとりの女の肉体をようやく我がものにしたのに、スカーフと何も変わらないじゃないかと幻滅されていたら。

「わたしの踊り、……どう?」

片言のロシア語で、ロモラが思い切って尋ねたのは、それから何夜かを経た頃だった。

客席に来ないでほしい。そう言って以来、ニジンスキーは何か思うところがあったのか、ロモラに役を与えるのをやめてしまった。怒ってしまったのかと思いきや、ホテルの部屋に帰ってきてからの態度は特に変わらない。心の内を訊きたかったが、いったい何を知りたいのかは当のロモラにもわからなかった。

「きみは……」片言のフランス語が返ってくる。「一流のダンサーには、なれない」ロモラは呆然とした。相対するニジンスキーはごく平静な顔つきだ。

「どうやっても？　本当に無理？」

ロモラがどれほど食い下がっても、答えは変わらない。

「うん、きみは、一流のダンサーには、なれない。素質はあるけど、始めたのがとても遅い。だから、テクニックが足りないんだ」

ダンサーになりたい。

それは当初、ニジンスキーに近づくための方便にすぎない夢だった。だが、いざ宣告されると、意外なくらいにショックだった。これまで、欠かさずレッスンに通い、ストレッチや筋肉づくりにも励んできた。ニンフの踊りも、集中力を研ぎ澄ませて必死で取り組んだおかげで、他の若手ダンサーよりも早く振付を覚えられた。バレエはすでに、彼女の人生の一部になっていた。

指にようやくなじみつつある金の結婚指輪を、ロモラはそっと撫でた。最大の目的を果たした以上は、もう忘れるべきなのかもしれない。

「それなら、わたしはもう舞台には立たない」

「いや。全部をあきらめなくたって、いいよ」驚いたようにニジンスキーは返した。「たとえば、ぼくがきみのために振り付けた、ある種の踊りなら、きっと、きれいに踊れる」

ある種の踊り……？

ぶかぶかの紳士用パジャマをまとった自分の姿が目に浮かんだ。エイヴォン号の船室の鏡の前で見たあの姿。あどけない村娘でも気品たっぷりの姫君でも、スカーフを脱ぎ捨てて水浴びをする肉感的なニンフでもない。中性的ですらっとした「少年」。

――ニジンスキーは、いま、そんなわたしを想像しているのだろうか？

胸によぎる微かな恐れから逃げるように、ロモラは強く首を振った。

「いいえ。もう立たない。あなたの才能を助ける方が、わたしにとっては大事だもの」

その決断に、後ろめたさがないわけではなかった。

大女優の母親。ピアニストの姉。芸術の世界に生きるプロフェッショナルである彼女たちは、いったい、次女の電撃結婚をどう思っているのだろう。打った電報に対する返信はまだない。反対されたとしても、もはや手遅れだ。しかし祝福されるシーンを想像しても、それはそれで心が沈んだ。


ロモラの身体に変化が現れたのは、ウルグアイの首都モンテヴィデオでの公演中だった。コーヒーの匂いを嗅ぐと、たちまち気分が悪くなる。レストランやカフェに一歩入るだけで吐きそうになった。そんな日が何日も続く。よりによって、コーヒーのメッカである南米でこんな状態になるなんて。それなのに団員たちは心配するどころか、げっそりしたロモラを見てにやにやしている。

「おめでとう」

早くもそんな声が飛んでくる。下衆《げす》の勘繰りもいいところだ。ところが医者に診てもらうと、彼らの予想は大当たりだと判明した。

こんなに早く身ごもってしまうだなんて。動揺を隠しきれないロモラに対して、ニジンスキーは無邪気に喜んだ。ふたりともまだ若いし、旅回りの生活が当面は続くから、五年間は子どもができないように気をつけよう。わざわざガーンズブルグに通訳を頼んでそう同意したはずなのに、いざ事が起こると、ニジンスキーは約束を忘れて有頂天になってしまった。

「きっと、この子は、すばらしいダンサーになる」

そんな風に言われれば、堕ろしたいとはとても言い出せない。ロモラはただぎこちない笑顔を作るばかりだった。

ニジンスキーは結婚してからご機嫌だ。そうささやく団員は少なくなかった。両性具有的と称えられた「薔薇の精」を十八番とするダンサーといえど、やはり根はまっとうな男だったか。妻《めと》を娶り、一家の長としての責任感を身につけた彼は、ダンサーや振付家としての仕事にますます打ち込み、名声をほしいままにするだろう。

結婚、そして妻の妊娠。それは彼がプロデューサーとの同性愛から、そして少年愛の対象から卒業し、一人前の社会の成員になった証明のようにも見えた。

一方、ロモラはつわりに苦しみ続けていた。

バレエ・リュスの南米ツアーは、エイヴォン号の最初の到着地であるリオ・デ・ジャネイロを最後の公演の場所として設定していた。船上でプロポーズを受けて、選ばれし姫君になったような心地でリオの街に結婚指輪を買いに行った日を、ロモラは遠い昔のように感じていた。いまや彼女の身体は、ホテルの洗面所とベッドを往復するだけで精一杯だった。ニジンスキーはそんな妻を気遣いつつも、支度をととのえて劇場に向かおうとする。その背中に向かってロモラは叫んだ。

「行かないで……！」

叫びながらも、ロモラは自分に呆れていた。そんなわがままが通用するわけがない。ましてや今夜はあの『ル・カルナヴァル』を踊るのだ。ブダペストでふたりをめぐりあわせた美しいアルルカン。代役なんてもちろんいない。あれを演じられるのは、この世でただひとり、ワツラフ・ニジンスキーだけだ。

一体なにをやってるの？　わたし。

わけがわからなくなりながら、ロモラはなおも叫んでいた。行かないで。つらいの。わたしをひとりにしないで。どうして自分ばかりこんな目に遭うの！


一刻の間を置いて、ニジンスキーは振り返った。そして、あっけらかんとした声で言った。

「わかった、行かない」

思いがけない返事に、ロモラは我に返ってベッドから跳ね起きた。ニジンスキーは静かに歩み寄ると、ベッドの脇に腰かけ、ロモラの頭を抱いて再び寝かせた。彼女の氷のように冷たい手をとって、静かにキスを落とす。

「きょうの公演は、出ないよ。きみが、望むなら」

このときは、誰も想像していなかった。

嬉しいのか情けないのかわからないまま泣きじゃくるロモラも。ロモラの濡れた頬を優しく撫でさするニジンスキーも。新婚ダンサーのドタキャンに肩をすくめるガーンズブルグも。苦々しい表情を浮かべたグリゴリエフも。

よもやその一晩の出来事を、セルゲイ・ディアギレフが復讐のために利用しようとは。

3　奴隷ヨゼフの受難

この恋に溺れた男は、叶わぬ希望のあとをひそかに追って行ったが
——しかし結局、その姿を見失ってしまった。
—— Thomas Mann, *Der Tod in Venedig*

時はしばらくさかのぼる。

一九一三年九月。

その朝、ミシア・セールは、モスリンの軽やかなドレスをまとい、日傘を天にかざし、運河の脇の小道を優雅に歩いていた。まだ陽の照り返しが強い初秋のヴェネツィアに映えるバカンス・ルックは、一幅のファッション・プレートさながらだ。ゴンドラの船頭に大きく手を振ったあと、大親友の泊まるホテルへと入っていく。

セルゲイ・ディアギレフは、パジャマ姿のまま、にこやかに彼女を出迎えた。

彼がご機嫌な理由は明らかだった。新作の楽譜が手に入ったからだ。バレエ・リュスが南米ツアーに出かけている間、ディアギレフは決して惰眠を貪《むさぼ》っていたわけではない。すでに新作『ヨゼフ伝説』の準備に取り掛かっていた。

台本は著名な詩人フーゴ・フォン・ホフマンスタール。音楽はこれまた著名な作曲家リヒャルト・シュトラウス。舞台は十六世紀のヴェネツィア。豪商ポティパルの妻は、奴隷のヨゼフに恋するあまり彼を誘惑するが、まるでなびかないことに腹を立て、火あぶりの刑に処してしまう。しかし金の翼の天使が現れてヨゼフの鎖を解き、彼は聖人のごとく昇天していく。それを見た彼女は、悔恨のあまり自殺してしまう。……

ディアギレフは、この作品の主演と振付をニジンスキーに任せるつもりでいた。貞淑な人妻を狂わせるほどに危うげな色香を放つ奴隷。ニジンスキー以外の誰が、このキャラクターを創造できるだろう。

ミシアはほっと胸をなでおろした。ディアギレフは『春の祭典』の大炎上事件からも、恋人や団員たちとの不和からも、すっかり立ち直っているように見えた。ミシアが『ヨゼフ伝説』の譜をピアノで奏ではじめると、彼はトルコ製の柔らかなスリッパで床の上を飛び跳ねたあげく、ピアノの脚に立てかけたミシアの日傘を勝手に開いて振り回しだした。

ディアギレフのはしゃぎように、最初はくすくす笑っていたミシアだったが、途中ではっとしてピアノを止めた。〝日傘を部屋で開くのは縁起が悪い〟――そんな迷信を思い出したのだ。

「セリョージャ。ねえ、それはやめてちょうだい」

ノックの音が響いたのは、ミシアが彼をいさめた矢先だった。

ホテルマンが持ってきたのは、一通の電報だった。

ミシアは、小さな紙切れを一瞥した親友の顔がにわかに土気色になり、声にならない声で何かを叫ぶのを見た。


すぐさま、ヴェネツィアに滞在中の仲間たちが駆けつけた。ミシアの内縁の夫ジョゼ・マリア・セールや、美術のレオン・バクスト……みな、バカンスがてら新作の打ち合わせに参加していた、バレエ・リュスの中枢の人間だ。アルゼンチンから発信された「極秘」の電報を回し読みして、全員があっけにとられた。青天の霹靂だ。いったい何が起きたのだろう。南米ツアーに出発したとき、ニジンスキーはいつもと変わらない様子だったし、女性との真剣な交際の噂も聞いたことがなかった。

——この、ロモラ・ド・プルスキーって誰だ？

みな一斉に首を振った。ディアギレフだけが、ただならぬ悲愴な表情を浮かべて震えている。とても詳しく事情を聞ける雰囲気ではない。ああでもないこうでもないと、憶測だらけの議論がはじまる。時間は無為《むい》に過ぎていった。

「重要なのは」

ふいに、バクストがこう言い出した。

「ニジンスキーが出発前にパンツを買ったのかどうかだ」

パンツ……？　一同はいぶかしげに顔を見合わせた。バクストひとりが大真面目な顔をしていた。

「もし事前にパンツを買ったのだとしたら、この結婚は計画的だったという証明になる」

「そういえば、彼は旅の前に新しいワイシャツを注文していたぞ」

誰かがそう言いだす。バクストは合点顔でうなずいている。

「……しかし、パンツとなるとどうか……」

その議論をさえぎって、ディアギレフは子どものように泣きわめいた。

「どいつもこいつも役たたずめ！　何がパンツだ！」


それから二ヶ月後。

セルゲイ・グリゴリエフは、サンクトペテルブルクに帰郷してまもなく、ディアギレフから呼び出しを受けた。どうやら偶然にも、ロシアに帰るタイミングが一致したらしい。肌はまだ船旅の日焼け痕が痛いくらいなのに、ネヴァ川沿いの冬宮殿はすでに雪化粧だった。

グリゴリエフをホテルの一室に招き入れたディアギレフは、挨拶もそこそこに一通の電報を手渡した。ブダペストに滞在しているニジンスキーからつい先ごろ届いたものだという。内容はごく事務的だった。――バレエ・リュスの新シーズンの稽古はいつからか。『ヨゼフ伝説』の振付はいつから始められるか。しばらくは団員たちをこの作品に集中させてもらえないか。

「では、わたしから返信しておきましょう」

そう言いかけたグリゴリエフの手から電報を取り上げ、ディアギレフは口元にゆがんだ笑みを浮かべた。眼窩《がんか》にはめこまれた片眼鏡が、窓枠に積もる雪を映して白く濁《にご》っている。

「文面はもうわたしが考えた。きみは署名して、彼に送ってくれればいい」

手に握らされた文案を一瞥して、グリゴリエフは凍りついた。

「ディアギレフ氏へのあなたの電報に、以下の通り返答いたします。ディアギレフ氏は、あなたがリオ・デ・ジャネイロでの公演に参加せず、『ル・カルナヴァル』への出演を拒否したことについて、契約破棄を行ったと見なしています。つきましては、彼は今後、あなたにオファーをいたしません」

事実上の解雇通知だった。

グリゴリエフの喉から、咎《とが》めのことばがせりあがった。

——ニジンスキーをクビにする？　それがどういうことだかわかっておいでですか？　彼をトップスターに祭り上げたのは他ならぬあなたですよ？　バレエ・リュスといえばニジンスキー、ニジンスキーといえばバレエ・リュス。客はみんなそう思っているし、われわれだってそうではありませんか。

それに、ファンからもっとも多くの喝采を浴びたのはニジンスキーだったが、アンチからももっとも多くバッシングされたのも彼だったのですよ。そんな彼を、いくら出演を一度すっぽかしたからといって——いや、女と結婚したからといって切り捨てるんですか？

グリゴリエフは有能な男だった。だが、ボスに真っ向から反論する度胸は持ち合わせていなかった。

断腸の思いでその電報を打ったあとも、ディアギレフはさらにグリゴリエフに圧力をかけた。

「新作『ヨゼフ伝説』の振付は、ミハイル・フォーキンに変更したいと考えている。主役のダンサーはこれから探す。ひとまず、きみからフォーキンにオファーをしてほしい」

彼はまたも凍りついた。ニジンスキーの厚遇をめぐって大揉めにもめて、喧嘩別れした振付家にオファーする？　しかも矢面に立ってフォーキンを追い出し、すでに彼から恨みを買われている自分に、今度は呼び戻すための説得をしろと？

さすがのグリゴリエフも、木偶《でく》の坊《ぼう》のように突っ立ったまま動かなかった。この態度こそが精一杯の反意の表明だ。ディアギレフは、使えんやつだといわんばかりに肩をすくめると、自らホテルの受話器を取った。

電話は五時間にわたって続いた。グリゴリエフは部屋に残ったまま、ディアギレフの不気味な猫なで声をぼんやりと聞いていた。だいぶ難航しているようだったが、受話器を置いた瞬間に彼は両手を上げて叫んだ。

「やれやれ、これで片が付いた！」

なんと、説得できたのか。グリゴリエフは呆れを隠さなかった。さすがというべきか、恥知らずというべきか。

しかし悪夢はそれだけでは終わらなかった。そそくさと帰ろうとする彼を呼び止め、ディアギレフはその耳にささやき入れた。

「フォーキンは、引き受けるにあたって、きみと、ニジンスキーの妹と、ほか何人かの団員の解雇を要求してきた」

グリゴリエフは震え上がった。なるほど、そういうシナリオだったか。つまりは自分も、ニジンスキーとともに断頭台にのぼらされるのだ。南米ツアーの同行スタッフのひとりとして、彼らの結婚を阻止できなかった責任を取るために。

ところが、ディアギレフはこう続けた。

「わたしは、その要求は拒否したよ」彼は口髭の下にうっすらと笑みを浮かべていた。「だって、きみとフォーキンは、仲直りした方がいいに決まっているからね?」

グリゴリエフは生唾を飲み込んだ。それは物腰柔らかな脅迫だった。

ワツラフ・ニジンスキー、バレエ・リュスを解雇。

そのニュースは、彼の電撃結婚以上にバレエ・ファンや業界人に衝撃を与えた。

「ディアギレフはもうやる気をなくしていて、バレエ・リュスをどこかに売っちまうらしい」

そんな噂がはびこったのも無理はなかった。編集者のモーリス・ド・ブリュノフはこう言った。「つまり、ふたりは〝離婚〟したというわけだ」——作曲家のイーゴリ・ストラヴィンスキーはこう言った。「ディアギレフはもう終わりだ」——詩人のジャン・コクトーはもっと辛《しん》辣《らつ》だった。「こんな話をフィレンツェの友人から聞いたぞ。街で美少年をつかまえて、充分に太らせてから食ってしまう鬼。そいつをつかまえたら、ディアギレフだったそうだ」

しかし当の「鬼」は、決してモチベーションを失ったわけでも、自暴自棄になったわけでもなかった。

泣いたりわめいたりの狂乱を経て冷静になってみると、ニジンスキーの結婚強行は納得できるところもあった。彼の心が自分から離れつつあることを、ディアギレフはとうに察していた。バレエ・リュスがまだ海のものとも山のものともつかない、駆け出しの新興カンパニーだった頃のそれは、たしかに愛だった。ひとつの枕に頭を並べて、夜が明けるまで新作の構想を語り合うことも珍しくなかった。語り合い、愛し合い、また語り合う。しかしその蜜月は一瞬だった。ふたり一緒に誓った夢は現実になり、その現実が愛をどこかに連れ去ってしまった。いつしか恋人のまなざしは熱を失い、愛撫《あいぶ》はバーレッスンのごとき日常の義務となり、事が終わるとあっさりと寝室から出ていくようになった。ニジンスキーが隠れて娼婦を買っているのにも気づいていた。ディアギレフ自身とは異なり——ニジンスキーは女性の肉体も愛せる性質だった。『ヨゼフ伝説』の振付と主演を彼にあてがったのは牽制と忠告のつもりだった。女から熱烈に求められ、その結果として火あぶりに遭う。おまえはそれほどに魅力的な男なのだ、注意せよ、と。

ディアギレフが理解しかねたのは、その相手だった。

ロモラ・ド・プルスキー。なぜあの娘なのだろう。

旅先で遊ぶだけのガール・フレンドや一夜きりの相手ならばさておき、ニジンスキーが結婚を強行するほどに彼女に入れあげているとは、彼にはどうしても信じられなかった。

ニジンスキーはバレエ狂だ。その情熱に応えうる相手なら——たとえばマリー・ランベールのような女性ならば、ディアギレフも納得できただろう。バレエの専門家ではないものの、ダンスのスキルは一流で、ニジンスキーも頼りにしていた振付補佐役だ。彼女がニジンスキーに熱いまなざしを向けていることは、『春の祭典』の振り入れの頃から団員の間で噂になっていた。尊敬する女性からのアプローチを、ニジンスキーが受け入れたとしても不思議ではない。

しかしロモラはどうだろう。熱心なバレエ・リュスのファンであるには違いないが、舞台の上ではほとんど使い物にならない。ニジンスキーだってそれを知っているはずだ。ウィーンのホテル・ブリストルでの彼女との面会のあと、あの令嬢をツアーに同行させるつもりだとディアギレフが言うと、彼はあからさまに難色を示していたのだ。踊れない者を楽屋や舞台裏にいたずらに入れるのはよくない、と。

なぜ、ニジンスキーはそんな素人娘を結婚相手として選んだのだろう。己のライフワークにかかわりのない相手を、芸術の世界の外にいる凡人を、生涯のパートナーにしようだなんて——。

片眼鏡が、ディアギレフの眼窩から外れて机の上に落ちた。『ヨゼフ伝説』の楽譜の上を車輪のように転がるそれを見て、彼は、自分の頰の肉が震撼していることに気がついた。

——そういうことか。

答えは、あまりに単純だった。

ワツラフ・ニジンスキーとセルゲイ・ディアギレフの最大の違い。それは、性愛と仕事を分けられるかどうかなのだ。

ニジンスキーは、バレエとかかわりのない女性を愛してなお、バレエ・リュスの舞台に立ち続けることができる人間だ。しかし、ディアギレフはそういう人間ではない。自分が愛したダンサーが彼を愛してくれないのなら、火あぶりにして、舞台の上から放逐する以外に成す術はない。愛なくして、肉体と心を重ねる喜びなくして、性をもって生まれた者としての欲望の昇華なくして、芸術のインスピレーションを天から受け取ることなぞできはしない。必死で資金を調達して、一流の作曲家や美術家を集めて、生命とキャリアを祭壇に捧げるほどの情熱なぞ持てやしない。

楽譜の上で倒れた片眼鏡を、ディアギレフは震える指で拾い上げた。

たとえ、パートナーの考えがどうであろうとも。自分にはそういう愛し方しかできないし、そういう仕事しかできない。その現実が、いまいちど彼を打ちのめした。

グリゴリエフからの電報が、ロモラの手から離れて床に落ちる。

かがんで拾い上げようとするが、膝をついたきりそのまま立ち上がれない。ロモラは、自分の脚や腕が細かに震えていることに気がついた。

電報の文字が雪崩《なだれ》のように眼前に降ってくる。その衝撃に耐えるように手で目もとを覆いながら、ロモラは必死で自分に言い聞かせた。これは望んでいた展開だったはずだ。彼と結婚する前、「プラハの幼子イエス像」の前で、毎日毎夜、お祈りしたとおりではないか、と。

——神さま、どうか彼をディアギレフとの生活から解放してあげてください。

——そのためなら、わたしは、どんな犠牲をはらっても構いません。

その祈りは叶えられた。

しかし神は、予想だにしない形で「犠牲」をもたらした。


床にへたりこんで号泣するロモラの肩に触れる手があった。ニジンスキーだ。ぎこちない片言のフランス語が、ロモラの身体を包み込む。

「悲しむことなんて、ないよ。ぼくはアーティストなのだから、バレエ・リュスにいなくても、仕事はできる」

ニジンスキーはやさしい。彼がなぜ自分と結婚しようと思ったのかはわからないし、もしかしたら何か彼なりの打算があったのかもしれない。そうだとしても、このやさしさを嘘だとは思わない。

かといって、彼の言葉を何から何まで信じていいのだろうか。

あのアルルカンは。あの牧神は。あの道化人形は。踊る予定だった奴隷のヨゼフは。

それらはバレエ・リュスという一カンパニーの興行から生まれたキャラクターたちだ。たとえニジンスキー自身の振付であったとしても、ディアギレフがプロデュースした企画の一部に他ならない。バクストの色彩あざやかな美術と衣裳。ストラヴィンスキーやリヒャルト・シュトラウスの実験的で胸ざわつかせる音楽。訓練を積んだハイレベルな団員たち。それらがあってこそはじめて成立する「役」なのだ。

あの奇跡のような環境だからこそ生まれた作品を、彼はもう踊れない。他ならぬロモラ自身がバレエ・リュスの薔薇を手折ってしまったからだ。ちぎってしまった薔薇の茎は、もう、かつての土には根付かない。

ニジンスキーの温かな胸に顔をうずめながら、ロモラの不安は渦巻き続けていた。

この薔薇は、果たしてバレエ・リュス以外の場所でも咲けるのだろうか。

わたしは、彼を誘惑する愚かな女ではなく、彼の鎖を解く金の翼の天使になれるのだろうか。

4 ブラック・カンパニーの真実

「バレエ・リュスにいなくても、仕事はできる」――

そう言ったニジンスキーが何を想定しているのかは、ロモラもおぼろげに理解していた。おそらく、ロシア出身の先輩ダンサーたちだ。

二十世紀初頭のロシア出身のバレエ・ダンサーにとって、バレエ団を渡り歩いたり、複数のバレエ団を掛け持ちするのは決して珍しいことではなかった。アンナ・パブロワは早くからロシアのみならずヨーロッパでも活躍していたし、マチルダ・クシェシンスカヤは特定のバレエ団の専属バレリーナにはならず、さまざまなバレエ団に客演する道を選んだ。

スキャンダルを起こしたとはいえ、ワツラフ・ニジンスキーはヨーロッパでもっとも有名なバレエ・ダンサーのひとりだ。積極的に望みさえすれば、さまざまなバレエ団から声がかかるはずだった。

ただし伝統あるバレエ団での仕事には、演目や出演回数、管理職としての義務などの堅苦しい条件がついて回る。それでは帝室バレエ団にいた頃と変わらない。だとすれば、自分の裁量で動かせる新しいバレエ団を設立したい。ニジンスキーはそう考えるようになっていった。

転職ではなく、完全なる独立だ。

とはいえ、バレエ・カンパニーの立ち上げは簡単ではない。

幸いにも、ニジンスキーの妹であるブロニスラワ・ニジンスカが、バレエ・リュスを辞めて夫と一緒に手伝うと申し出た。彼女も、兄の突然の結婚には戸惑っていた。だが団の功労者である兄をバッサリと切り捨て、天敵のミハイル・フォーキンを呼び戻したディアギレフを彼女はどうしても許せなかった。バレエ・リュス側は彼女に契約続行を求めてきたものの、振り切って兄のもとに駆けつけた。彼女はダンサーのスカウトの仕事を引き受け、ロシア帝室バレエ学校出身の優秀な若手をすぐに集めてきた。

旗揚げ公演の劇場は、ロンドンのパレス・シアターに決まった。劇場の支配人は新作を歓迎せず、『薔薇の精』や『レ・シルフィード』などの無難なレパートリーを要求してきたが、報酬は良く、自前のバレエ団を連れてくる許可もおりた。

音楽は若き俊英のモーリス・ラヴェルが担当した。かつてバレエ・リュスからの依頼で『ダフニスとクロエ』を手掛けた彼は、『レ・シルフィード』の新しいオーケストレーションを快く引き受け、ショパンの楚々《そそ》としたピアノ曲にゴージャスな響きを加えた。

しかし、美術担当がなかなか決まらなかった。これまでも数多くのバレエ・リュス作品を手掛けてきたレオン・バクストは、ニジンスキー直々のオファーを断った。

「きみの気持ちはうれしいが、ディアギレフの顔色を考えるとね……」

バクストはそう言って、ニジンスキーの前で頭を垂れた。彼いわく、ディアギレフはバレエ・リュスの関係者の前でこう豪語したという。

「ニジンスキーが有名になった分だけ、わたしは彼を引きずり下ろしてやる」

新生ニジンスキー・バレエ団のメンバーは震え上がった。ニジンスキーのバレエ・リュス解雇は、ディアギレフの復讐のはじまりにすぎない。古巣からこれほどの圧力をかけられて、本当に公演を行えるのだろうか。

こうした混乱の渦中、ロモラは成す術もなくただ彼らの側にいた。

公演のリハーサルはパリで行われた。せめてニジンスキーや妹夫妻を美味《おい》しいランチでねぎらおうと、ロモラはなじみの店で毎日彼らを待ったが、四時になっても五時になっても現れないことがしばしばだった。

――わたしは妊婦だからしょうがない。

冷めきってカップの底で固まったチョコレートを前に、ロモラは自分に言い聞かせた。お腹の子がいてくれてよかった。自分が無力だという現実に向き合わずに済む。

バレエの現場は男女の労働格差が少ない。踊るのはもちろん、振付も、指導も、その他の泥仕事も、性別かかわりなく携わる機会がある。なんでもこなす義妹のニジンスカは、まさにバレエ界のキャリア・ウーマンだった。対するロモラは、彼女と同い年なのに、できる仕事が何もない。せいぜい英語のスキルを生かして、パレス・シアターとの契約のやりとりの手助けをするくらいだ。それも、ニジンスキーとの共通言語がないので一筋縄ではいかなかった。

一九一四年二月。ニジンスキー一行はパリからロンドンに向かった。

ニジンスキーの大ファンであるモレル夫人やリポン侯爵夫人が一行を出迎えてくれた。親衛隊のおばさまたちがこの結婚をどう受け止めているのか、ロモラは内心ひやひやしていたが、彼女たちは思いがけず優しい声をかけてくれた。大パトロンのご婦人にとっては、ニジンスキーは息子のような存在で、これまでも何度かお見合いを薦めていたのだという。

「あの子が選んだ娘ですもの、賛成しないわけがないでしょう?」リポン夫人はロモラの手を取って、目尻を細くして微笑んだ。「いい奥さまに、いいママにおなりなさい」

だが、肝心の劇場は、ロモラの想像とはまるで違っていた。パレス・シアターはバレエやオペラのための芸術劇場ではなく、エンターテインメントを売りにするミュージック・ホールだった。著名なバレエ・ダンサーといえども、特別待遇はない。キャバレーや手品などのパフォーマンス団体と同格の扱いだ。

天下のニジンスキーが立つべき舞台じゃない。

ロモラは唇を噛んだ。だが、ニジンスキー自身は平然としていた。

「やりたいことがやれるなら、大衆劇場から出直したって、かまわない」

そう言い切って、粛々と準備を進めだす。幸い、ニジンスキーの知名度が功を奏して、たちまちチケットは完売。劇場支配人を有頂天にさせた。

ところが、ディアギレフの魔の手はロンドンにまで迫っていた。

旗揚げ公演の初日。朝のリハーサルのために劇場に出向いたニジンスカは、入口で警察官に止められた。ディアギレフからの要望を受けての出動だという。

「あなたはすでにバレエ・リュスとの一九一四 - 一五シーズンの契約を結んでいます。ですから、この団で踊るのは許されません」

ニジンスカは唖然とした。

そんな契約は結んでいないし、自分がバレエ・リュスで踊るはずだった役はとっくに別のダンサーに差し替えられているはずだ。やむなく彼女はリハーサルの参加を諦め、弁護士を連れて裁判所に向かった。必死の抗弁が認められ、なんとか本番前には劇場に帰ってこられたが、彼女を待っていたのは青ざめた顔をした兄だった。その手には、一通の電報が握られていた。

「ミュージック・ホールでの幸運をお祈りいたします。アンナ・パブロワ」

皮肉に満ちた祝電だった。

ニジンスキーの先輩バレリーナであるパブロワは、三年前にバレエ・リュスとの契約を自ら解消して独立した。その去り際、ニジンスキーは彼女にこう言ったのだった。

「ぼくには信じられません。あなたがバレエ・リュスでのプリマ・バレリーナの地位よりも、ミュージック・ホールで踊るのを選ぶだなんて」
ニジンスキーに悪気はなかったが、そのことばはパブロワのプライドを傷つけた。彼女は、無礼な後輩に仕返しするチャンスをずっと狙っていたのだろう。ニジンスカは深々とため息をついた。兄がキャリアの手本とみなしているダンサーから、励ましではなくこんな嫌味を投げつけられてしまうなんて。

二日目にもまた問題が起きた。ミハイル・フォーキンが、自分が振り付けた『薔薇の精』を勝手に踊るなという警告を発してきたのだ。

音楽はカルル・マリア・フォン・ウェーバーによる百年近く前の作品だ。踊っても問題はなかろうとニジンスキー側は判断していたが、フォーキンの背後にディアギレフがいる以上、妨害されても不思議ではなかった。彼はバレエ・リュスで再び働きはじめているのだ。

こうした騒動のおかげで、バレエ団の士気はすっかり下がってしまった。舞台にいても、楽屋にいても、ホテルの寝室にいても、あのディアギレフの眠たそうな眼にじっとりと監視されているような気になってくる。団員もスタッフもロモラも、開幕の頃には、ノイローゼ寸前の精神状態に陥っていた。

ニジンスキーの様子がおかしい。
周りが気づいたときにはもう遅かった。公演が始まってまだ一ヶ月もたたないというのに、ニジンスキーは高熱を出して倒れてしまった。

慌てたロモラは、すぐにリポン侯爵夫人に電話をかけ、ホテルの部屋に医者を呼んでもらうように頼んだ。はしかに罹《かか》った子どものようにベッドの上で喘《あえ》ぐニジンスキーを前に、医者はこう告げた。

「彼は見た目こそ強靭《きょうじん》かもしれませんが、興奮や心配事に長く耐えられるタイプではありません。バレエ団や経営の仕事からは身を引かせたほうがよいでしょう」

もっと早く気づくべきだった。ロモラは唇を噛んだ。振り返れば、ニジンスキーはしばらく前から様子がおかしかった。ある日、ニジンスカが体調を崩してリハーサルで本調子を出せずにいると、いきなり怒鳴り散らした。またある日は、ホールの客席でロモラにちょっかいを出そうとした行きずりの男に殴りかかって、乱闘騒ぎを起こした。別のある日は、ひどく腹が減ったと言って、レストランで赤ワインのハーフボトルをがぶがぶ飲みだした。いつもは、飲んでもせいぜい水割りを一杯くらいなのに。


パレス・シアターとの契約書には、三日続けて舞台を降板した場合は契約を解除すると明記されていた。ところがニジンスキーの高熱は三日を過ぎてもおさまらない。ロンドン公演は、一月《ひとつき》もたずに中止に追い込まれてしまった。

病人である座長を責めるわけにはいかなかったが、誰もがこの事態への怒りのはけ口を探していた。妹のニジンスカは、ロモラをその相手として選んだ。彼女はホテルの廊下まで兄嫁を呼びつけて、血の気の失せた顔色で責め立てた。

「あなた、兄になんでこんな契約を結ばせたの。兄は英語ができないから、契約書をちゃんと読めない。しかも、兄は契約を結ぶのに慣れていないのに」

驚いたのはロモラの方だった。「慣れていない？」

「ええ」ロモラの顔色の変化に、むしろニジンスカのほうが口ごもった。「まあ、いろいろ事情があってね」

そそくさと逃げだそうとする彼女の腕を、ロモラはつかまえた。

「待って、ブロニアさん。それどういうこと？」


ニジンスカの口からもたらされた事実を前に、ロモラは絶句した。

ニジンスキーは、いままでバレエ・リュスと正式な契約を結んでいなかった。つまり、ほとんどまともな給与をもらっていなかったのだ。

衣、食、住。故郷の家族への仕送り。それらはたしかに団の収益から賄《まかな》われていた。巡業先では一流ホテルや一等船室が特別にあてがわれ、豪華なディナーにも事欠かない。パトロンが開く非公式パーティーの出演料は受け取っていたので、自由に使える小遣いやある程度の貯蓄はあった。しかし、肝心の本業に対する報酬はまったくのゼロだったというのだ。

出演のギャラだけではない。『牧神の午後』『遊戯』『春の祭典』の振付に対するギャラも受け取っていない。作品の権利はバレエ団側が持っているというのに。これでは労働力をタダで差し出したようなものだ。

なんというブラック・カンパニー。

ロモラの胸にとてつもない怒りが湧いた。自分たちは、公演中止に陥ったいまでさえ、雇ったダンサーたちにきちんとギャラを払おうとしているのに。ディアギレフは興行主として成すべき義務を、愛を盾にごまかしていたのだ。おまえはわたしが用意した籠《かご》の中で、自分が与える餌だけを食べて、かわいい声で鳴いていればいいのだ。外に出たら最後、たちまち飢え死にだぞ、と。これ以上の公私混同があるだろうか。

ファッショナブルな衣裳。一流のアーティストによる音楽や舞台美術。キャビアやワインがふるまわれる豪勢なレセプション。あれらを支えるコストは、ワツラフ・ニジンスキーへの搾取から成り立っていたのだ。

バレエ・リュスに対して抱いていた幻想が、ロモラの目の前であっけなく崩れていった。大ファンだったからこそ、許せない。いまでも好きだからこそ、許せない。

――でも、これで、自分の成すべき仕事がようやく見つかったかもしれない。

彼女はこぶしを握りしめた。セルゲイ・ディアギレフを訴えよう。復讐への復讐だと思われてもかまわない。愛するプティが得るべきだった報酬は、わたしが取り返す。わたしは妻という立場を最大限に利用して、プティの代理人の役目を果たそう。

契約に基づいて、パレス・シアターからはわずかな出演料しか出なかった。参加した三十二人のダンサーたちはこの状況を知って、出演した日の報酬とロシアへ帰る旅費だけでも構わないと申し出てくれた。だがニジンスキーは、予定していた全額のギャラを彼らに支払うと決めた。ロモラも賛成した。そうあるべきだという正義の念に彼女の心は燃えた。

時間はかかるかもしれないが、裁判でディアギレフに勝てば、この赤字を補塡《ほてん》できる収入を得られるだろう。バレエ・リュスとこのカンパニー、どちらがまともなのか見せつけてやる。

——しかし、公演の質そのものはどうだっただろう？

その点については、ロモラは気づかないふりをしていた。ニジンスキーの具合が悪かったから。はじめて踊る劇場だったから。周りのダンサーたちが舞台慣れしていなかったから。そんな膨大な言い訳でバリケードをこしらえて、彼女はその中に立てこもった。ロンドンの演劇新聞にこんな評が掲載されてもなお。

「もはやニジンスキーの踊りは神のようではなかった。かつての神秘的な芳香はなくなり、古い魔法は解けてしまった」……

読み終えるより前に、ロモラは新聞をそっと畳み、ホテルの小さなくずかごに放り込んだ。そして『薔薇の精』のメロディを小さく歌いながら、すっかり大きくなったお腹をさすり続けた。

5　プティ、敵国人になる

一九一四年六月二十八日。

その日、ロモラはウィーンの高級サナトリウムのベッドのなかから、窓の向こうに広がる初夏の庭園を眺めていた。

黄金色のアカシアが風にそよぎ、紅薔薇の濃厚な香りが病室までむせかえるくらいに漂ってくる。窓際には、淡雪色のレースでふちどられた小さな揺りかご。専属の看護師が、ときおりやってきて、その端に手をかけて優しくゆすった。

永遠に続くような幸福のなかに彼女はいた。


出産は九日前だった。

「きっと、この子は、すばらしいダンサーになる」――

ニジンスキーが南米でそう言ったときから、ロモラは腹の子を男の子だと思い込むようになっていた。お腹が大きくなるのと一緒に、野望は果てしなくふくれあがった。この子はニジンスキー二世。わたしの身体を介して、バレエ界の偉大なる御世継《よつぎ》が生まれるのだ。ニジンスキーも、子どもは男の子だとすっかり信じ切っていた。ふたりは早々に子どもの名前も決めた。「ウラディスラフ」。誇り高き天才の息子だ。

ところが、お産の痛みに苦しみ悶《もだ》えるロモラの耳に飛び込んできたのは、予想外の宣告だった。「元気な女の子ですよ」

落胆した。小さなかわいいプティを生みたかったのに、自分自身を生んでしまったような気がした。

肩を落としたのはニジンスキーも同じだった。しかし彼のほうは何日もたたないうちに、当初の失望が吹っ飛んだかのように子どもをかわいがりだした。小さな顔を愛おしそうにのぞきこみ、自分で選んだかわいいベビードレスを着せ、赤子を寝かせたバスケットを抱えてサナトリウムの庭を散歩した。名前を決め直すときも終始ご機嫌で、新しくつけた「キラ」という名を、彼は朝から晩まで口ずさみ続けた。

そんなニジンスキーの姿を見ているうちに、ロモラの心にも幸福感が再び戻ってきた。彼が喜んでいるなら、自分もうれしい。娘の頭を撫でるニジンスキーを見ているだけで、彼女の口元は自然にゆるんだ。生むか生むまいか何度も迷ったが、この選択をしてよかった。

「まあ。すっかり、お母さんの顔つきになられましたねえ」

年配の看護師が、そんなロモラを見て微笑む。ピンとこないまま、ロモラも微笑み返した。この浮き立つような心が、母親になった証《あかし》なのか。たくさんの若い母親を見てきたプロフェッショナルがいうのであれば、きっとそうなのだろう。

花々の香りに埋もれて目を細めていた矢先、四方八方から教会の鐘が鳴り出した。

病室にいた看護師や助手たちが、仕事の手を止めていぶかしげに窓の外を仰いだ。何事かが起きたらしい。ひそひそ耳打ちしあっているが、薔薇の香気を吸ったせいか意識がぼんやりとして、尋ねる気も起きない。ロモラはただ、その残響が空気に溶けてゆっくりと消えていくのに耳を傾けていた。

「われらが帝国のフランツ・フェルディナント大公殿下が、サラエヴォでセルビア人に撃たれたそうです」
診察に来た医者の助手からそう聞いたときも、彼女の心は揺らがなかった。ああ、だから鐘が鳴ったのか。そう思うだけだった。

翌月、ロモラはニジンスキーとキラを連れてウィーンを発ち、故郷のブダペストに立ち寄った。

到着してまもなく、大嵐が起きて、実家の屋敷の近くの教会の鐘が落ちた。「不幸が起きる予兆なのでは」街の人びとがそう噂したときさえも、彼女の心は異様なほどに平静だった。犯人の祖国であるセルビア王国に対してオーストリア＝ハンガリー帝国が最後通牒となる十箇条の要求を突きつけたときも、それを拒んだセルビアへの国交断絶を言い渡したときも、ついに宣戦布告を発したときも。

ニジンスキーは何も知らないままだった。結婚して一年が過ぎてなお、彼とロモラはフランス語とロシア語の片言同士でコミュニケーションを取っていた。ブダペストの新聞は事細かに情況の変化を伝えていたが、複雑な社会情勢を彼に伝えるのは難しい。ロモラは説明をあきらめた。どうせ、もうすぐロシアに向かうのだ。そのときに知ってもらえば充分だろう。

ニジンスキーは、広場でサーカス団員が繰り広げる農民の踊りをいつまでも楽しそうに眺めていた。それが、妻の母国とセルビアとの開戦を祝した祭の一環であることも知らないまま。

彼が喜んでくれるなら、自分もうれしい。

ロモラは自分の思考が麻痺しているのを自覚していた。「すっかり、お母さんの顔つきになられましたねえ」看護師のことばが胸に蘇る。たぶん、母になるとはそういうことなのだ。子を守るため、家を守るために、外界から心を守る。それが仕事だ。自分が戦局に敏感になったところで、できることなぞ何もないのだ。そう、これはわたしやプティの幸福とはなんの関係もない話。

実際のところ、麻痺しているのはロモラだけではなかった。開戦がピンとこないどころか、退屈な日常が変わるぞと喜んでいる人さえも少なくなかった。ジャーナリストは新しい仕事を前に喜びいさんで筆をふるい、文化人はチャリティと称して金を集め、自分の名前やロゴマークが入った赤十字の車を出動させた。彼らは、この戦争によって自分たちの文化や暮らしが危機にさらされるとはまるで想像していなかった。

大変なことになった。

ロモラの目が醒《さ》めたのは、戦争の影響がわが身に降りかかってきたときだった。

ブダペストで一週間の休暇を過ごしたあと、ロモラたちは北回りの急行列車に乗ってサンクトペテルブルクに向かう計画を立てていた。ロンドンでの自主興行の挫折を経て、ニジンスキーはヨーロッパのバレエ団への就職を再び考え始めていたが、その成果はかんばしくなかった。それならば、古巣のロシアでバレエの仕事に就きたい。そんなニジンスキーの願いを叶えるための移住計画だった。

ところがブダペスト駅の駅員は、何度たずねても悲しげに首を振るばかりだ。国境が封鎖されていて、ロシア行きの列車はもう動いていない、というのだ。赤ん坊と旅行鞄《かばん》で両手をふさがれたニジンスキーのところに戻った彼女は、片言を駆使してなんとか状況を伝えた。

おぼろげながら事態を知った彼は、はじめて顔色を変えた。


皇位継承者であるフランツ・フェルディナント夫妻の暗殺を受けて、オーストリア＝ハンガリー帝国は、抗議に応じないセルビア王国に宣戦布告を行った。

しかし、事態は一国対一国の争いにとどまらなかった。バルカン半島の一国であるセルビアには、スラブ系の民族が多く住んでおり、ロシアから手厚い支援を受けていた。ゆえに、ロシアはセルビアの味方につく。一方、オーストリアにはドイツが味方についたが、これによってドイツは、ロシアや、ロシアと同盟関係にあったフランスを敵に回した。さらに当初は中立を保っていたイギリスまでもが、ドイツに宣戦布告を行った。

一九一四年七月から八月までのごくわずかな間に、サラエヴォで起きた一件の暗殺事件は世界戦争へと発展した。ウィーンで出産を終えたロモラが、産後の回復を待って故郷のブダペストに立ち寄ったあと、サンクトペテルブルクへ旅立とうとするまでのほんのつかの間の出来事だった。


せめてもう少し早く退院していれば。せめてブダペスト滞在をやめていれば。せめて世界各国が続々と参戦する前だったら。ロシアへの入国が間に合ったかもしれない。

自分がもっとしっかりしていれば。ニジンスキーにもっと早く情況を伝えて、相談していれば。

ロモラは心から自分の判断を悔いた。しかし、すべては後の祭りだった。


問題は、国境を渡れないことだけではなかった。

ロシア行きをいったん断念し、ブダペスト滞在をずるずると延長しているさなか、ロモラとニジンスキーは県警察からの呼び出しを受けた。現れた調査局長は、ふたりの前に立ちはだかり、威圧的なフランス語でこう言い放った。

「ニジンスキーご夫妻どの。わたくしは軍当局の名のもとに、あなたがたとお嬢さんを敵国人として拘束いたします」

ロモラは呆然とした。

たしかに、オーストリア＝ハンガリー帝国とロシアは長年にわたって不仲だった。バルカン半島をめぐっては何十年も前から確執があり、ロシア、フランス、イギリスが三国協商によって協力体制を強めていく一方、同盟を結ぶドイツとオーストリアは、ヨーロッパから孤立させられている状況下にあった。

もちろん、ロモラもそれは知っていた。ごく一般的な政治教養として。

しかし自分が夢中になった〝プティ〟が敵国人だとは、これまで、ただの一瞬も考えたことはなかった。文化や芸術の世界は、政治的な対立とはまったく無縁だと思い込んでいた。バレエ・リュスだって、あんなに堂々とブダペストやウィーンやベルリンで公演を行って、拍手喝采を浴びていたのだ。

しかもニジンスキーは、軍とも戦争ともまったく関わりがない人物だ。帝室バレエ団のダンサーであった頃は、ロシアの一般男子に課される兵役も免除されていた。

ロモラは必死で抗議した。

「ありえません。ハンガリーのような文明国が、ニジンスキーをそんな風に扱うだなんて」

隣にいるニジンスキーは、いったいどこまでフランス語がわかっているのだろうか。何も言わず、ただ戸惑ったように瞳を左右に動かしながら立ちつくしている。いま、プティを守れるのは世界でわたしだけだ。ロモラは牙を剝いた。

「バカにするのもいい加減になさい！」

一度声を出してしまえば、もう止まらない。圧力には圧力で応戦するしかないと覚悟を決めたロモラは、プルスキー家の家系図を頭のなかで広げた。

「あたくしの親戚は地位が高い人ばかりです。皇帝の側近や外務大臣を務めている者もおりますのよ。きっと夫を釈放してくれるでしょう」

「やってみたらいかがです」相手の反応はにべもなかった。「うまくいくやもしれませんね。しかし、われわれは、軍当局からの命令を遂行しないわけにはまいりません」

最悪の事態だ。

追い打ちをかけるように、さらに酷な宣告が言い渡された。連れて行かれた次の課で、名前が書かれた赤い付箋をロモラに手渡しながら、警察官はこう告げた。

「次の命令があるまで、あなたがたはお母上の家で軟禁生活を送ることになります」

ロモラにとって、エミリアはあまり顔を合わせたくない存在だった。

無断で決行したニジンスキーとの結婚に関しては、彼女の態度は寛容だった。きっと母は怒っているにちがいない。ひょっとして勘当されるかも。バレエ・リュスの南米ツアーから帰国したロモラは、戦々恐々としながら故郷に向かったが、そこで待っていたのは予想外にご機嫌な母の姿だった。

「女優エミリア・P・マルクスの娘、世界的バレエ・ダンサーと電撃結婚!」

そんなスクープを押さえようとブダペスト駅に殺到するカメラマンやジャーナリストの間から現れたエミリアは、公衆の面前でロモラを抱きしめると額に何度もキスを浴びせた。一家のお荷物で、人生も迷走気味だった次女が、なんとバレエ界の大スターをつかまえて故郷に帰ってきたのだ。これ以上の吉報はない。

エミリアにとって、娘の花婿は新しい自慢の種だった。彼女はニジンスキーの腕をつかまえ、意気揚々とブダペストじゅうの社交界のパーティーに引っぱり回した。ロンドン公演の折には、夫のオスカールを伴ってわざわざ応援にもやってきた。

しかし、出産については難色を示した。

「あなたは生まれつき身体が弱いから」

エミリアはロモラにしきりと中絶をすすめた。たしかに、かかりつけの医者もロモラの体質が出産向きではないことを案じている。だが、母親の真意はそれとはまた別だろうと彼女はひそかに察した。エミリアは女優だ。五十代半ばに見えないほど若々しく、いまだにうら若き乙女の役を演じている。「娘の結婚」まではいいとしても、「おばあちゃん」になったと大々的に報じられれば、これからの仕事に支障が出るおそれがある。

　せっかく結婚を許してもらったのだから、出産は親の意を汲むべきだろうか。それに、そもそも、この妊娠は想定外だったのだから……。

　悲しむニジンスキーをなだめて、一度は中絶手術を受け入れかけたロモラだったが、医者が部屋に中絶用の器具を運び込むのを見ているうちに、怒りがふつふつと湧いてきた。ベッドから跳ね起きた彼女は、医者の手を払い退けると、膝をぴったりと閉じて甲高く叫んだ。

「わたし、やっぱり生む！」


　ロモラとニジンスキーは、ブダペストから離れた場所で出産をしようと決めた。

　エミリアとは絶縁も覚悟の上だ。ウィーンのサナトリウムに入院してからは、一切連絡も取らずにいた。

　それなのに、どこからか出産のニュースを聞きつけて、彼女は列車に乗ってはるばるサナトリウムまでやってきた。何事もなかったように、キラを抱き上げてあやしはじめる。ロモラはただただ唖然とした。生む前は、あれほど堕ろせと言ってきたくせに。

　継父のオスカールも許しがたい行動に出た。エミリアと共に見舞いに来た彼は、ニジンスキーとの間でちょっとした諍《いさか》いを起こし、いきなり彼に手をあげようとした。

「ちょっと、何やってんの！　わたしの大事な人に触らないで！」

　止めようと身を起こしたロモラは、バランスを崩し、あえなくベッドから転落してしまった。

彼らと一緒にいると、関係がどんどん悪化する。ロモラはそれを悟っていた。だからこそ、ブダペストに立ち寄るのもごく短期間で済まそうとしていたのだ。それなのに、これから戦争が終わるまで、ひとつ屋根の下で親と暮らさなければならないなんて。しかもそれがいつ終わるのかは、誰にもわからなかった。

6　薔薇の命を守るのは

エミリアは、娘夫妻と孫のために、屋敷の最上階に居住スペースを提供した。三つの部屋があり、うちひとつの部屋は子ども部屋として改装された。窓にはスイス製の白いカンブリック生地のカーテンがあしらわれ、広いテラスからは青々としたゲッレールトの丘を眺めることもできる。

ここまでしてくれるのだから、母は決して悪気があるわけではないのだ。

仲良くできるように頑張ろう。ロモラはそう自分に言い聞かせた。

しかし、日を追うごとにエミリアの機嫌は悪くなっていった。

「おまえは敵国人を家に匿《かくま》っているんだろう」

劇場の観客や道ゆく市民からそんな誹謗中傷を受け、精神的に参ってしまったようだった。

彼女に降りかかったこの事態は、政府の報道機関に勤める夫オスカールの仕事にも差し支えるおそれがあった。

エミリアは、同じ舞台人としてニジンスキーを尊敬しており、婿としてかわいがってもいた。しかし、成すすべもなく日々ぼんやり過ごし、礼儀正しくはあるが愛想がなく、精一杯気を遣って用意した食事を淡々と口にするだけの寡黙な青年を見ていると、いつしか彼が著名なダンサーだという事実を忘れてしまったようだった。娘一家にねちねちと文句を言うのがエミリアの日課になった。夜中に電気を使うな。バスルームを使うな。その育児方法は間違っている。あげく、ロモラにこんな命令をしはじめた。

「はやくあの男と離婚しなさい」

母親のみならず、それは世間の総意でもあるらしい。ロモラがそれに思い至って愕然としたのは、ある警察官から尋問を受けている最中だった。

「あなたはあの偉大なるプルスキー家のご親族なのでしょう。それなら、正真正銘のハンガリー人ではありませんか」

「でも、いまはニジンスキーの妻です」

苛立ちながら答えるロモラに、彼はうやうやしくこう言った。

「離婚されるのがご賢明ではないでしょうか」

彼女はまたしても牙を剝いた。

「そんな忠告をするのがあなたの仕事なんですか?」

プルスキー家の娘は、敵国人と結婚した売国奴だ。

そんな噂がブダペストじゅうに広がると、家の使用人さえもがロモラに反抗的な態度を取り出した。乳が出にくい体質で、体調のすぐれない日も多かった彼女は、キラのために乳母を雇っていた。しかしその乳母が、数日にわたって乳を与えていなかった事実が発覚した。強く問いただすと、乳母はこの機会を待っていたとばかりに鼻で笑った。

「この子はロシア人なんでしょ。飢え死にしようがかまいやしません。わたしの婚約者は、いまロシア人と戦っているんです。もうこれ以上、この子の世話はしたくありません」

ロモラは絶句した。警察官の物々しい忠言の前では声を張り上げて抗議できるのに、この若い乳母の暴言の前では、まったくことばが出てこない。ロシアがこんなにもハンガリーの人民から憎まれているだなんて。子どもには罪なんてないのに。

しかし事態を知ったニジンスキーは、意外なほど明るくこう言った。

「心配しなくて、いいよ。ぼくが、子どもの世話をするから」

驚いたことに、彼は自ら小児科クリニックに出かけていって、教えてもらった育児本やら消毒器具やらを抱えて帰ってきた。哺乳瓶を消毒してミルクを作ると、試行錯誤しながらもキラに飲ませてやる。

それだけではなかった。ニジンスキーは、ありとあらゆる育児を率先して担当した。入浴のあとに服を着せてやる。おむつを替えてやる。高い高いをして、おもちゃのアヒルを引っ張って、庭の草の上で転がっていっしょに遊ぶ。絵筆を持ってきて、楚々とした白い部屋に、小さな子が喜びそうなカラフルな塗装をする。しかもそれを、まるで自分自身の愉しみのように何の気負いもなくやってのけるのだ。

ロモラは新鮮な喜びとともにニジンスキーを見つめた。彼がこうまで子煩悩《こぼんのう》な人だとは思わなかった。

しかしニジンスキーの深い愛情は、このブダペスト郊外の小さな子ども部屋を明るく照らすとともに、ロモラの心に大きな影を落とした。わたしは、彼のようにキラに愛を注げているだろうか。お腹を痛めた子だから、かわいいでしょう。みんなあたりまえのようにそう言う。しかし、本能のように湧き上がる子への情というものを、彼女はいまひとつ実感できずにいた。自分の胸からじかに乳をあげていないからだろうか。でも、それはニジンスキーだって同じはずだ。作ったミルクを飲ませるにしても、彼は自分の血を分けるような切なる眼差しをキラに注いでいるのに、ロモラはただ地面が乾いたから水を与えているような感覚しか持てずにいた。

一九一二年三月、舞台の上にあざやかに踊り出たアルルカンを目にしたとき。あれ以上に、自分の心に強くまっすぐな愛が宿ったと確信した瞬間はなかった気がした。

軟禁生活のなか、ロモラは街の古本屋でポケットサイズの辞書を買った。フランス語とロシア語の対訳辞書だった。

ニジンスキーはフランス語を。ロモラはロシア語を。ふたりは辞書を回し読みしながら、日ごろの出来事から文学や芸術まで、さまざまなテーマについて話し合った。もちろんスムーズにはいかない。語学は得意なほうと自負していたロモラだったが、キリル文字にはなかなか慣れなかった。それでもお互い、少しずつ会話も上達し、ある程度こみいった話もできるようになっていった。

これまでの人生の話もした。ニジンスキーは、両親やきょうだい、少年時代を過ごした帝室バレエ学校の思い出や、セルゲイ・ディアギレフとの関係について語った。ガーンズブルグの手を借りて訳したことばではなく、つたないなりに、自分自身で紡ぎあげたことばで。

「ぼくは、セリョージャとの関係を悔やんではいない。たとえ道徳家たちが非難の声を浴びせようともね」ニジンスキーはそう言った。「ぼくは、人生で経験するすべてのことは、真理を追い求める態度を持ち続けているかぎり、必ず精神を高めるものだと信じているから」

いまの戦局についても語り合った。ニジンスキーは肩を落としながらこうつぶやいた。

「若者たちはみんな、死に向かって行進していく。いったいなんのために……」

彼はあらゆる戦争に反対の立場だった。母国から多数の死傷者が出ているというニュースを知ると、心が不安定になり、気が休まるまで近所の森へ散歩に出ていった。彼は戦争によって傷ついた人びとも、すべてを我が事としてとらえており、自分のダンスが彼らを救えない現実に苦しんでいた。そしてその感情を、ロモラに率直に語った。

膝を突き合わせて、心の内を打ち明ける。

それはロモラにとってほとんどはじめての経験だった。

振り返れば彼女は、少女の頃から、女友達と他愛もないおしゃべりに花を咲かせたり、男の子とパーティーの席での駆け引きを楽しむよりも、父親の書斎から持ち出した本を教室の隅っこで読んでいるほうがずっと好きだった。双子のようにいつも一緒だった同級生の女の子がひとりだけいて、父親の仕事の都合で転校した彼女を追いかけるようにパリの名門女学校に入ったものの、ほかのクラスメイトとは結局打ち解けられなかった。ボルムやバレエ・リュスの団員たちとは仲良くなれて、自分が変われたように思えた。でも、大きな嘘と下心を抱えていたから、曇りのない友情だったとはいえない。アンナには、わがままを言って気を遣わせてばかりだったし、ロモラの結婚によって付添人の任を解かれてからは、会うこともなくなってしまった。気を遣わず気を遣わせず、自然におしゃべりできたと自信を持って言えるのは、叔母のポリーと、亡くなった父親だけだった。

わたしのプティは、ワツラフ・ニジンスキーは、なんてたくさんの宝をわたしに与えてくれるのだろう。まだ、わたしの人生は間に合うだろうか。彼と一緒に、いままでよりもっと人間らしく、もっと心豊かな日々を送れるだろうか？

ただ、気にかかることもあった。そうした静かな語らいの最後に、彼は決まってこういうのだった。

「もしきみが、ぼくよりもずっと愛する相手に出会ったら、すぐにぼくに話してほしい。もしその人がきみの愛を受けるにふさわしければ、ぼくはどんなことでもしよう」

――どうしてそんなことを？

そう問うと、ニジンスキーは切れ長の眼に深い藍色の影をたたえて、こう付け足した。

「結婚したからといって、自由でなくなったと思ってはいけないんだよ」

そのことばは、ロモラの胸に消えない印《しるし》として深く刻まれた。

舞台に立てない日々を送るなか、ニジンスキーは新作バレエの構想を練りはじめていた。インスピレーションを与えてくれたのは、ロモラのいとこのピアニスト、リリー・マルクスだった。彼女は母方の親戚でありながらニジンスキーの味方で、新作の楽曲探しに根気よく付き合ってくれた。「中世を舞台にした作品を作りたい」とかねてから語っていたニジンスキーは、リリーが弾いてくれたある曲を聴いて飛び上がった。「これだ！」

それは、リヒャルト・シュトラウスが二十年前に書いた作品『ティル・オイレンシュピーゲルの愉快ないたずら』だった。舞台は中世ドイツ。主人公の奇人ティルは、街のパン売りや貴婦人に対していたずらを繰り広げ、最後には処刑されてしまう。ニジンスキーが踊るのにぴったりのトリックスターだ。彼は振付を考えるだけにとどまらず、衣裳や舞台背景のスケッチを何種類も描きはじめた。

それだけではない。ニジンスキーは「舞踊譜」を記す試みもはじめていた。

舞踊譜とは、ダンス作品を楽譜のように紙に書き記した記録だ。振付は、バレエ団のなかで身体を介して伝承されることが多い。そうすると、伝言ゲームの繰り返しによって振付の内容が変わってしまったり、しばらく再演されないと忘れ去られてしまう危険がある。紙の上に記録しておくに越したことはない。

しかしダンサーの身体の関節の動きひとつひとつを記すのは骨が折れる。ニジンスキーは帝室バレエ学校時代に習得したステパーノフ記譜法という方法に独自の改良を加え、二ヶ月を費やして『牧神の午後』の記譜に取り組んだ。ニジンスキーは『春の祭典』や『遊戯』よりもこの作品を愛し、なんとしても後世に残したいと願っているようだった。

バレエに取り組んでいると、ニジンスキーは格段に生き生きとした。このブダペスト郊外の屋敷は、広大ではあったが、男性ダンサーが思い切り跳躍できるほどのスペースはない。屋外のテラスは石畳が硬くてダンスには不向きだ。しかし気が向くと、彼はロモラやキラや親しい客人のために少しだけ踊ってくれた。腕を宙に放った瞬間、さまざまなキャラクターが彼の身体に憑依《ひょうい》する。道化、精霊、神。ときとして女にもなった。帝室バレエ団のバレリーナや、ジプシーの少女や、奔放な農民の女。変拍子のステップをあざやかに踏み、腕をわずか数席の客席に伸べて、挑発的な目線を投げる。

ロモラの身にぞわりと震えが走った。

まるで自分が男になったみたいだ。抱きたい。誘われるがままに、色香におぼれて、ベッドの上に組み敷きたい。椅子から立てなくなってしまうほどに熱く重たい欲望が下腹にたぎる。彼が踊るはずだった、人妻に誘惑される奴隷ヨゼフ。でも本当に誘っているのは、男と女、いったいどちらだろう？　わからない。でも、とにかく欲しい。波のようにうねる肢体を抱きとめ、唇に耳を寄せてその濡れた喘ぎを聞きたい。自分だけのものにしてしまいたい。叶わぬ欲望で胸がはちきれそうになる。夫婦としてもう幾度も身体を重ね、子どもまで作ったのに、そんな事実はどこかに消え去って、ロモラは眼前のその肉体が永遠に手に入らない苦しみに身悶え、だらしない吐息を漏らしていた。この感情は、いったい、何？

しかしひとたび音楽が終わり、その腕を下ろすと、ワツラフ・ニジンスキーはまた、ごく平凡な容姿のおとなしい青年に戻っているのだった。

まだ薔薇は枯れていない。

ロモラは確信した。ワツラフ・ニジンスキーの才能を、戦争ごときでくすぶらせているわけにはいかない。守らなければ。彼の命とダンスを。世界に放たなければ。彼の芸術を。

そのためには、ブダペストを脱出するしかない。なんとか彼と自分の軟禁を解いてもらえないだろうか。

ロモラは思いつく限りの親戚や知人の近況や消息を調べ、手を貸してくれそうな人物にコンタクトを取った。

まず連絡を取ったのは、私有鉄道会社の社長を務めている父方の叔父だった。彼女はイタリア経由でロシアに渡りたいという希望を伝え、経路を調べてもらう約束を取り付けた。叔母のポリーはロモラたち一家をイタリアの国境まで送り届ける方法を考えてくれたが、残念ながら叔父からの返事は良いものではなかった。

「当局はわたしたちの動向を察している。逮捕される危険がある」

陸軍省に勤めている亡き父の知人も頼れそうだった。ロモラは軟禁生活の命令をやぶり、危険をおかしてひとりでウィーン行きの列車に乗って彼に会いに行った。

「ブダペストにずっと閉じ込められているよりも、いっそ捕虜収容所に送られたほうが解放の可能性が増すのではないでしょうか」

彼はそんなロモラの観測には賛同しなかったが、代わりにこんな提案をしてくれた。

「ロシア側と捕虜の交換を交渉するならできるかもしれない。たとえば、いまロシア側に捕まっている将軍、大佐、少佐などの五人と、オーストリア＝ハンガリー側に軟禁されているワツラフ・ニジンスキーを等価で交換することなら」

ロモラは驚いた。一流の芸術家は、高位の軍人五人に匹敵する価値を持つとみなされているのだ。かような戦時下であっても。

「おそらくロシアはこの交渉を受けるだろう」彼はそう請け合ってくれた。「ニジンスキーはそれだけ偉大な存在なのだからね。彼らにとっても、我々にとっても」

これで手は打った。あとは実現するように祈りながら待つだけだ。

もちろん、こんな交渉を交わしたことは、エミリアやオスカールには秘密だった。娘の夫に対する彼らの圧力はひどくなる一方だった。娘を離婚させるのをあきらめたエミリアは、今度はニジンスキーを敵国ロシアから寝返らせようとしてきた。

あるときはこんな提案をした。「今度、ハンガリー兵士のためのチャリティ・コンサートがあるんだけど、あなた踊ってくださらない？」

またあるときは、もっと直接的にこんな提案をした。「ねえあなた、ロシアなんて捨てて、ハンガリー人かポーランド人になったらいかが？　そうすれば万事が解決じゃない」

ロモラは再び頭を抱えた。〝リュス《ロシア》〟の名を冠したバレエ・カンパニーの元スター・ダンサーに言うべきセリフではない。まっすぐな目で「できません」と即座に拒否するニジンスキー。

彼には通じないハンガリー語でとんでもない悪罵を放つエミリア。時間が経つごとに、ますます両者の溝は深まっていった。

軟禁生活に突入して一年。もはやニジンスキーよりも実娘のロモラのほうが、この家での生活に耐えられなくなっていた。

一九一六年、晩冬。

早朝から夫妻そろって警察の呼び出しを受け、ロモラの心労は頂点に達していた。ニジンスキーは早々に別室に連れて行かれてしまい、彼女はひとりきりで尋問を受けた。

「ご主人は、数ヶ月にわたって軍事的な計画に従事していたようですね」

ロモラは目を点にして、警察官を見返した。

「暗号のようなものを書いているとか。ある愛国者たちから情報を受けています」

だんだんと事情がのみこめてきた。何のことはない、あの舞踊譜のことだ。ロモラは脱力のあまり気を失いそうになった。

「夫は人間の身振りを表現する方法を見つけようとしているんです」

「彼の机上の原稿に書かれていたのは、幾何学でも楽譜でもないようですが?」

「だから、それは暗号なんかじゃありません。ダンスの記譜法なんです」

「ニジンスキー氏がそれを自ら証明できなければ、あなたがたは互いに隔離されます。彼は軍法会議にかけられることになるでしょう」

ばかばかしい。

いくらなんでも、こんな誤解はそのうち解けるに違いない。ロモラが気を揉んだのはそこではなかった。

こんな密告をしたのは、いったい誰なのだろう。

あの舞踊譜の存在を知っている人はほとんどいないはずだ。乳母の授乳ボイコット事件以来、ロモラは、自分たちが住む最上階に使用人を立ち入らせていなかった。いとこのリリーや叔母のポリーには疑いをかける理由がない。密告するとしたら、実母か継父以外に考えられなかった。ロモラは血の気が引いていく額に手を押し当てた。さすがに思い違いだろうか？　いくら嫌っているからといって、娘の夫を密告するなんて。

だが、エミリアはニジンスキーが遅くまで机で明かりを使うのを知っている。何かを書いているのは察していたはずだ。散歩に出かけている間にこっそり部屋にしのびこみ、机の上の舞踊譜を見つけたとしてもおかしくない。しかも彼女とて、本当にそれが軍事目的の暗号だと思ったわけではなかろう。そう思い込んだふりをして密告したのだ。彼を家から追い出すために。

母親を疑うなんて、わたしは気が狂っているのだろうか？

ロモラは自分の理性を怪しんだ。しかし、いちどそう考えだしたら、もうその可能性しかないように思えてくる。冷静になるのはもはや無理だった。この戦争でみんながおかしくなっている。自分も。母親も。継父も。世間も。警察も。

おかしくなっていないのは、わたしのプティ——ワツラフ・ニジンスキーだけだ。

紙の上にびっしりと書き込まれた精密な舞踊譜を、ロモラはいまいちど思い返した。あれ以上の正気が、この世のどこにあるだろうか？

彼の命は、わたしが守る。わたしは最愛のプティの盾となって、銃弾をかいくぐり、ブダペストから脱出するのだ。

彼女の決意は、さらに強固なものになっていた。

――でも、そのあとは一体どこへ？

国境を越えて、サンクトペテルブルクに到着すればすべては解決するだろうか。いや、今度は彼のほうが、敵国ハンガリーの女を娶った男として、ロシア市民や家族から非難を浴びる未来が待っているかもしれない。異国の地で敵と見なされるよりも、母国で身の回りの人になじられる方がはるかに彼を苦しめるだろう。いまロモラがその状況に置かれているのと同様に。

みんながおかしくなってしまった世界。終わらない戦争が今日も明日も続く世界。

いったいどこに、ワツラフ・ニジンスキーが自由に天空を舞える神の王国があるというのだろう。

ちょうどその頃。

ブダペストからはるか六千キロのかなたで、ロモラと同じ使命感を抱くひとりの男がいた。

「彼の命は、わたしが守る」……

それは、バレエ・リュスを生んだ天才プロデューサー、セルゲイ・ディアギレフのひそかなつぶやきだった。

7 自由の国への飛翔

ニジンスキーがバレエ・リュスを失い、苦境に立たされていた頃。

バレエ・リュスもまたニジンスキーを失い、苦境に立たされていた。

ニジンスキーを解雇したあと、ディアギレフは躍起《やっき》になって後任を探しまわった。もちろんバレエ・リュスの内部にも、才能があるダンサーは山ほどいる。しかし、問題はダンスの実力ではない。

彼が求めているのは、つまり〝自分と愛し合ってくれる男〟だった。

新作『ヨゼフ伝説』も本格的に準備を始めたい。急がねばならなかった。振付家としてミハイル・フォーキンを呼び戻した以上、恋人を失った苦しみに浸ってばかりもいられなかった。前に進まねばならない。足りないのは、ヨゼフ役を踊れる新しいスターだけだ。

ディアギレフは自らスカウトに乗り出した。仕事の都合でロシアに一時帰国した際も、暇を見つけては、モスクワのボリショイ劇場に何度も足を運んだ。そんなある日、クラシック・バレエ作品のとある一場面で、舞台の端で踊る群舞の青年に目を留めたディアギレフは、思わず身を乗り出した。

ビザンティン美術のイコンを思わせる、古風ながら彫りの深い顔立ち。二重のくっきりした印象的な黒い瞳と太い眉。真正面からも真横からも映える真っ直《ま》ぐ《す》な鼻筋。ニジンスキーとは段違いの美貌だ。ただ、踊りは稚拙《ちせつ》で、脚もO脚ぎみである。クラシック・バレエの殿堂たるボリショイ劇場で大成できる器ではない。

それでも、ディアギレフの嗅覚は働いた。

プロデューサーとして。そして、男を愛する男として。

その美青年――十八歳のレオニード・マシーンは、ディアギレフからのアプローチに怖じ気づいた。彼は自分のバレエの能力の限界をよく理解していた。恵まれた容姿を活かして、俳優に転向しようかとさえ考えていた矢先のスカウトだった。かの有名なバレエ・リュスで、しかもいきなり主役を踊れとは。何かの間違いとしか思えなかった。

断るつもりで、彼はディアギレフが滞在するホテルへ向かった。ところが面談を終えた彼は、その端麗な顔に大きな困惑を浮かべて部屋から出てきた。

そこからの進展は一瞬だった。気づけば彼はバレエ・リュスに入団し、舞台の上で奴隷ヨゼフの半裸の衣裳を着せられ、ホテルのベッドの上で全裸にされていた。

ディアギレフの天才的な人心掌握術に、あのときの自分はまんまとかどわかされたのだ。

彼がそう悟るのは、ずっと先のことだった。

しかし、マシーン主演の新作『ヨゼフ伝説』は不発に終わった。

必ずしも出来は悪くなかった。リヒャルト・シュトラウスの音楽は極上で、聖書に想を得たホフマンスタールの台本も手が込んでいる。フォーキンが振りを簡単にしたおかげで、マシーンもそつなく踊っていた。彼は、ニジンスキーとは違うタイプのスター性の持ち主だった。ダンスこそ発展途上だったが、俳優志望だっただけあって演技力はあり、文学や美術への造詣《ぞうけい》が深いおかげで作品の理解が早い。才色兼備なだけでなく、愛嬌《あいきょう》もあって人付き合いが上手だ。バレエ団の先輩たちからも弟のようにかわいがられた。

それにもかかわらず、この作品はバレエ・リュスの古参ファンから支持を得られなかった。

「セリョージャ、早くニジンスキーと仲直りしたらどう？」

普段は辛抱強く静観しているパトロネスたちも、今回ばかりは黙っていられないと口々にディアギレフをせっついた。ディアギレフの最大の味方であるミシア・セールでさえも、いなくなったニジンスキーを惜しみ、彼なくしてバレエ・リュスは成り立たないと言ってのけた。リポン夫人に至っては、堂々とニジンスキーと連絡を取り合い、両者の和解のためのお膳立てをし続けた。

世界大戦の情況が悪化しはじめると、バレエ・リュスは戦火を逃れて活動の地をアメリカに移した。開戦から数年の間、アメリカは中立状態にあり、自国内の文化活動は従来どおりに保たれていた。船が苦手なディアギレフも意を決して海を渡り、全十七都市をめぐる公演を率いた。

しかしこの新天地でも「ニジンスキーはどこ？」という声はついてまわる。ニジンスキーのみならず、女性スターのタマラ・カルサヴィナも出産を終えたばかりでツアーに参加しておらず、花形不在のバレエ・リュスに観客たちは落胆した。歌劇場の支配人も、これでは契約と違

う と愚痴を漏らしはじめた。

加えて、人種問題までもが勃発《ぼっぱつ》した。

バレエ・リュスは非西洋世界を舞台にした作品が多い。ダンサーが役作りのために肌を黒く塗ることもしばしばだ。それが、当時のアメリカの白人の観客たちを憤慨させた。有色人種の男が白人の美女をはべらせて、二枚目スターとして颯爽《さっそう》と踊るなんてありえない！　これは白人男性への冒瀆《ぼうとく》だ！


ニジンスキーと和解して、彼の力を借りるしかない。

ディアギレフは観念した。フォーキンが兵役によってバレエ・リュスを離れざるを得なくなったので、入れ替わりで彼を呼び戻す交渉は可能だろう。ところが調査の結果、ニジンスキーがブダペストで「敵国人」として軟禁生活を送らされているという衝撃の事実が明らかになった。

ロモラが身内のコネクションに頼って脱出を画策している間、ディアギレフの方も彼のコネクションを駆使してニジンスキー解放に全力をあげた。

かつて愛する人を奪い合ったふたりは、知らず知らずのうちに手を取り合っていた。


一九一六年一月。彼らの奮闘がようやく実る瞬間がやってきた。

そのとき、ロモラとニジンスキー、そして娘のキラはようやくブダペストの実家から離れ、ウィーンのホテルに一時滞在していた。ハンガリーを出たいという請願がようやく通り、ウィーン経由でボヘミアの保養地に護送されることが決まったのだ。捕虜生活なのは変わらないし、バレエの仕事にありつけたわけではない。しかし精神衛生上は実家よりもずっとましな暮らしが送れそうだ。ロモラはほっと胸をなでおろした。

運命の電話がかかってきたのは早朝だった。寝ぼけ眼でぞんざいに電話に出たロモラは、電話口の向こうのアメリカン・イングリッシュに息を呑んだ。まだパジャマ姿のニジンスキーに声をかけ、霜の降りるウィーンの小路を小走りで駆けていくと、米国大使館の前で、大使が笑顔を浮かべて腕を広げていた。

「ミスター・ニジンスキー。あなたの釈放は承認されました。あなたは自由の身です。すぐにでもアメリカに行くことができますよ」

バレエ・リュスと契約を結んだメトロポリタン歌劇場が、ニジンスキーの出演を求めて外務省と交渉した結果、オーストリア゠ハンガリー政府を動かすことに成功したという。オーストリア゠ハンガリー帝国から中立国アメリカに身柄を「貸し出す」という名目で、ニジンスキーのアメリカ巡業の許可が正式におりた。家族であるロモラとキラも、晴れて軟禁生活から解放される。

ニュースを聞きつけたエミリアが、花束を抱えてウィーンまで見送りにやってきた。政府が許すんだったら、わたしも許してあげる、というわけだろうか。ロモラは花束だけ儀礼的に受け取り、家に住まわせてくれた御礼を言うと、そっけなく背中を向けた。温厚なニジンスキーまでも、このときばかりは義母につれない態度だったので、ロモラはひそかに面白く思った。

ロモラたちは疲れ切った兵士の群れとともに鉄道に乗り込み、スイスのローザンヌ、フランスのボルドーを経て大西洋を渡り、ニューヨークを目指した。港では、ディアギレフが自ら出迎えてくれる予定になっていた。

「ニジンスキーを戦争から守るため」

その大義は、ディアギレフにとってもロモラにとっても好都合だった。芸術の未来を思えば、意地を張って相手を憎んでいる場合ではない。ディアギレフは惜しみなく敵に塩を送り、ロモラはそれをうやうやしく舐めた。バレエ・リュスに復帰する。それが、ニジンスキーの舞踊人生にとって最良の道であるのは疑いようがなかった。

ただし——と、ロモラは心の中で条件をつけた。

昔とは違う。彼はもう、無条件にプロデューサーにかしずく恋人ではない。

その現実を、ディアギレフが正しく認識しているならば。

「期待なさい、アメリカはすばらしい国よ」

アメリカ行きの船の乗客たちは、口々にそう言って旅仲間のロモラたちに激励を送った。

「この国では、誰もが自由で、望んだ働き方で生計を立てられるの。社会の進歩を妨げてきた階級の区別だってないんだから」

実際、ニューヨーク港はすばらしい眺めだった。黄と灰の濃い霧のなかから摩天楼《まてんろう》の輪郭があらわれると、ニジンスキーは興奮のあまりデッキの上で何度も飛び上がり、港でカメラを構える記者たちを笑わせた。

「ミスター・ニジンスキー、どうか動かないで。天国の神さまのところに行かないで！」

ロモラもファースト・レディーさながらに手を振って、にこやかに船を下りた。メトロポリタン歌劇場の幹部らしき人や、バレエ・リュスの新旧のメンバーたち。そして、真正面にディアギレフがいた。数年前より一段と腹回りが大きくなったように見える。目を合わせるより前に、向こうから深々とお辞儀された。ロモラの手を取ると、丁重にキスをして、美しい花束を渡してくる。

ディアギレフの視線がゆっくりと、ロモラの背後に動いた。かつての恋人の前に歩み寄り、両頬にロシア式の挨拶のキスをする。ニジンスキーはキスも言葉も返さない。代わりに、何を思ったのか、腕に抱っこしていたキラをディアギレフに渡した。

困惑顔のディアギレフは、成す術もなく、隣にいた人にキラを押しつけてしまった。なごやかな笑いが船着き場を包むなか、ロモラはひとり勝利感を味わっていた。小さな子どもの世話に追われながらの旅は気が滅入《めい》ったが、ここまで無理して連れてきて良かった。

ロモラがディアギレフに課した条件は、元恋人がすでに夫であり父であるという現実を受け入れることだけではなかった。

ニジンスキーに出演を要請するなら、相応のギャラを払ってもらわなければ。

アメリカに出発する前、ロモラは経由地のローザンヌで吉報を手にしていた。ロンドンで二年前に起こした裁判の判決がようやく出て、ディアギレフに対して過去の報酬の支払いが命じられた。このお金があれば、戦争が長引いたとしても、実家に戻らずに好きな場所で暮らすことができる。

もちろん今回のアメリカ公演についても、一流のスターにふさわしい報酬を用意してもらわなければならない。ロモラはすでに策を講じていた。ニューヨークに住む知人の女性を船着き場に呼んでおいたのだ。彼女には法曹界で活躍する親戚がおり、ホテルに荷を置く間もなく、摩天楼にオフィスを構える法律事務所にロモラとニジンスキーを案内してくれた。「いやはや、バレエ・リュスってのは中世みたいな世界なんですねぇ」事務所の若い弁護士はロモラからひととおりの事情を聞き、呆れながらも太鼓判を押した。「でも、心配ご無用ですよ。すぐにカタを付けましょう」

ニジンスキーが突きつけてきた報酬額を知って、ディアギレフは呆然とした。ロンドンでの裁判の結果を受け入れねばならないのはわかっていた。今後はもう、豪華なホテルやディナーではギャラをごまかせないことも。しかし、ニューヨークに来るやいなや現地の弁護士と手を組んで、破格の待遇を契約に盛り込めと迫られるのは彼にとって予想外だった。ディアギレフの胸に怒りがこみあげた。

裏切りの結婚を許し、骨を折ってアメリカ行きの切符を手配して、いざ再会を果たした矢先に、これほど高い報酬をふっかけるなんて。苦しいのはカンパニー側とて同じだというのに。戦争が始まってから、ヨーロッパでは一年半にわたってほとんど公演ができなかった。必死でパトロンやパトロネスに頭を下げてシューズや衣裳の生地を買い集め、徴兵や副業のアルバイトで散り散りになった団員たちを呼び戻し、やっと新天地アメリカで活路を見いだしたばかりだった。命じられたとおりに過去と今回のギャラを払えば、ツアーは大赤字だ。

ロモラの差し金にちがいない、とディアギレフは察した。ニジンスキー自身はこんな要求は口にするまい。多少の不満があっても、内情を理解して目をつぶってくれたはずだ。人付き合いは苦手で、不器用だが、心のやさしい青年なのだ。

それに引きかえ、あの女は世の道理をまるでわかっていない。芸術を護る立場の苦しさも、男同士の義理と絆も。

その後、ディアギレフはさらに追い詰められた。ニジンスキーとの金銭的な不和を、アメリカのマスコミにリークされてしまったのだ。そのニュースは、現地の新聞を介してあっという間にニューヨークじゅうに知れ渡った。当然ながら、読者はニジンスキーとその一家に同情した。戦争で大変な目に遭った天才ダンサーのギャラを出し渋るなんて、ディアギレフはひどいプロデューサーだ！　ニジンスキーはいまや夫として父として、家族を養わねばならない立場でもあるのに。

——いったい、どこからこの機密情報が漏れたのだろう。

リークしたのはロモラ当人ではないか、とディアギレフは勘ぐった。家族を養うためとは、世間に訴えかける力のある言葉だ。妻というカードを切った彼女の怒りは本物であると彼は確信した。

もっとゴージャスな舞台美術や衣裳を見たい、もっと過激でセクシーなニジンスキーを見たいと、舌なめずりして金を積んでいた人たちを、ディアギレフはいまいちど思い起こした。もちろん、彼らのような享楽的なファンがいてこそのバレエ・リュスだ。しかしロモラのように、義憤の心を抱いてカンパニーの内情に介入してくるファンもまた、バレエ界の未来において不可欠な存在に違いなかった。

ディアギレフ自身も、頭では理解していた。彼の運営が杜撰《ずさん》だったのであり、それに法が判断を下した。逆らう気はない。だがいまは戦時下で、大変な状態なのは誰しも変わらない。せめて温情がほしかった、というのが彼の偽らざる本音だった。


窮地に立たされたディアギレフができるのは、ニジンスキーへの八つ当たりだけだった。舞台への出演はおろか、レッスン室で汗を流すのも久しぶりなニジンスキーに、「太ったな」など余計な一言をぶつけてしまう。「まるでオペラのプリマドンナじゃないか」

ロモラのディアギレフへの軽蔑心は強まるばかりだった。


そんな水面下での争いを繰り広げつつも、メトロポリタン歌劇場での公演は順調に進んだ。四月十二日以降、ニジンスキーは歌劇場の舞台に毎日毎夜立ち続けた。『イーゴリ公』『薔薇の精』『シェエラザード』……おなじみのバレエ・リュス・プログラムだ。観客は当初こそ、ニジンスキーの女性さながらの色気や仕草に戸惑いを見せたが、だんだんと彼が紡ぐ世界観に引き込まれていった。ブラヴォーの声も日を経るごとに増えていく。

若き新エースのレオニード・マシーンは、港で顔合わせしたときの気まずさも忘れて、ニジンスキーの踊りを舞台袖で夢中になって見つめていた。見た目は普通の青年なのに、踊りだすとまるで別人になるという噂は本当だった。『ペトルーシュカ』では本物の道化のように悲哀に満ちた表情を浮かべ、『眠れる森の美女』の「青い鳥のパ・ド・ドゥ」では、本物の鳥の羽ばたきのように腕を細やかにはためかせる。彼はすっかり、ニジンスキーの魔力の虜になっていた。

ロモラもまた、久しぶりに舞台上でのニジンスキーの輝きを目の当たりにして、ハンカチを感涙で濡らした。これが、これこそが、わたしの愛したプティだ。

ニジンスキーは、バレエ・リュスのスターとして見事な復活を遂げた。結婚以降、彼はカンパニーを解雇され、自前のカンパニー運営に失敗し、戦争で軟禁生活を強いられた。しかしこの北米ツアーによって、天才ダンサーとしてのキャリアを再開した。

ワツラフ・ニジンスキーの舞踊人生。それはロモラにとって、いまや自分の人生そのものだった。

8　洗脳騒動

ニジンスキーの名声がアメリカじゅうにとどろく一方、ディアギレフは評判を落としていった。

観客はもちろん、メトロポリタン歌劇場の支配人であるオットー・カーンまでも、ディアギレフを邪険《じゃけん》にしはじめた。ビジネスライクなアメリカの業界人にとって、ニジンスキーの報酬をめぐる騒動は前時代的にしか見えず、彼らはディアギレフに対して不審の目をあらわにした。

興行に花形スターのニジンスキーは必要不可欠だ。だがプロデューサーはいなくたって困らない。そんな態度を露骨に出してきた。

ディアギレフにとっては癪《しゃく》に障《さわ》る話だ。

しかし、彼の脳裏に別の考えがひらめいた。これはこれで、悪い状態ではないかもしれない、と。

彼にとってアメリカでの公演は、戦争の窮地しのぎに過ぎなかった。それにヨーロッパを長く離れていると、作曲家や美術家と次作の打ち合わせができないという難点もある。ここは逆転の発想だ。ニジンスキーをバレエ・リュスの臨時の団長に祭り上げて、この北米ツアーを任せてしまおう。

ディアギレフはニジンスキーがリーダーとしての資質に欠けていることをよく知っていた。ロンドンのパレス・シアターでも、自分のバレエ団を率いるストレスに耐えかねて倒れたと聞いている。ベテランから新人までの大勢の団員を引き連れて、複数の都市をドサ回りするツアーの苦労はその比ではないだろう。だが、知ったことではない。ギャラは文句を言わせないくらいたっぷり払っている。夫妻ともども、少しは痛い目に遭えばいいのだ。

ディアギレフの帰国にロモラが喜んだのはつかの間だった。

マシーンほか何人かのお気に入りダンサーを連れて、彼がヨーロッパ行きの船に乗ったとたん、バレエ団は次から次へとトラブルに見舞われだした。

最初の事件は、ニジンスキーが持ち込んだ新作『ティル・オイレンシュピーゲル』のリハーサル現場で起きた。初日、ニジンスキーがレッスン室にやってくると、なんとダンサーがひとりしかいない。他のダンサーはみな「ストライキ」をしたという。

ストライキ。ニジンスキーにとっては耳慣れなかったが、アメリカの労働者なら誰でも知ることばだった。『ティル・オイレンシュピーゲル』の作曲者であるリヒャルト・シュトラウスは、ロシアの敵国であるドイツの音楽家だ。敵国人の音楽では踊りたくない、というのが彼らのストライキの理由だった。

契約上、ダンサーはさまざまな音楽で踊る義務があるため、ストライキは有効ではない。歌劇場側がそのように説明してくれたおかげで、ダンサーたちはしぶしぶ現場に戻ってきた。だがこの騒ぎのせいで、リハーサルに充《あ》てる予定だった貴重な二日間がつぶれてしまった。

ストライキを起こしたのはロシア人ダンサーばかりではない。長年バレエ・リュスに帯同してきた指揮者のピエール・モントゥーさえも、ニジンスキーに喧嘩を売った。

「わたしはフランス人ですから、リヒャルト・シュトラウスを指揮したくありません」

「でも、『ル・カルナヴァル』の曲を作ったロベルト・シューマンだって、ドイツ人ですよ」

抗弁しても、こんな屁理屈を返される。

「シューマンはもう死んでいるが、リヒャルト・シュトラウスは生きていますからねえ」

それでも、ニジンスキーの新作への意気込みが伝わったのか、しだいに味方もできはじめた。特に力になってくれたのは、コストロフスキーとズヴェーレフという二人の新人ダンサーだった。コストロフスキーは賢い子どものように澄んだ目をした男で、だらしなく床に座りこんでおしゃべりしているダンサーたちの輪の横に立つと、胸の前に両手を組んで説教をはじめた。

「ニジンスキーはわたくしたちのために働いてくれているのです。彼はまったく利己的な人間ではありません。ですから、攻撃なんてもっての外《ほか》です。あなたがたは自分自身を傷つけているにすぎません。彼はわたくしたちなしでも存在できますが、わたくしたちは彼なしでは成功できないのですから」

ズヴェーレフもやはり胸の前に両手を組んで、ひたすら首を縦に振っている。ふたりの静かな迫力に気圧されたのか、ダンサーたちは少しずつ姿勢を正し、立ち上がると、おとなしくバーにつきはじめた。いささか宣教師じみた立ち振るまいなのが気にはなったが、ひとまずは助かった。ロモラは心のなかでコストロフスキーに向かって十字を切った。

ダンサーたちがストライキを取り下げて熱心に稽古に励んでくれたおかげで、メトロポリタン歌劇場での『ティル・オイレンシュピーゲル』の初演は大成功をおさめた。

ところが地方都市へのツアーがはじまると、またもや事件が勃発した。

公演のキャストには、原則として代役が用意されていた。トップスターのニジンスキーやカルサヴィナには休演日があり、二番手のボルムやニジンスカと交代する機会があったが、ほかのソリストは病気にならない限りは出ずっぱりだ。つまり一軍に入れないダンサーたちは指をくわえて見ているだけになる。これではいつまでも新人にいい役が回ってこない。ニジンスキーはダンサーをシャッフルし、誰にでも定期的に出演のチャンスを与えると決めた。しかし、これまで役をもらえていた一軍のダンサーたちにとっては面白くない。この改革が引き金となり、また「ストライキ」騒ぎが発生してしまった。

ロモラの胸に不安がよぎった。

ニジンスキーの意見はまっとうだ。しかし人事にかかわる改革はもっと慎重に取り組むべきではないだろうか。ツアー中の唐突な方針変更では、ダンサーたちが混乱するのも当然だった。

そもそも、アメリカに来てからというもの、ニジンスキーの様子がおかしくなっていた。ツアーをこなすにつれて、いつにも増して口数が減っていく。グリゴリエフから契約解除の電報を受け取ったときよりも、ロンドン公演でノイローゼになったときよりも、ブダペストで軟禁生活を送ったときよりも、顔色がすぐれず、目もどんよりと濁っている。ロモラがどれほど話しかけても生返事だ。おまけに、肉を食べる量が異様に減ってしまった。具合が悪いのかと心配したが、どれほど問い詰めても、ニジンスキーは特に異常はないと言い張るばかりだった。

気を揉むロモラに、親切なダンサーたちがこっそりと教えてくれた。

「たぶん、あの二人組のせいだと思います」

コストロフスキーとズヴェーレフのことだった。

「彼らはニジンスキーの側にやたらと居たがって、いつも追っかけ回してるんですよ」

たしかにそうだ。気がつけば、彼らはまるで犬のようにニジンスキーのあとをついて回っていた。レッスン室や劇場はもちろん、長距離列車のコンパートメントまで押しかけてきて、真のキリスト像だのトルストイの農業論だのの話をオウムのように繰り返す。おまけに、ダンサーを平等に扱うべしとか、農民服を着ろとか、肉をやめて菜食をしろとか、話の合間合間に巧みに要求を挟んでくる。まくしたてるのはコストロフスキーで、ズヴェーレフはうなずいているだけだが、だんだんとニジンスキーまでもズヴェーレフの仕草が乗り移ったようにうんうん首を振りはじめる。ロモラはいきり立った。

「仕事以外の時間は夫婦でゆっくりしたいの。遠慮してくださる？」

そう言ってもまるで効果がない。コストロフスキーは澄んだ目をぎらつかせてニジンスキーの横の席に自分の腰をねじこみ、ロモラをコンパートメントから追い出しにかかった。ズヴェーレフはその間も満足そうにうなずき続けている。ロモラは列車酔いを起こしたように青ざめた顔をゆがませた。憤慨を通り越して、もはや気持ちが悪かった。

おまえだって列車や船の中を追いかけ回し、その果てにニジンスキーをものにしたんじゃないか。そう言われてしまえば、ロモラ自身も否定はできない。だが、これほど強引にニジンスキーの私生活に割り込むような真似は、かつての自分さえもしなかったはずだ。

気がつけば、ニジンスキーは肉も卵もまったく口にしなくなっていた。理由を問うと、肉は欲の源だから、とまじめくさった顔つきで返されるが、まったく意味がわからない。ロモラはますます気を揉んだ。かかりつけの医者からは、栄養価の高い食べ物で筋肉を育てるようにと指導を受けているのに。

「ダンサーをやめて、ロシアで農業生活を送りたい」

とうとうニジンスキーはそんなことを言い出した。

ロモラは愕然として彼の顔をのぞき込んだ。目の前の妻を見つめ返してはいるが、瞳にはなにも映っていない。キリスト……トルストイ……ロシア……自然……菜食………あの二人組から吹き込まれたことばだけが、瞳孔の周りでぐるぐると渦を描いている。

彼らが説いているのが「トルストイ運動」なるものだということは、他の団員からすでに聞かされていた。

トルストイ運動とは、ロシアの文豪レフ・トルストイの思想に準じて十九世紀後半に興《おこ》った思想運動だ。信奉者たちは国家の概念や戦争を懐疑するアナーキズム的な思想に憑《つ》かれ、ロシア各地に独自の農業コミューンを形成し、ロシア正教会を拒絶して、原始キリスト教の一派として徹底した菜食生活を送っていた。その思想の影響は世界じゅうに波及し、日本でも、トルストイを敬愛する作家・武者小路《むしゃのこうじ》実篤《さねあつ》によって「新しき村」が創設されている。

しかしトルストイ・ファンではないロモラにとっては、ニジンスキーにバレエをやめさせようとする運動はカルトも同然だった。彼女の胸に絶望がこみあげる。わたしのプティが、カルト思想に洗脳されてしまった。

移動に移動を重ねるアメリカ・ツアーは、過酷の極みだった。カンパニーのスターとして表舞台では誰よりも火の粉を浴び、バックステージでは団長として重責を負わされる。その心の隙を突かれて、ニジンスキーは二人組からおかしな思想を植え付けられてしまったのだ。

休みたいのはわかる。愛する故国に帰りたいのもわかる。芸術の創造のためには、静寂のなかで過ごす時間が必要なのもわかる。この戦争が終わったら、ぜんぶ叶えてあげたい。

だが、ダンサーをやめたいというのがニジンスキーの本心だとは、ロモラにはどうしても思えなかった。

洗脳はそれだけでは終わらなかった。

「セックスは子どもを生むためのみに行うべきだ」

コストロフスキーはニジンスキーにそう説きだした。

ニジンスキーは本気で悩みはじめていた。完全に禁欲するか、避妊なしのセックスをして毎年子どもを産むか、その二択しかないと言いはじめる。ロモラはついに業《ごう》を煮《に》やした。以前は、出産にともなう女性側の身体の負担や、子どもを生み育てる責任について、彼なりに考えてくれていたのに。あの頃のニジンスキーはどこへ行ってしまったのだろう。

「それなら、喜んで禁欲の方にしましょう」

口をついてそんなことばが出てきそうになる。実際それでも構わない、むしろ歓迎だとさえ思っている自分自身の心にロモラは動揺していた。これまでは、旅回りでどれほど疲れていても、彼が望みさえすれば一度も拒まなかったのに。

巡業先のシカゴに到着したとき、ロモラは意を決して賭けに出た。

パートナーとの生活に亀裂を入れて引き離す。性生活への介入は、彼らのそうした信者獲得マニュアルのひとつなのだろう。妻がロシア人なら道連れだが、洗脳が効かないハンガリー人となれば別れさせるしかない、と彼らは考えているようだった。しかし、おそらくニジンスキーは、思想のために家族を捨てたいとまでは思っていないだろう。いまなら、切り札を出す効果もあるだろうと彼女は踏んだ。

「わたし、もうツアーに同行するのはやめる。キラを預けてあるニューヨークに先に戻るから」

案の定、ニジンスキーは呆然としている。どうやら効いているようだ。ロモラは冷然と言い放った。

「あなたがトルストイ的な生活を送りたいなら、わたしはひとりでヨーロッパに帰る。キラは好きにして。あなたが育てたいならそれでもいいから」

なぜ妻が豹変《ひょうへん》したのか、ニジンスキーもさすがに察したらしい。夕刻のシカゴ駅のベンチで、人目もはばからずに自分の荷をまとめ直すロモラを、止めることも手伝うこともできないまま、少年のように肩を落として見つめている。

カルト二人組からプティを取り返した手応えを感じつつ、ロモラは駅のホームの雑踏を早足で歩き、振り返りもせずに、ニューヨークに直行する特急列車に乗り込んだ。

9　あなたは嘘をつかない

北米ツアーを終えたニジンスキーは、なんとか洗脳から脱した様子でニューヨークに戻ってきた。紳士用の普通のシルクのシャツを着て、結婚指輪をして、同じ食卓を囲む。アクセサリーをプレゼントしてくれた上に、今回のツアーで得た報酬は「きみとキラのため」と言ってそっくりロモラに渡してくれた。家族をないがしろにしたお詫びということだろう。どうやら、自分は賭けに勝ったらしい。彼女は天を仰いで、心のなかで十字を切った。

ほっと胸をなでおろしながらも、ロモラはつかの間の別居生活の終わりをひそかに惜しんでもいた。ニューヨークでカンパニーの帰りを待つ間、ロモラはすっかりアメリカ暮らしに馴染んでいた。キラの面倒を保育士が見てくれているあいだ、彼女は独身気分でダウンタウンやセントラル・パークを闊歩《かつぽ》した。船上で教えてもらったとおり、この国には自由が満ちあふれている。ひとりで背筋をしゃんと伸ばして歩いていれば、すれ違う誰もが自分を気にも留めず、何者とも思わず、ただ群衆のひとりとして、そこに生きることを受け入れてくれる。結婚していなかったら、アメリカに移住して暮らす人生も楽しかったかもしれない、とすらロモラは思った。自分でお金を稼いで、小さなアパートメントを借りて、気に入ったお洋服を誂《あつら》えて……。

こんなすがすがしい解放感を味わえるなんて、アメリカに来られてよかった。

でも、あのカルト二人組がいるバレエ・リュスからは、一刻も早く離れたかった。

ヨーロッパに帰る直前、ニジンスキーはディアギレフから一通の電報を受け取った。そこには二つの要望が書かれていた。一つ目、ディアギレフがいま滞在しているスペインに来てほしい。二つ目、来シーズンに予定されている南米ツアーに参加してほしい——。

「スペインは立ち寄ってもいいけど、南米ツアーに行くのはいや。絶対にそう伝えてね！」

ロモラはニジンスキーにそう強く訴えた。ギャラはあと何年も余裕で暮らしていけるくらいに受け取っていた。いまは実家からもカルトからも遠く離れて、心から穏やかに暮らしたい。

怯《おび》えの表情さえも浮かべているロモラに、ニジンスキーはのんびりとこう答えた。

「大丈夫だよ。行くかも、と返したけど、まだ正式な契約はしていないから」

船旅を終え、スペイン・バルセロナの指定されたホテルに到着すると、ディアギレフは満面の笑みでロビーに現れ、また一回り肥えた腕でニジンスキーを抱擁した。

「やあやあ、お帰り。わがバレエ団のために奮闘してくれて、うれしいよ」

ロモラは冷然とした態度を取ろうと努めたが、ディアギレフの方はまったく意に介さない様子だった。きみは芸術を見る目があるだの、マネージメントの才があるだの、あらゆることばでロモラを褒めちぎってくる。不気味ではあったが、こうも友好的に接してこられると、さすがの彼女も態度を軟化させないわけにはいかなくなった。

ディアギレフに労をねぎらわれて、ニジンスキーはうれしそうだった。この満身創痍《まんしんそうい》の北米ツアーを経て、彼は元恋人のプロデュースと運営の手腕に再び尊敬の念を抱き、関係を修復したいと思いはじめたようだ。将来はディアギレフと一緒にまた作品を創ってロシアで上演したい、とまで言い出した。どうやら農業生活の妄想からはすっかり醒めたらしい。

ディアギレフに誘われるがまま、ニジンスキーはバレエ・リュスのバルセロナ公演にも出演した。例のカルト二人組も参加しているが、プロデューサーの監視の目がある限り、まとわりつかれることはないだろう。ロモラは自分の力量不足を痛感してため息をついた。ディアギレフが側にいてくれて安心だと思うだなんて。

ニジンスキーはレオニード・マシーンとも親しくなった。彼はマシーンに根気よくジャンプやターンのコツを教え、マシーンも尊敬すべき先輩として彼を慕《した》った。ディアギレフはそんな仲睦まじい二人の様子を、至って満足そうに眺めていた。

しかし、そのつかの間の蜜月もあっという間に終わりを迎えた。

ロモラの懇願を聞き入れて、ニジンスキーは来シーズンの南米ツアーには参加しないと決めた。ディアギレフは今回も同行しないと聞いているし、過剰な重責を負わされて心身を消耗するドサ回りはもうこりごりだ、と彼自身も考えているようだった。

ところが、その旨を伝えるべくディアギレフとの昼食会に出かけたニジンスキーは、青ざめた顔をして戻ってきた。もう南米ツアーの参加は決定していて、契約も済んでいる、と言われたという。

「そんなわけない。だって、契約書がないじゃないか」

ニジンスキーがそう反論すると、ディアギレフは氷のようにひややかな笑みを浮かべてこう告げた。

「スペインでは、電報は拘束力のある契約なのだよ」

それは事実だった。ニューヨークで受け取ったバルセロナからの電報。あれに返報した時点で、もう契約は成立してしまったのだ。

ロモラは憤《いきどお》った。本当だとしても、これでは嘘をつかれたのと同じだ。ニジンスキーも同じことを思ったらしい。「逃げよう」という声にロモラは強くうなずいた。ホテルの部屋の荷物を急いでまとめ、ぐずるキラを抱き上げて、三人そろってバルセロナ駅に向かった。だが列車に乗り込むやいなや、ふたりの警察官が車両に押し入って、ニジンスキーの腕を強くつかまえた。

「あなたを契約不履行で逮捕します」

バルセロナ市民の視線を浴びながら警察署に連行されるあいだ、ロモラは怒りのあまりずっと地団駄を踏んでいた。警察官の怒号におびえたキラが泣きわめいているが、頭に血が上ってなだめるどころではない。たしかに、公演がまだ残っている状態で逃げ出そうとしたのは愚策だった。それにしても、これほど強硬なやり方があるだろうか。これまでずっと契約を怠《おこた》ってきたディアギレフが、今度は一転して契約を声高《こわだか》に主張してくるとは。

――いったいディアギレフは、いつから自分たちを罠にかけようと企んでいたのだろう。

思案しかけて、彼女は息を呑んだ。数日前、劇場の舞台裏の暗がりで、ディアギレフとズヴェーレフらしき人影が小声で話し込んでいたのを思い出したのだ。内容はわからなかったが、密談めいた雰囲気が漂っていたような気もする。

突拍子もない想像が彼女の脳裏をよぎった。ディアギレフとカルト二人組は最初から共謀していて、北米ツアー中に起きた一連の事件はすべてシナリオ通りだったのではないだろうか。もしそうだとすれば、いったいなぜなのだろう。高額なギャラを払わされたのが、そこまで気に食わなかったのだろうか。ひょっとしたら、結婚のことさえいまだに恨んでいるのかもしれない。かといって、肉も食べず、休む時間ももらえず、気力と体力を根こそぎ奪われるツアーに連行されたら、ニジンスキーは潰れてしまう。

契約不履行を認めてようやく釈放され、家族三人でうなだれて劇場へ向かうと、ディアギレフがひとりエントランスで紫煙をふかしていた。そのでっぷりしたシルエットを遠目に仰いだロモラの心の内は、怒りから怖れへと変わっていた。

バレエ・リュスの南米ツアーは、セルゲイ・グリゴリエフが団長をつとめることが発表された。

ニジンスキーに契約解除の電報を打った男だ。ロモラにとっては天敵だったが、ニジンスキーを団長ではなく一ダンサーとしての参加という形にしてくれたことに彼女は深く感謝した。今回はキラもローザンヌの保育施設に預けることができたし、その点でも旅の負担はずっと少ない。

ありがたいことに、今回はマエストロ・チェケッティも旅に帯同していた。ニジンスキーはもちろん、ロモラにとっても最愛のバレエの師だ。イタリア人の小柄な老紳士は、船上のデッキの上でロモラを呼び止め、指導用のステッキを大西洋の青空にかざしながらこう問うた。

「あの〝太陽〟はあなたを温かくしていますかな?」

ニジンスキーのことだ。潮風に髪をなびかせながら、ロモラは静かに微笑んだ。

「ええ、あたくしはとても幸福ですわ。問題はディアギレフの態度だけです」

「ディアギレフについては、わたしも何かと思うところがありますな。ロシア人はどうも得体の知れないところがある」チェケッティは神妙にうなずいた。「それはそれとしてね、あなたはバレエをやめずに続けてもよかったと思いますよ。とても優れた生徒でしたから」

カルト二人組のひとり、コストロフスキーは完全にパワーダウンしていた。南米ツアーが始まってから、体調を大きく崩しているらしい。精神疾患かてんかんだろうという医師からの診断を受け、ツアーを離脱してロシアに送還される運びになった。不謹慎ではあるが、その出来事もロモラの心の荷を軽くさせた。

ところが巡業先のブエノスアイレスで、ニジンスキーはロモラにこんな訴えをはじめた。

「舞台上に錆《さ》びた釘が落ちていて、踏んでしまったんだ」

ロモラは驚いて聞き返した。

「なんでそんなものが舞台にあるの?」

当のニジンスキーも首を傾げた。

「ただの、事故、だといいんだけど」

しかし、それだけでは終わらなかった。別の日、彼はこう訴えてきた。「練習中に、重い鉄のおもりが落ちてきたんだ。すばやく飛び退いたから、なんとか当たらずに済んだ」

またある日はこう訴えた。

「『ペトルーシュカ』のラストで、ぼくが人形劇の小屋の上に立っていると、セットが地震みたいにグラグラ揺れはじめたんだ。マエストロ・チェケッティが抱きとめてくれなかったら、落ちて足を怪我していたところだったよ」

さすがのロモラも耳を疑った。しかし、ニジンスキーはあくまで真顔だ。

「〝彼ら〟を責めないでやってほしい。自分が何をしているのかわかってないんだから」

誰かが故意に自分を陥れようとしている、と彼は考えているようだった。だが、いまは南米各地を巡業して回っている最中だ。つきあいの浅い現地のスタッフに恨まれるおぼえはない。

「つまり、カンパニーの内部に犯人がいる、ということ？」

彼が強くうなずくのを見て、ロモラは当惑のあまり口をつぐんだ。

バレエ・リュスのメンバーのわがままぶりは、彼女自身もよく知っていた。時間や約束をろくに守らないし、そのくせストライキやボイコットをするし、子どもっぽい口喧嘩もしょっちゅうある。とはいえ、ダンサーの命である肉体を故意に傷つけるような悪人がいるとも思えなかった。

それなら、ディアギレフの差し金だろうか？　彼とてそんな真似はすまい。バルセロナの劇場の舞台袖からニジンスキーのパフォーマンスを仰ぐ彼の瞳は、客席に座るどの観客よりも強く恋い焦がれるような輝きを放っていた。ニジンスキーがジャンプしたその先の床に、銀色に輝く小さな釘が落ちていれば、彼は誰よりも早く駆け寄って拾い上げ、舞台係を怒鳴りつけるだろう。

——ねえ、そんな嘘はやめて。

喉から出かかった声を、ロモラは懸命に押しとどめた。「嘘」——そのことばは、カルト二人組やディアギレフの悪行を罵《ののし》るときだけに使いたかった。いまのニジンスキーの訴えは、そのどちらとも無縁だ。

ロモラは再び顔を上げて、いまにも泣き出しそうなニジンスキーの瞳を見つめ返した。大丈夫。北米ツアー中に洗脳されかけたときとは違って、いまはわたしの顔がはっきり映っている。

わたしは何があってもこの〝プティ〟を信じよう。

「それは大変。なんとかしなきゃ」

ロモラは旅に同行していた弁護士に事を打ち明けた。経緯を詳しく説明しているうちに、不思議とロモラの心にも当初の疑いはなくなっていた。それどころか、舞台に落ちた釘や、揺れる人形小屋のセットを自分自身も目撃したような気になっていた。弁護士も真剣に話を聞いている。

彼はこんな提案をしてくれた。

「この被害を警察に伝えて、探偵を用意させましょう」

すると、そのような事件は起きなくなった。

より正確にいえば、ニジンスキーはけろりとしたように訴えをやめた。

警察の捜査の結果、背景の幕がじゅうぶんに固定されていないなどの小さな不備があったことも発覚した。問題は実在した。そしてそれは、誰かの故意の犯行ではなく、職務上のミスだった。ロモラはようやく胸をなでおろした。これにて一件落着だ。もう忘れることにしよう。

しかし、彼女の不安は完全に消えたわけではなかった。

昨年暮れの北米ツアー中の出来事を、ロモラは思い返していた。ロシアでは、大晦日《おおみそか》に「新年のイブ」と称して占いをする習慣がある。手相占いが得意なバレエ団のメンバーのひとりが、ニジンスキーの手を見ることになった。すると、小さなルーペをのぞきこんだ彼の顔がみるみるうちに青ざめていく。ニジンスキーはいぶかしげに問うた。

「なんですか？　ぼくは死ぬんですか？　話してください」

しかし彼は首を振るばかりだった。

「いや、そうじゃない、別に死んだりはしません。けれど、もっと悪い、恐ろしいことが……」


――その「もっと悪い、恐ろしいこと」が、もし、まだ終わりでなかったとしたら。


バレエ団のリハーサル中、ロモラはそっと劇場を抜けると、ひとりでブエノスアイレス市内のサン・ミゲル教会を訪れた。ロモラとニジンスキーが結婚式を挙げた場所だ。

ファサードは新調されて、ヴェネツィア風のモザイク画や十字架の立体的な装飾がほどこされていたが、側廊の窓を彩る細やかなステンドグラスや長椅子の配置は変わっていなかった。金色の翼をもつ天使の像もまだある。

四年前、彼女は薄いクリーム色のウェディングドレスをまとい、ガーンズブルグに導かれて、『ローエングリン』の婚礼の曲とともにニジンスキーのもとへ歩いていった。かの「薔薇の精」と結ばれるために。しかしきまじめな顔つきでロモラに腕を差し伸べたのは、全身に白粉《おしろい》をはたき、かぐわしい花びらをまとわせた異形の精霊ではなく、タキシードを着こんだ寡黙なひとりの青年だった。

我に返ったときには、婚姻の誓いはすでに終わり、ロモラの指にはひんやりした金の結婚指輪がはまっていた。祝いの拍手や歓声をおくる人びとに向けて、リングを見せびらかすように大きく手を振る。あのとき見ないふりをした綻びは、すべてあとから現実となって押し寄せてきた。「もう、このリングの代償はぜんぶ支払いました」祭壇の前にひざまずいてそう宣言したかったが、まだこれからだという声が天から降ってくるのが怖かった。

金色の翼の下に立ちつくしたまま、ロモラは静かに目を閉じた。「これで終わりでありますように」――そんな祈りのことばを、幾度も唇にのぼらせながら。

10 変わりゆく世界、変わりゆくプティ

暗がりのなかで、ロモラはゆっくりとまぶたを開けた。

まだ朝はだいぶ遠い。それにもかかわらず、彼女の目は冴えていた。枕の上から天井を見つめる。ここがブエノスアイレスの教会でも、ブダペストの実家でも、大西洋をわたるエイヴォン号の客室でもないことに彼女は安堵した。スイス北東部の風光明媚《ふうこうめいび》なリゾート地、サン・モリッツの別荘だ。小高い丘の上に建つ堅牢《けんろう》な一軒家は、世界から隔絶されたかのように静かだった。戦場を飛び交う銃声も、大都会を闊歩する人びとの喧騒も、国から国を往く長距離列車の咆哮《ほうこう》も、白化粧のアルプスの山々に護られたこの場所には届かない。

ふと、寝息の音がしないのに気がついた。

首を隣に傾けると、闇のなかにうっすらと、横たわるニジンスキーの輪郭が浮かび上がった。彼もいつの間にか目を醒ましていたらしい。一対の切れ長の眼が、カーテンの隙間からこぼ

れる月光を受けて不気味なほどに輝いている。この沈黙の世界に、彼だけが存在している。劇場の平土間席から、スポットライトを浴びた彼を仰ぎ見ているかのようだ。

——客席からは、いつだって舞台の上の彼を見ることができる。

でも、舞台の上の彼は、客席に座る人の顔をどこまで見ているのだろう。

そんな想像をめぐらせているうちに、ロモラの胸に不安の波が押し寄せた。声を出そうとするが、喉が締めつけられて、うまくことばが出てこない。

「わたし、どうしたらいいかわからないの」ようやく絞り出した彼女の声は、深夜の寝室の靄《もや》に弱々しく溶けて消えた。「お願い。どうか、わたしを守って」

「気になさることはございませんよ。もしお望みでしたら、ぼくが神経科の医者を紹介しますが」

サン・モリッツ在住の若い医者フレンケルは、ロモラがブラウスの最後のボタンをかけ終わるのを待ってから、穏やかな声音でそう告げた。村の娘たちからハンサムと噂されるその端正な眉目には、少しの陰りもみられない。気休めではなく、本心でそう言っているように聞こえたので、彼女は胸をなでおろした。

「感情がなくなっていく気がして。神経衰弱にかかっているかもしれないと思ったんです」

「……失礼ながら、夫婦生活に関して何かご苦労をされているのでは?」

そう言って、椅子ごとロモラの方に身体を近づけると、ブラウスの裾の上に置いた左手をそっと握りしめる。何事かと思ったら、ロモラの手のひらをゆっくりと撫でたあと、手首に指を這わせはじめた。脈を取っているらしい。丁寧なのはいいが、どうものんびりしすぎていると感じるのは、リゾート地の医者だからだろうか。はやく家に帰って、ニジンスキーの顔を見たいのに。ロモラは診察を急《せ》かすためにこう答えた。

「そんな。ちょっと優雅に暮らしすぎていると思うくらいですわ」


南米ツアーを終えたあと、スイスでの静養生活を望んだのはロモラだった。サン・モリッツは子どもの頃からよく訪れたリゾートだったし、自然を愛するニジンスキーも喜ぶにちがいない、と考えたのだ。ツアーで稼いだギャラは充分すぎるほどあるし、しばらくは彼も自分もしっかりと休んだ方がいい。どのみち戦争はまだ続いていて、ヨーロッパで活動できるチャンスは限られている。またディアギレフの術中にはまって、ドサ回りで消耗させられてはかなわない。かといって、ブダペストの実家暮らしはロモラにとって論外中の論外だった。姉のテッサには少し長い手紙を書き送ったが、母親のエミリアには新居の住所を知らせるだけで済ませた。

山に囲まれた場所は息が詰まって嫌いだ、と不満をもらしていたニジンスキーも、ほどなくこの場所がすっかり気に入って、ウィンター・スポーツを楽しむ日々を送った。問題はロモラの体調だけだった。北米と南米の過酷な旅の疲れが出たのか、寝込んだり入院したりの日々が続く。そのあいだ、ニジンスキーは使用人の手が回らない家事をすべて引き受けて、キラの面倒を見たり、シチューを作ってくれたりした。

入院中のとくに具合の悪い日の夜、ロモラはきまって悪夢を見た。たいがいは、南米からヨーロッパに帰る途中の船上だった。イギリスの将校が船に乗り込んできて、目についたドイツ人やオーストリア人の乗客を「敵国人」と罵倒しはじめる。彼女は船室に逃げ帰ると、結婚後も持ち歩き続けていた「プラハの幼子イエス像」の小聖画を破り、尖《とが》った波を立てる黒い海に投げ捨てた。その画の裏側に、ドイツ語で祈りのことばが書いてあったからだ。祝福の微笑を浮かべた幼子イエスの王冠を載せた頭がぷかぷか海面に浮かんでは沈み、やがて消えていくのを見た彼女は、デッキの手すりに額を押し当てて泣き崩れた。あの画に祈りを捧げたおかげで叶った結婚生活は、これでもうおしまいだ。ニジンスキーの嘆きの声と、母親とディアギレフの高笑いが、潮騒を縫って、海神の雄叫《おたけ》びのように聞こえてくる。

「――マダム。どうなさいました？」

看護師に揺り起こされて、ロモラははじめて、自分が船のデッキではなく病室で泣き叫んでいるのに気がついた。夢を見ていただけだ。そう自分に言い聞かせて、乱れた呼吸をしずめようとする。でも、南米ツアー帰りの船上で、あの大事なお守りの画を大西洋の海に捨ててしまったのは事実なのだ。

「プティに会いたい……」

「え？」看護師はロモラの青ざめた唇に耳を寄せた。「どなたですって？」

答えないまま、彼女は涙に濡れた顔を枕にうずめた。舞台の上の彼を観たい。アルルカンを、薔薇の精を、牧神を。ひと目でも観られれば、それだけで心が慰められるのに。なぜだかもう、そんな瞬間は二度と来ないような気がしてならなかった。

調子がすぐれないまま一年が経ち、一九一八年十一月、世界大戦がついに終結した。四年前、オーストリアの皇位継承者フランツ・フェルディナント夫妻の暗殺から始まった、ドイツ、オーストリアの同盟国とイギリス、フランス、ロシアの連合国との戦争は、日本やアメリカからの加勢を経て連合国側の勝利に終わった。

これでまた、ニジンスキーはダンサーとして自由に活動できる。長らく暗い曇天の下をさまよっていたロモラの心にも、ようやく光が射しはじめた。パリをはじめとする世界各地のカンパニーや劇場からも、様子伺いの手紙が続々と届くようになった。

その頃、ニジンスキーは、絵を描くことでインスピレーションを高めていた。大判の紙の上に、パステルや木炭を使って大小のたくさんの円を描く。重なった円は、ときに人間の目鼻やお腹らしきものを形作った。あるときロモラに見せてくれた一枚は、道化人形ペトルーシュカの哀しげな顔によく似ていた。偶然そうなったのかと尋ねると、彼はこう答えた。

「円はすべての原理なんだ」

ロモラはただ無言でうなずくだけだった。意味はよくわからなかったが、手仕事に夢中になると夜更かしするのは、ブダペストで舞踊譜を書いていたときと同じだ。創作意欲がみなぎっている証拠だろう。

あとはわたしが善くなればいいだけ。体調が優れなくて、そのおかげで心も弱ってしまったのだろう。彼の足手まといにならないように、心身ともに早く元気にならなければ。

ロモラはそう自分に言い聞かせて、おとなしく養生につとめる日々を送った。

ところがサン・モリッツでの平穏な暮らしは、ある日曜日を境に断ち切られた。

その日の午前中、ロモラは外出のために身支度をしていた。ニジンスキーは散歩がてら教会に行くと言って、朝早くから出かけていった。日曜礼拝が終わったあと、外で会う約束になっている。昼食のリクエストを使用人たちに伝えるために台所へ入っていくと、彼らはテーブルを囲んでひそひそと話し込んでいたが、ロモラの気配を察するや否や、ぴったりと口をつぐんだ。

「どうしたの?」

つとめて明るく問いかけると、気まずそうな沈黙のあと、釜炊き役の男が口を開いた。

「奥さま。俺はガキのころ、ニーチェさまの使いっぱしりとして働いてたんす」

一八九〇年まで存命だったドイツの哲学者フリードリヒ・ニーチェ。彼はかつて、サン・モリッツにほど近い村シルス・マリアに住んでいた。

「あれはたしか、ニーチェさまが病院に連れていかれちまったほんの少し前のことなんすけど……」彼は口ごもり、それから声のトーンを下げた。「ニーチェさまは、いま旦那さまがやってるのと同じことをしていたんすよ」

ロモラは別荘を飛び出し、村に向かってつづく石畳の坂道を駆け下りた。いつもなら残雪の光るアルプスの山々や青紫色に染まるサン・モリッツ湖を眺めながらのんびりと下るところだが、今日はそれどころではなかった。草木の間をゆるやかに蛇行する小道の向こうにニジンスキーの姿を見つけ、彼女は息を呑んだ。使用人たちが言ったとおりだ。ニジンスキーは、道行く地元民たちに片っ端から声を掛けている最中だった。

「ミサには行きましたか?」「行かなきゃだめですよ」「ねえ、ぼくと一緒に行きましょう」

どういうわけか、胸にはピカピカの金色の十字架をぶらさげている。キラのおもちゃだ。

「なにやってるの！　トルストイおじいさんの真似なんてやめて！」

止めに入ったロモラを、ニジンスキーはびっくりしたように見返した。自分は善行をしているだけなのに、何がいけないんだい?　とでも言いたげに。ロモラの剣幕に気圧されて首の十字架はおとなしく外したが、なぜ止められねばならないのか心底不思議そうだった。十字架を取り上げて、彼に見えないように背中に隠すロモラをしばらく見つめて、ニジンスキーは口を開いた。

「世間はみんなぼくの真似をする」

ロモラは身をこわばらせた。

「ばかな女性たちは、ぼくのバレエの衣裳を真似る。ぼくが遠いところを見るような目をしていると言って、化粧を真似る。そして、それが流行になる。そういう目をしているように見えるのは、ぼくの頬骨が出っ張っているからなのに。どうしてぼくはもっとましなことを、彼女たちに教えてやれないんだ。ぼくは、彼女たちに神を思い出させたいのに」

淡々と、どこか憂いを含んだ声で、ニジンスキーは語り続けた。

「ぼくはいろいろな流行を作ってきたんだ。それなのに、真実を求めるべきだという流行をどうして作ることができないんだろう?」

ことばを失ったまま、ロモラはその場に立ちつくしていた。後手に回した腕に、おもちゃの十字架が重たくのしかかり、海原に消えていく「プラハの幼子イエス像」の画が胸をよぎった。

もしかしたら、ニジンスキーはいまだに気がついていないのかもしれない。彼の妻自身が、その「ばかな女性たち」の一員であることに。

喉が震える。妻という仮面を自分の顔からいますぐ剝がして、彼の前ですべてをぶちまけてしまいたい。そんな衝動にロモラは駆られた。——なんでそんなことを言うの。わたしを、わたしたちを、愚かだなんて言わないで。わたしたちは、みんなあなたに真実を見たの。あなた自身が神だったの。あなたのアルルカンに、薔薇の精に、牧神に、みんな救われたの。女のようでありながら女ではないあなたをみんなが真似たのは、あなたのダンスがわたしたちに新しい世界を見せてくれたからなの。だからどうか、わたしたちを見捨てないで。否定しないで。あなたはもう、わたしたちのプティではなくなってしまったの？　あのときとは別の真実を見ているの？　トルストイ？　それとももっと別の？　………

この一年のニジンスキーの姿が、ロモラの脳裏によみがえった。

運動神経の良さにまかせて、死に急ぐかのように雪山の急斜面でそりを走らせる。そうかと思うと家では、パステルを振りかざして、無我夢中で大量の円を描き続ける。

家族に接する態度は穏やかだ。キラにも、ロモラにも。しかし、何の前ぶれもなくおかしな発言が飛び出す日もあった。あるときなど食事中に、彼はキラを突然叱り飛ばした。

「知っているぞ。おまえはこっそりマスターベーションをしていたな。肉を食べるせいだ」

まだ四歳のキラには、その言葉の意味はわからなかっただろう。だが、温厚な父がいきなり怒り出したので、キラは泣き出してしまった。

娘に対しては潔癖さを求める一方、男の子がほしいと言いだして、ロモラを何度も抱く夜もあった。丁寧で優しいのは初夜のときから変わらなかったが、たびたびの求めに応じ続けるのはロモラにとって苦痛で、交わりを重ねるごとに、身体が石のように冷えて乾いていくのを止められなかった。かといって、拒むこともできない。浮気の心配はしていなかったが、彼が自分ではない他の誰かを——男性か女性かもわからない誰かを想像しながら自らを慰めるのかもしれないと考えたら、不安と罪の意識が頭をもたげて、おとなしく自分の身を差し出すしかなかった。

ニジンスキーが性にこだわっているのは、新作のことで頭がいっぱいだからだ。彼女はそう自分に言い聞かせた。折しも彼は、売春宿を舞台にした新作を創りたいと言い出していた。

「その売春宿には、性のあらゆるいとなみがある。男に男を、女に女を売ることだってある。ぼくはそうした群像を前に、愛の美しさと破壊について踊りたい」

朝夕問わず止まらない彼の熱弁を、ロモラは戸惑いつつ聞いていた。『牧神の午後』の作り手にふさわしいスキャンダラスな新作、といえないでもない。しかし性に対するこの執着はやはり尋常ではないように思えた。


執着、といえば。

南米ツアーの終盤で起きた出来事を、ロモラはふと思い出した。

「錆びた釘が落ちていた」「重い鉄のおもりが落ちてきた」「セットが地震のように揺れだし

た」――そう必死で訴えてくるニジンスキー。

そのときの彼女は、彼を無条件に信じようとした。しかしそもそも、あの訴えは事実だったのだろうか。

彼女の目には、ニジンスキーが故意に嘘をついているようには見えなかった。だが、彼が自分自身の妄想を事実だと信じ込んでいたのだとしたら話は別だ。

弧を描いたパステルがやがて起点に帰っていくように、ロモラの胸に恐るべき答えが導き出されていく。

「別に死んだりはしません。けれど、もっと悪い、恐ろしいことが……」

あの占い師のダンサーには視《み》えていたのだろう。ゆるやかにうねりながら手首の谷間に落ちていく、ニジンスキーの運命線の行方が。

ロモラはついに確信した。

ワツラフ・ニジンスキーは、ずっと前から精神に変調をきたしていたのだ。

「キラの具合がよくないみたい。だからわたしのかかりつけのお医者さんを家に呼びたいの」

ロモラの方便を、ニジンスキーはまったく疑っていないように見えた。「ちょっと、娘さんのことでお話が」キラの診察を終えたフレンケルから呼び出しを受けた彼は、きょとんとした顔つきで部屋に入っていく。あらかじめロモラから相談を受けていたフレンケルは、見事な小芝居を打ってくれた。ニジンスキーが椅子に座るなり、しげしげと顔をのぞきこむ。

「おや？　旦那さんも顔色がすぐれませんね。足取りも重いようだし、少しお疲れなんじゃありませんか？　よろしければ、ぼくがいいマッサージ師をご紹介しますよ」

早くも翌日やってきた〝マッサージ師〟の正体は、国立精神病院から派遣された男性看護師だった。言われるがまま、おとなしく上着を脱ぎだしたニジンスキーをドアの隙間から盗み見て、ロモラは安堵のため息をついた。

——精神の回復のために治療を受けるのは、まったく恥ずべきことではありませんよ。

意を決してフレンケルに相談を持ちかけると、彼はロモラにそう熱弁した。彼の専門はスポーツ医学だが、医学界の最新のトレンドである精神医学も独学で勉強しており、治療の効果を確信しているという。その強い説得に押される形で、彼女はフレンケルと共に計略を練った。早く手を打って、元通りに治るならばそれでいい。身体の病気や怪我とまったく同じだ。

実際、〝マッサージ師〟が来てからというもの、ニジンスキーの様子はすっかり落ち着き、おかしな言動は影をひそめた。南米ツアー中に探偵を雇ったら、ぴたりと被害を訴えなくなったときと同じだった。

それどころか、居間で優雅にティー・カップを傾けながら、こんな風に言うことさえあった。

「今までは、ちょっと狂気を演じていただけなんだ。なにしろ舞台が恋しくて」

舞台が恋しい。たぶん、それは本当だろう。ニジンスキーはパリへ再び行くことを夢見ていた。戦争で傷ついたフランスの貧しい芸術家を元気づけるために踊りたいのだという。ロシアに帰りたいと言い出さないことに、ロモラは内心ほっとしていた。実のところ、もう帰りたくても帰れないのだ。ロシアはもう、ニジンスキーが知るロシアではなくなっていた。

世界大戦が勃発した三年後の一九一七年、ロシアでは二月革命が起きた。大戦に勝つことで権力を強めたい皇帝ニコライ二世に対して、莫大な軍事費やインフレーションに疲弊した民衆たちが反乱を起こした。この革命によって皇帝が退位し、弟ミハイルも即位を拒否したため、ロマノフ王朝は終焉を迎えた。しかし彼らの代わりに権力を握った臨時政府が戦争続行の路線を取ったため、これを不服に思った革命家ウラジーミル・レーニンは、左派組織「ボリシェヴィキ」を率いて十月革命を起こし、臨時政府を制圧して新たな権力の座についた。大戦が終わったときには、ロシアは「ロシア・ソビエト連邦社会主義共和国」と名を改めており、大戦が始まったときとはまったく異なる国に変貌していた。

ニジンスキーはもともとリベラリストであり反戦主義者だったが、暴力革命を決行したボリシェヴィキは嫌いだといつも主張していた。「ぼくは無党派だ」「ぼくが入党しているのは〝みんなを愛する党〟だからね」――それもまた、本当だろう。彼はボリシェヴィキが支配する祖国に背を向け、芸術の都パリで表舞台に返り咲こうとしている。いまはただその思いを信じるしかない。ロモラは彼の心が変わらないように、必死で相槌を打ち続けた。

「でも、パリに行く前にひとつやりたいことがある」ニジンスキーは、サン・モリッツ湖の白鳥のごとく大きく腕を広げ、飛翔するように上下にはためかせた。

「サン・モリッツにいる人たちのために、バレエ・リサイタルを開催したいんだ」

公演の準備はすぐに整えられた。

このリゾート地にバレエ向きの大きな劇場はなかったが、代わりに、スヴレッタ・ハウスというホテルの美しい広間を借りられた。出演するのは、ニジンスキーとピアニストひとりだけ。彼はロモラが懇意にしているイタリアの仕立屋をわざわざこの村まで呼んで、絹やビロードを次々と運び込ませた。チケットの用意や、終演後のお茶やお菓子の手配も万全だ。ロモラの姉のテッサも、エミリアには内緒で手伝うと申し出て、わざわざウィーンから来てくれた。

リサイタルで踊る作品のコンセプトを、ニジンスキーはこう説明した。

「観客は、いつも『完成された作品』を受け取るばかりだ。でもぼくは、振付の間じゅう芸術家につきまとう創造の苦悩を彼らに見せたい。だから衣裳も、観客の目の前で作るんだ」

そう言いながら、彼は何メートルもの布を腕や胴体に巻きつけてみせた。ロモラは、彼が南米行きの船やブダペストの実家で、ピアニストと一緒に新作の振付に取り組んでいた様子を思い出した。天才の創作のプロセスを一般客に見せる。いうなればメイキングの公開だ。当初は面白いアイデアだと膝を打ったが、本番が近づくにつれて、ロモラの胸には不安がふくらんでいった。踊りや曲目は一切秘密にしたい、とニジンスキーは言い張った。観客はもちろん、スタッフやピアニストにも伝えたくないという。

「ねえ、どの曲が必要なのか、それだけは教えてくれない？」

スヴレッタ・ハウスに向かう車の中で、ロモラは何度もしつこく尋ねた。するとニジンスキーは業を煮やしたように怒鳴り返した。

「その場で言うってば。黙っていてくれ！」

驚いた。彼がロモラに対して声を荒らげるのははじめてだった。思わず身を縮めた彼女の横で、彼はうってかわったように静かな声で、雪道を走る車の揺れに身を任せながらこうつぶやいた。

「きょうは、ぼくが神と結婚する日なんだ」

それはロモラにとって、人生で二度目の〝取り返しのつかないことば〟だった。

Intermission

ニジンスキーは踊る。踊り続ける。

円を描いて回り、観客たちを戦争や破滅へといざなう。

苦痛と恐怖を前にし、避けられない終焉からなんとか逃れようと、鋼のような筋肉と、敏捷《びんしょう》な身のこなしと、稲妻のような勢いでもって、虚しくも懸命にあらがう。

それはいうなれば、死に反抗する生命のダンスだった。……

ロモラがそんなふうに「神」を語れるようになるには、まだもう少し時間が必要だった。

それでも。

ことばは、すでに湧き上がっていた。

ブダペストで彼女がはじめて彼のダンスを目の当たりにしてから、七年の歳月が過ぎていた。

「結婚したい……!!」

そのことばは、運命となって彼女の人生を突き動かした。

そしていま、彼女の夫となって久しいその人は、たったひとりで椅子の上に腰をおろしている。

「神と結婚する」――その新しいことばに自身をゆだねるために。


ワツラフ・ニジンスキーは動かない。中央に置かれた椅子に腰掛け、身じろぎもせず、ただ目だけを動かして観客ひとりひとりの顔を見つめる。スヴレッタ・ハウスの広間には、二百人あまりの観客がごったがえしていた。そのひとりひとりと、無言の対話をするように、ゆっくりと眼を合わせていく。


ピアニストは当惑していた。「弾いてもらう曲は本番中に言う」と告げられたのに、開演から三十分以上経っても指示が来ない。

この沈黙を破れるのは自分だけだ。彼女は意を決して、鍵盤にそっと指を這わせはじめた。ショパンのマズルカを、ウェーバーの『舞踏への勧誘』を。偉大なる十九世紀を記憶し、二十世紀初頭のバレエ界を彩ったいにしえの音楽たちを、スヴレッタ・ハウスの広間に招く。

それでもニジンスキーは動かない。

ピアニストの青白い手が、冷や汗でじっとりと濡れている。見かねたロモラが、ついに動いた。ピアノの前を離れ、ニジンスキーが座る椅子のそばまで歩み寄って、彼の耳元にささやいた。

「どうか、はじめてちょうだい。ね？」

一九一二年、ブダペスト。ロベルト・シューマンの『謝肉祭』の音楽にのせて、前世紀の残照のスポットライトを浴びながら、あなたは舞台の上に現れた。黒い仮面をつけて、しなやかな筋肉を透かしたひし形模様のタイツと、風を含んでふくらむ軽やかなシャツをまとって。

さあ、あのときのように、踊って。

あのときのように、わたしたちを幸せにして。

ところが、ニジンスキーは火の付いたように叫んだ。

「ぼくの邪魔をしないでくれ。ぼくは機械じゃない。自分が踊りたくなったら踊るんだ！」

観客たちが一斉に眉をひそめ、不穏なざわめきが会場を覆った。ロモラはよろめきながら椅子から離れると、ビロード張りの重たいドアを体当たりするように押して外へ出た。姉のテッサが、心配そうにあとを追ってきた。ピアニストの夫も困惑顔でやってくる。

「ねえ、いったい何が起きたの？」

「ニジンスキーさんはどうしちゃったんだい？」

ふたりから質問攻めに遭いながら、ロモラは震えていた。

「わからない。彼を家に連れて帰りたい。どうしたらいいと思う？」

あなたがあの日、イタリア喜劇のキャラクターであるアルルカンを踊ったとき。観客のなかに〝ロモラ〟がいたことを、あなたはまだ知らない。ルネサンス期のフィレンツェに生きた賢きヒロインの名前を譲り受けた女が、あなたに焦がれ、舞台に向かって腕を伸ばしていたことを。

——あの日抱いた夢は、もう、この手に戻ってこないのだろうか。

ドアの向こうで、空気が動く気配があった。

三人は顔を見合わせ、爪先立って広間に戻った。ニジンスキーはすでに椅子から立ち上がっていた。仕立て屋が運んできたそのままの、筒状に巻かれた黒と白のビロードを手に取り、軽くステップを踏みながら床に転がした。ひとつは縦に、ひとつは横に。

十字架だ。

その中心に立ち、自らも両腕をひろげて全身で十字をつくりながら、彼は口を開いた。

「これからぼくは戦争を踊ります」

二百人の観客へ向けて、彼はことばを投げた。

「戦争の苦しみを、破壊を、死を。あなたたちが反対しなかった戦争、それゆえに、あなたたちにも責任がある戦争を」

そして、ニジンスキーは踊り始めた。

『ペトルーシュカ』に少し似ている、と、ロモラは思った。道化人形が魔術師から逃れようともがきながら踊る、悲哀のダンス。もう何度も、舞台の上で、あるいはリハーサル室で、このペトルーシュカの踊りを目にしてきた。

でも。

――こんな世界は、知らない。

アレクサンドル・ブノワのカラフルな舞台セットや衣裳はここにないのに。振付家のミハイル・フォーキンもいないのに。バレリーナ人形も、ムーア人形も、魔術師もいないのに。ほかのソリストや群舞もいないのに。プロデューサーのセルゲイ・ディアギレフもいないのに。みんな、彼を利用して、そしていなくなってしまったのに。

しかし、ロモラは目を瞬いた。

ニジンスキーの背後に、彼らがいる。暗灰色の荒涼とした野の果てに、腐敗した死骸の巨大な山が見える。あれはディアギレフの巨大な頭蓋骨だ。半月型の刀を握りしめたムーア人形の右腕だ。バレリーナ人形の縞模様のスカートの端切れだ。その山に祈りを捧げるように、彼はひとり舞っていた。ある瞬間には精霊のように儚《はかな》げに、またある瞬間には虎のように獰猛《どうもう》に。

バレエ・リサイタルのチケットを買った人のほとんどは、戦争の混乱を逃れてサン・モリッツにやってきた裕福なリゾート客だった。彼らの黙殺の罪を告発するように、それぞれの眼に陰惨な血の世界を焼きつける。ある人の眼には皇位継承者フランツ・フェルディナントの胸を裂いた巨大な銃痕を。ある人の眼には銃口を向け合う若者たちのおびえた背中を。ある人の眼には飢えた幼子たちのうつろな顔を。

これが、彼の表現する新しい世界。

わたしたちも、責任を持たねばならない世界。


——こんなニジンスキーを、ロモラは知らなかった。

これほどにあがくニジンスキーを。そして、これほどに無力なニジンスキーを。これほどしなやかでありながら、これほど妖艶でありながら、その一方で、彼は軍隊の行進を屋敷の窓から眺めながら首を垂れる無力な芸術家でしかない。あのブダペストの屋敷に軟禁された日々のなかで、気力体力をすり減らすアメリカ・ツアーのなかで、そしてスイスの堅牢な山々に囲まれたこの保養生活のなかで、彼はずっと苦しんでいた。


——こんな自分自身も、ロモラは知らなかった。

これほどにあがく自分も。そして、これほどに無力な自分も。傷ついた世界を見ないふりをしたその罪の重みに身動きが取れなくなってしまった自分も。それでもなお、あの一九一二年の出会いの瞬間以来、抱いてきたたったひとつの願いを手放せない自分も。

「結婚したい……‼」

けれど、いまニジンスキーは、わたしの手を離して、「神との結婚」を果たそうとしている。

「もしきみが、ぼくよりもずっと愛する相手に出会ったら、すぐにぼくに話してほしい」

軟禁生活のなかで、ニジンスキーはロモラにそう告げた。

実際には、その愛の対象に出会ってしまったのは彼のほうだった。

死骸の山に恐れをなしてあとずさりする彼女を置いて、舞いながらどこかに行ってしまう。


あなたこそが神だったのに。わたしのこの人生でたったひとりの神だったのに。

あなたがいま結婚しようとしている神とは、いったい誰なの?


「きょうは、ぼくが神と結婚する日なんだ」

ニジンスキーは車の中でそう宣言した。

だとすれば、大西洋をわたる船上のあのプロポーズはいったい何だったのか。

「あなたと、わたしと、……」


――いったい、わたしは彼のために何ができる?

幾度もつまずき、幾度も崩れ落ち、なおも立ち上がって踊り続けるニジンスキーを見つめながら、ロモラは考えていた。


ロモラはまだ、自分が放った過去の言霊を信じようとしていた。

自分の胸から新しい「ことば」が湧き上がりはじめていることに、気が付かないまま。

11　戦争が終わっても

猛烈な勢いで「ことば」を綴りだしたのは、ロモラではなく〝プティ〟の方だった。

バレエ・リサイタルを終えた日の晩。ベッドに寝そべり、枕の上にノートを広げると、ニジンスキーはうつぶせの体勢のまま一気に鉛筆を走らせた。

舞踊譜や円の集合体や舞台背景のスケッチを夢中で描いている彼の姿ならば、ロモラも何度も目にしていた。だが、これほど一心不乱に文字を書き付けているのを見るのははじめてだった。

寝返りを打つふりをしながら、頭を彼の枕元に近づけ、薄目をあけて中身を見ようとしたが、鼻先で閉じられてしまった。ロモラはむくれながらもういちど寝返りを打ち、わざとらしく空咳をした。

ニジンスキーは、食卓や散歩にもノートを持ち歩いた。ここしばらく執着していたスケッチ帳や十字架が突然ノートに取って代わったかのようだった。あっという間に一冊を使い切り、新しいノートをサン・モリッツのふもとの書店で買ってくると、彼は最初のノートをこっそりと寝室の戸棚の後ろに隠した。ロモラはその瞬間を見逃さなかった。

ニジンスキーが部屋を出ていったすきに、彼女はその秘密の隙間に手を差し入れた。

ページをめくりはじめてすぐ、ため息をついた。片言程度のロシア語は話せるようになって久しかったが、読むのは苦手だったし、ましてやネイティブの走り書きを解読するのは至難の業だった。彼の目を盗んでのごくわずかな時間では、単語を拾い読みするのがせいぜいだ。「ディアギレフ」。それから「神」という語がたくさんある。ところどころに「妻」という単語を見つけて、ロモラの胸はほんの少し躍った。彼の意識のなかに、自分はちゃんと存在しているらしい。少なくとも、今はまだ。

でも、この先はいったいどうなるだろう。

「もしきみが、ぼくよりもずっと愛する相手に出会ったら、すぐにぼくに話してほしい」

ニジンスキーのことばが胸によみがえる。

仏露辞書を膝の上でかたく握りしめたロモラの前で、彼はとくに深刻ぶるでもなく、淡々とそう言ったのだった。その切れ長の眼に温かな光を宿しながら。

「その人がきみの愛を受けるにふさわしければ、ぼくはどんなことでもしよう」

ノートを再び暗がりのなかに押し込みながら、ロモラは胸をむしばむような痛みを感じていた。

そのことばに倣《なら》うならば、わたしも、彼を「神」に譲らなければならないのだろうか。

アルルカンや薔薇の精や牧神を踊った彼はもういないのだとしたら。彼が戦争や死といったモチーフに彼自身の神を見出し、「結婚」を望んでいるのだとしたら。スヴレッタ・ハウスでの公演こそが、彼と神との結婚式だったとしたら。もう、わたしの出る幕などないではないか。たとえ法的には結ばれていても、わたしはすでに彼の妻ではないし、彼はわたしのプティではないのかもしれない。

とぐろを巻き始めた疑念を、ロモラはすぐさま打ち消した。

それはちがう。彼がいま恋い焦がれ、身を投じようとしている「神」の正体とは——病魔なのだから。

病《やまい》ならば、医学の力で治さなければ。

折しもパリでは、三十二ヶ国が参加する講和会議が行われている最中だった。世界各国の首脳が、戦争被害の状況を整理し、未来の平和と復興のために議論を重ねている。

世界に平和が戻りつつあるいまが、戦争によって心に負った傷を癒すべきタイミングだ。病魔は、彼からのプロポーズを受けるにふさわしい相手ではない。

枕の上で鉛筆や万年筆を走らせるニジンスキーの横顔を、ロモラはときおり目を開けて見つめた。なんとしてでも、彼を自分の手に取り返さなくては。

ニジンスキーの変化が舞台上のパフォーマンスだけならばさておき、そうでないことはもう明白だ。いまこそ、現代の精神医学の叡智《えいち》の出番だ。

ロモラは行動する決意を固めつつあった。

リサイタルから一ヶ月半後――三月のある日。

ロモラはかかりつけ医のフレンケルにまた相談を持ちかけ、内密に紹介状を書いてもらった。

「二人目の子どもを作るための検査がしたい」――そう嘘をついてニジンスキーを誘いだし、長距離列車に半日ほど揺られて、スイス最大の都市チューリヒまで連れて行く。初日は彼を街なかのホテルに残して、ひとりでタクシーに乗った。向かった先は、街の郊外、チューリヒ湖のほとりに近いブルクヘルツリ精神病院だった。小高い丘を背に、大学や市庁舎を思わせる壮麗なネオ・ゴシック様式の建物がそびえている。院長のオイゲン・ブロイラーは精神医学の大権威で、一九一一年に『スキゾフレニアの概念』という研究書を著していた。ニジンスキーのような大芸術家ならば、臨床事例として喜んで診てくれるに違いない、と彼女は確信していた。

ロモラが予想したとおり、院長は直々の面会を受け入れてくれた。問診は二時間にもおよび、彼女は次から次へと飛んでくる質問に緊張しながら答えた。まるで、彼女自身が患者として診察を受けているかのようだった。

暴力はあるか、と訊かれて、ロモラは答えた。

「いいえ。ただ、ニジンスキーは何かをしてほしいときに、具体的に指示しないタイプなので、周囲との誤解が生じやすい人だとは思います」

話は先日のバレエ・リサイタルにもおよんだ。ブロイラーは紹介状をのぞきこみながらこう問うた。

「ニジンスキー氏は公演中にエロティックな表情を浮かべたり、布を投げたり、ネクタイを足に巻いたりしていたようですね」

ロモラは不安になった。フレンケルはニジンスキーの病状をいつも気にかけ、リサイタルに来てくれたり、こっそり渡したノートを読んでくれたりと懸命に動いてくれたが、精神医学の専門家ではない。もしかしたら紹介状に頓珍漢《とんちんかん》な説明を記しているかもしれない。

たしかにニジンスキーはリサイタルで陰惨なテーマを扱った。だが、色っぽい顔つきや小道具のユニークな使い方はバレエ・リュス時代のパフォーマンスの延長にある。『ジゼル』や『白鳥の湖』のような古典作品と違うからといって、頭に異常をきたしていると思われてはたまらない。彼女は慌ててこう言い添えた。

「現代のバレエを観たことがないお客様には、少し刺激が強かったかもしれませんね」

ロモラの話をひととおり聞き終えたブロイラーは、ごく静かな声音でこう言った。

「おっしゃるとおり、天才と狂気はとても近い関係にあります。ですから、お話しいただいた兆候は、それだけでは精神疾患だと断定できません」

――つまり、本人に会ってみなければわかりません。

医者ならば当然口にするセリフであるが、ロモラは安心しきってしまった。よかった、病気じゃないかもしれない。プティは天才だから、ちょっと神経が昂《たか》ぶると、常人には理解できない行動に出てしまうだけなのだ。

翌日、ロモラはニジンスキーを伴って、再び病院に向かうタクシーに乗った。

「昨日は女性の検査、今日は男性の検査なんですって」

ニジンスキーが疑う様子もなくおとなしく診察室へ入っていくのを、ロモラは待合室から笑顔で見送った。すると、ほんの十分足らずでドアが開き、微笑みを浮かべたブロイラーが顔をのぞかせた。

「奥さま。昨日、お薬を差し上げるのを忘れてしまいました。ちょっとお入りを」


ニジンスキーと入れ替わるように、ロモラは診察室に入って椅子に座った。ドアを後ろ手に閉めた院長の顔からは、先ほどまでの笑顔が完全に消えていた。

「奥さま。気をしっかりお持ちになってください。お子さんを連れて、すぐに彼と離れる必要があります。それから、離婚もお考えになったほうがよろしいでしょう」

あっけにとられて、ロモラはブロイラーの顔を見つめ返した。

「彼は混乱しており、強いヒステリーと攻撃性が認められます。ダンサーゆえに、体力があるのでなおのこと危険です。家庭の義務から解放されたほうがよろしいかと。ありのままにさせるべきでしょう」

自分の口で何度か反芻《はんすう》して、ようやく意味がつかめてくる。だが、一言一句が喉に棘《とげ》のように刺さって飲みくだせない。ブロイラーの説明は、ロモラにとって何ひとつ納得できないものだった。

彼の病を治したいと思ったから、ここに来たのに。医者とは、患者を元通りにするのが仕事ではないのだろうか。第一、ありのままにさせるべきとは、いったいどういうことなのだろう。放っておいたら、ニジンスキーはプロデューサーから搾取されたり、カルトに洗脳されたりするような人なのに。

必死に彼を守ろうとしてきた七年の歳月が、昨日会ったばかりの医者にあっけなく否定される。その現実がロモラを打ちのめした。診察室の丸いテーブルが、カルテの横に置かれたインク壺の底が、ブロイラーの二つの黒い瞳が、ニジンスキーが描いたパステル画の大小無数の円が、ぐるぐると目の前を回りだす。足をふらつかせながら立ち上がった彼女は、診察室のドアの前で、立ったまま気を失ったように動けなくなった。

悪いことに、チューリヒにはロモラの母親エミリアと継父オスカールも滞在していた。姉のテッサが、バレエ・リサイタルでのニジンスキーの不審な挙動を彼らに告げ口して、ブダペストから呼び寄せたのだ。姉に抗議の電話をかけても、なだめるようにこう返されるばかりだった。

「ねえ。昔から思ってたけど、どうしてそんなにお母さんを煙たがるの。あなたを心配してるのよ」

ロモラはいきり立った。

「あんたにはわからない！　子どもの頃からちやほやされてたあんたには！」

普段なら足蹴《あしげ》にしてもふたりを追い返すところだったが、今はそうはいかなかった。目下のブダペストは危険な社会情勢にあった。大戦によってオーストリア＝ハンガリー帝国が解体し、ハンガリーはいったん共和国として独立したものの、その後も不安定な政情が続き、いまやソビエト共和国の支配下にあるハンガリー共産党に政権を乗っ取られかけていた。市民の間では、もうすぐ革命が起きるだろうという噂さえはびこっていた。

ニジンスキーが戦争と革命によってかつての祖国を失ったのと同様に、ロモラの一家もまた祖国を失いつつあった。命からがら逃げてきた母親と継父に帰れと言うことは、さすがの彼女にもできなかった。

ロモラの重い口からようやく診断結果を聞きだしたふたりは、案の定、天変地異が起きたがごとくの大騒ぎを始めた。

ハンガリーが乗っ取られるかもしれないという恐怖から、彼らの反ロシア感情にはいっそう拍車がかかっていた。ロモラはホテルの夫婦の部屋に逃げ込んで鍵をかけ、ベッドの隅に丸まり、毛布をかぶって耳をふさいだ。

「ロモラ、お願い」

無言の抵抗をしばらく続けていると、エミリアの低く落ち着いた声がドアの隙間から聞こえた。

「せめて、彼と同じ部屋に閉じこもるのはやめて」

その願いには逆らいきれず、ロモラはやむなくニジンスキーと離れ、その夜だけは母親と同室で眠ることに決めた。すると真夜中に、激しくドアを叩く音がする。

「妻に会いたい、妻に会いたい！」

ドアノブを回すがちゃがちゃという金属音が部屋じゅうに響いた。鍵はかかっているが、いまにも壊れてしまいそうなほどの激しさだった。

「強いヒステリーと攻撃性」「体力があるのでなおのこと危険」——ブロイラーの声が頭をよぎる。ベッドから飛び起きたエミリアは、ロモラに抱きつかんばかりにおびえて顔を青くしていた。

怖い。

そう思ってしまった自分自身にも、ロモラはショックを受けた。ニジンスキーが、旅行鞄の中にナイフを入れていたのをふと思い出す。鉛筆削り用だとは知っていたが、それを思い出してしまった以上、どれほどドアを叩かれても開けることはできなかった。

ほどなくノックの音は消え、廊下に深夜の静寂が戻った。朝になるのを待って、ロモラは彼の部屋まで行くとドアを叩いた。いる気配はあるが、反応が返ってこない。今度はニジンスキーのほうが部屋に立てこもってしまったようだ。食事を運ぶホテルマン以外の人との会話を、彼は拒否し続けた。膠着《こうちゃく》状態のまま、まる一日が経過した。

「警察を呼んで、こじあけてもらおう」

「強制入院させるしかない」

母親と継父がぼそぼそと相談している声が、背後から聞こえてくる。

「ともかく引き離して、病院に入れてしまおう。離婚はそのあと、時間をかけて説得すればいい」

ロモラは完全に憔悴《しょうすい》して、朝から晩までだらだらと泣きながらベッドに横たわっていた。どうしてこんなことになってしまったのだろう？　治るならば、入院だって受け入れる。でも、ブロイラーは治るとは一言も言ってくれなかった。それどころか、彼もみんなも、よってたかって別れろと言う。わたしがニジンスキーのそばにいるのは無意味だというの？

三月のチューリヒの街は日増しに暖かさを増し、住民たちは雪靴やコートを脱ぎだしていた。

窓におりた霜は夜明けから間もなく溶け落ち、ロモラの腫れあがったまぶたに爽やかな陽光が降り注いだ。いつの間に、こんなにも深く眠ってしまったのだろう。ふと隣のベッドを見やると、エミリアの姿がない。跳ね起きた彼女は、スリッパも履かずに隣の部屋まで走った。ドアが半開きになっている。

「ワツラフ」

ニジンスキーの名前を呼んだが、返事はなかった。ロモラが中に入ると、すでに部屋は綺麗に清掃されて、彼の姿はあとかたもなくなっていた。連れて行かれてしまったのだ。自分が眠らされている間に。

「ロモラさん」

背後から声がする。振り返ると、そこにはフレンケルが佇んでいた。「お母上からの用命を受けて、サン・モリッツから参りました。彼の入院手続きはもう済んでいます。これは彼のためであり、そしてあなたの……」

全部を聞き終わらないうちに、ロモラは膝を折って泣き崩れた。駆け寄ってくる足音と、力の抜けた身体を抱きとめるたくましい腕を、遠い世界の存在のように感じながら、ロモラは我も忘れて泣き続けた。フレンケルが耳元で何かをささやいているのはわかったが、どんなことばももう彼女の耳には届かなかった。

統合失調症《スキゾフレニア》。

それが、現代において定説とされているニジンスキーの病名である。日本では二〇〇二年まで「精神分裂病」と訳されていた疾患だった。

十九世紀末、ドイツの精神科医エミール・クレペリンは、精神病を二つに大別し、うち若年期に発病して人格の荒廃に至る病を「早発性痴呆」と名付けた。この病名を不適切とみなして「スキゾフレニア」に改称した人物こそが、ニジンスキーを診断したオイゲン・ブロイラーだった。この病の研究と治療のパイオニアと呼ぶべき医師である。

しかし、彼はニジンスキーのカルテに「スキゾフレニア」という語を書き留めこそしたが、はっきりとその診断を下すのを避けた。さしあたり彼が患者のカルテに記したのは「緊張病《カタトニー》」という症状だった。身体の動きが鈍ったり、コミュニケーション力が乏しくなったり、豊かな表情が失われたりするのが特徴だ。


ニジンスキーはブルクヘルツリ精神病院で二日間を過ごしたあと、チューリヒの北東六十キロほどの場所にあるボーデン湖のほとりの街、クロイツリンゲンに移送された。この街には〝ベルヴュー〟という名前のサナトリウムがあった。経営者はルートヴィヒ・ビンスヴァンガー。このサナトリウムの三代目の院長で、精神病患者に最上の環境を与えることによって回復を目指すという療法を実践していた。

転院に付き添ってくれたフレンケルによれば、リゾート・ホテルに見まごうほどに立派な造りの、広大な敷地を有した清潔なサナトリウムだという。「ぼくも入院したいと思ったくらいです」そんな報告を受けて、ロモラはひとまず安堵した。入院費用が高いのがネックだったが、ここに決めてもらってよかった。このサナトリウムで過ごせば、彼は回復するかもしれない。ビンスヴァンガーは芸術への造詣が非常に深く、ニジンスキーを受け入れることを病院の大きな名誉と考えているという話だった。

患者の具合が良ければ、外出の許可もおりるという。四月になると、ロモラはさっそく外泊を申請して、近場の別荘を借りてニジンスキーと週末をともにした。サン・モリッツの家には、ブダペストにまだ帰れない母親と継父を住まわせていたので、つかの間、彼らと離れられるのはロモラにとって不幸中の幸いだった。

患者の万一の急変に備えて、外泊にはフレンケルも付き合ってくれた。ニジンスキーはおおむね穏やかに過ごしていたが、どういうわけか彼に対してはつっけんどんな態度を取った。

ロモラは困惑した。サン・モリッツにいた頃、ニジンスキーはフレンケルを医者として、友人として慕っているように見えた。年齢もニジンスキーと二、三歳違いで、ハンサムで、物腰柔らかな男だ。キラと同い年の娘がいると知ってからは、子育て話にも花を咲かせていたのに。いったいどうして？

いぶかしんでいたロモラだったが、ニジンスキーをサナトリウムに送り届け、サン・モリッツに帰ってからしばらく経ったある日、その理由に思い至って愕然とした。

「ロモラさん。彼と離婚したらいかがでしょうか」

フレンケルからの忠言に、ロモラは眉をひそめた。周りの人びとから耳にタコができるほど聞かされてきたセリフではあるが、唯一の味方でいてくれた彼からそう言われるのは心外だ。何と返そうかと思案した矢先、まったく予想外の一言が彼の口から放たれた。

「離婚して、ぼくと結婚してほしいんです。あなたにその意志はありませんか?」

仰天した。

待って。先生には、奥さんも子どももいらっしゃるでしょう。必死でそう返しても、ぼくも離婚するからとしつこく食い下がってくる。身の危険を感じたロモラは、逃げるように彼のクリニックを飛び出した。幸い、表通りはサン・モリッツ湖に散策に行く観光客たちでごったがえしている。彼はあとを追ってこそこなかったが、窓越しにじっとりとした目つきで彼女の姿を見つめていた。

ロモラの全身に悪寒が走った。あんな人を信じて、自分とニジンスキーの診察をさせていたなんて、おぞましい。ひょっとしたら、ニジンスキーが重病という診断を受けて、サナトリウムに放り込まれる羽目になったのも、あの人が大げさな紹介状を書いてしまったせいではないだろうか。最初から下心でもって、ニジンスキーと自分を引き剝がそうとしていたのかもしれない。

その後も、フレンケルのロモラへのアプローチは続いた。迫られるたびに、彼女は強い拒絶を示した。断るごとに本気で傷ついたような顔をするので、だんだんと腹立たしくなってくる。病身の夫を抱える女の弱みに付け込もうとしたくせに、失敗したら被害者みたいな顔をするなんて。

ところが、ようやく追い払ったと思った矢先、サン・モリッツののどかな村内を不吉なニュースが駆けめぐった。フレンケルが精神を病んだあげく、モルヒネを過剰摂取して中毒を起こしたというのだ。

理由は不明だが、たぶん自殺未遂だろう——との噂だった。

真相を誰にも打ち明けられないまま、ロモラは鬱々《うつうつ》とした日々を過ごした。

自分が彼の下心に気づかず、好意に甘えてしまったのが悪かったのだろうか。でも、フレンケルが自分を見ているとき、わたしは断じてニジンスキーしか見ていなかった。彼だって片想いに過ぎないと自覚していたはずなのに……。

そこまで考えたところで、彼女は息を呑んだ。

ひょっとしたら、ニジンスキーは、フレンケルの恋情に気づいていたのではないだろうか。

例の戸棚の裏に腕を突っ込み、出てきたノートの束を、彼女は埃をはらう暇もなく床に並べた。「フレンケル」「フレンケル」「フレンケル」——彼の名前が登場するページを見つけては、目を凝らして拾い読みして、なんとか解読を試みた。

「もう妻は信用できない。彼女が検査のためにぼくのノートをフレンケル先生に渡そうとしていると感じた」

「妻のところにはフレンケル先生が来ているのを知っているから、ぼくは行かない」

「ぼくはフレンケル先生が妻と話をしたがっていると感じた。ぼくは出ていった。みんながぼくを必要としていないと感じたからだ」

何を言わんとしているのか、明確にはわからない。だが、フレンケルとロモラに対して何かを暗に疑っているように読めた。

ふたりが結託して自分を無理やり治療させようとしている、と思っているのだろうか。その勘はあながち間違いではない。だが、もっと恐ろしい可能性が彼女の脳裏にひらめいた。

ひょっとしたら、彼はそれ以上の事態を想像していたのかもしれない。


床にうずくまったまま、ロモラはしばらく立ち上がれなかった。

フレンケルの横恋慕《よこれんぼ》を察して、最初は静観していたが、我慢できなくなって外泊のときに彼にきつく当たった。それならば辻褄が合うし、納得がいく。しかしノートの書きぶりをみるに、ニジンスキーはロモラの心に対しても疑いをかけているようだった。

パステルの大小の円が、ロモラの頭をまたぐるぐると回りだした。なぜみんな、わたしの身の振りを勝手に決めたがるのだろう。別れろと周りから説得されるのはまだ耐えられる。でも当のニジンスキーが、別の男との関係を疑って、自分から手を離そうとしていただなんて。

「もしきみが、ぼくよりもずっと愛する相手に出会ったら、すぐにぼくに話してほしい」

たしかにかつてはそう言っていた。そして、彼の病気に妄想の症状があることも知っている。でも、そうだとしても、この誤解はあんまりだ。

ニジンスキーにとって、もうわたしは必要な人間ではないのだろうか。

ベルヴューに入院してからのニジンスキーの病状の経過は、波こそあれど良好だと聞いていた。患者に自由を与えるビンスヴァンガー院長の方針で、ニジンスキーは好きなときに踊ることを許されていた。医者も看護師たちも芸術家としての彼を尊重しており、サナトリウム内は芸術活動のための環境が整えられている。いうなれば、ディアギレフに護られて活動していたバレエ・リュス時代と同じ状況だ。

もしベルヴューでの治療が功を奏して、ニジンスキーが回復したとしても、それはあくまでもロモラを抜きにして、ということになる。すべてが振り出しに戻ってしまうことを彼女は恐れた。回復すればするほど、彼はロモラを忘れていく。ふたりが結婚するより前の状態にまで精神を巻き戻すことが、彼にとっての回復なのだとしたら。ロモラのいない世界が、彼にとっての正常な世界になるのだ。

己の無力を認めて、ここで手を引かねばならないのだろうか。それこそが彼のためなのだろうか。

床に並べたノートの前で、ロモラは叫ぶでも嗚咽《おえつ》するでもなく、ただ痛みに耐えるように背を丸めて長いことうずくまった。晩春の陽がアルプスの山際に消えて、ノートの文字が薄闇に溶け出した頃、彼女はふいに天啓に衝《つ》かれたように顔を上げた。歯車のように目の前を回転していた色とりどりの円が、そのときはじめて止まった。

七月。ロモラは継父のオスカールを連れてベルヴューに乗り込んだ。

院長のビンスヴァンガーは、突然現れた患者の妻の様子に眉をひそめた。家族の面会は基本的に歓迎だが、ロモラは朝から晩まで、やれ顔を洗うのを手伝う、やれ靴下を替えてあげると、しじゅう夫の世話を焼き、食事のときさえもそばを離れない。病院の規則に反するし、患者の調子が狂ってしまう。せっかく回復のきざしが見え始めていたというのに。

彼女の言動はさらに院長を仰天させた。夫を退院させる、と主張しはじめたのだ。

このサナトリウムは私営の施設だ。主治医が反対しても、家族が強く希望するならば入院を継続できない。「自殺に使えるものは部屋から取り除く」という覚書にサインさせるのが精一杯の措置だった。ビンスヴァンガーや医師たちの再三の説得も聞き入れず、ロモラはニジンスキーをタクシーに乗せて連れ帰ってしまった。

オスカールは何も考えていなかった。まだブダペストに帰れない情況下にあって、生き延びるためにロモラのご機嫌を取りたいだけだった。一方のエミリアは、ロモラに手を引かれながら別荘のエントランスに佇んでいるニジンスキーの姿を見て愕然とした。やっとの思いでふたりを引き離して、離婚の説得を始めようとしていた矢先だったのに……。

嫌がられるのを承知の上で、彼女は娘に、ニジンスキーをもういちど入院させるべきだと諭し続けた。

あるときはこうも言った。

「ブダペストにいるキラのことを考えてちょうだい」

五歳になったひとり娘のキラは、一時期はサン・モリッツの学校に通っていたが、村の子どもたちのコミュニティになじめず、いまはブダペストの祖父母の屋敷で乳母と暮らしていた。生まれてからの数年を過ごしたこの家に愛着があるのか、キラはスイスにいた頃よりもずっと明るく毎日を過ごしていたが、祖母としてはかわいい孫の様子が気がかりで仕方がない。

ところがロモラは、遠く離れた場所にいる娘の暮らしをいささかも気にかける風がなかった。エミリアがどれほどキラの話をしても、彼女はずっと生返事だ。

――この子は、母性がないのだろうか？

エミリアはそう勘ぐった。彼女自身、女優を続けながら女の子をふたり生み、夫を亡くしたあとはますます仕事一筋になって、ともすると育児をおろそかにしているのではないかと悩んだ時期もあった。実際、すべてがうまくいったとはいえない。長女のテッサとはアーティスト同士として親友のように語り合える仲になれたが、次女のロモラは亡き夫によく似た叔母にべったりしていて、学校選びも結婚も出産も何ひとつエミリアの助言を聞かなかった。母親が煩わしいのだろうとあきらめていたが、彼女自身が娘に興味をなくしたことは一度もなかった。愛情や心配ということばで、娘に圧力をかけていたきらいはあったにせよ。

彼女の目から見たロモラは、自分やほかの女性とは何かが根本的に違っていた。子どもへの愛情が女の生まれつきの本能であると考えるのは間違っているだろう。そうだとしても、このキラへの関心の希薄さは、彼女の理解の範疇《はんちゅう》を超えていた。

振り返れば、結婚前のロモラは、年頃の娘にしては珍しいくらいに男性との交際に消極的だった。奥手といえば聞こえがいいが、実態としては無関心に近い。いまは同じ違和感を、彼女と子どもとの関係に対しておぼえていた。

ロモラ本人は何も自覚がないのだろうか。他人と比べて自分が普通ではないと感じた経験はないのだろうか。そう問うて、仮に回答を引き出したところで、この話をどう収めればいいかは、エミリアにも見当がつかなかった。

ある日、見慣れない医者がサン・モリッツの家をたずねてきて、ロモラと一時間ほど話をして帰っていった。ようやく専門家の意見に耳を貸す気になったのだろうか。そんなエミリアの安堵もつかの間、娘はその日の夜、母親にこう切り出した。

「お医者さまはこう言っていたの。患者の回復には、性的欲求を湧き上がらせることが重要だって。だからわたし、今夜は彼と寝ることにした」

エミリアは愕然として娘の顔を見つめた。

婚約者にキスされて泣きじゃくっていたかつての娘は、いまはぞっとするほど冷然と、まるで投薬の方法を伝えるような淡々とした様子で、ホット・チョコレートをすすっていた。

娘の夫は、とてもそんな状態ではない。エミリアが見る限り、無理やりサナトリウムから連れ出した効果は今のところ皆無だった。状態が良い日はお茶を飲みに自分の部屋から出てきたが、悪化すると食事もろくにとらず、専属の看護師から逃げようと暴れ出す日さえもあった。それに、事に及んで、もし子どもができてしまったらどうする気なのだろう。キラの世話さえも半ば放り出している有様なのに。

娘を制止すべく、エミリアは両腕を上げて廊下に立ちふさがろうとした。しかしロモラはそれを振り切って、夫の病室として誂えた二階の一室に入っていった。かつての夫婦の寝室とは別の、シングル・ベッドと寝具とカーテンだけの簡素な部屋だ。

無言で横たわるニジンスキーの前で、ロモラは静かに服を脱いだ。

彼と枕をともにしたこれまでの日々を思い出しながら。

カーテン越しの月光に照らされた青白い身体に触れる。もう長いこと大舞台に立っておらず、胴まわりの肉は少し増えていたが、皮膚から浮き上がる骨や筋ひとつひとつの美しさは損なわれていなかった。

この身体に惹かれて、自分のものにしたいと願って、わたしは彼を追い続けてきた。

それなのに、いったい何を間違えたせいで、こんなことになってしまったのだろう。

わからない。

けれど、もういちどだけ賭けてはだめ？　確認してはだめ？

失敗したのだとしたら、やり直してはだめ？


裸になってニジンスキーの隣に身を横たえ、腕に唇を這わせていると、彼がゆっくりと身を起こした。

「性的欲求を湧き上がらせる」――その目標があっけなく達せられたのを、ロモラは感じた。

触れられるのも触れるのも、何もかもが久しぶりだ。思い出す。目をぎゅっと閉じて、頭のなかで必死で空想していれば、手のなかでこわいほどに膨れる欲望にも、それが自分の身体をこじあけて侵入してくる痛みや悪寒にも耐えられることを。

これはアルルカン。

これは薔薇の精。

これは牧神。

これは金の奴隷。


これは〝プティ〟。

だから、大丈夫。わたしはちゃんと応じられる。


ドアから漏れる母のすすり泣きを聞きながら、ロモラはぐったりと果てたニジンスキーの唇にキスを落とし、その腰の上に馬乗りになって二度目を求めた。

13　普通の家庭生活

一九二〇年六月十一日。

ウィーンのサナトリウムで、ロモラは第二子を出産した。女の子だった。

彼女が出産のためにわざわざサン・モリッツからウィーンまで来たのは、時間を六年前に巻き戻したかったからだった。アカシアと薔薇の濃厚な香り。初夏の風にそよぐ揺りかご。赤子を大事そうにバスケットに寝かせて、庭に連れていくニジンスキー。彼の妻としての使命を全うし、満足感に包まれながらベッドに横たわるロモラ。

いまいちど、彼女はその光景を思い返した。

もしあのあと、大戦の鐘が鳴りださなかったら。もし軟禁生活を送らなかったら。もし北米と南米のツアーに行かなかったなら。もし——彼が精神の病を発症しなかったなら。

あのまま、平和な日々が続いたのだろうか、と。

産褥《さんじょく》の苦しみに耐えながら、ロモラはニジンスキーの前に第二子を差し出した。彼女の出産のあいだ、ウィーンのアム・シュタインホーフ精神病院に一時的に入院していたニジンスキーは、外出許可を得てサナトリウムまでやってきた。切れ長の眼をさらにうっすらと細めて、赤子を抱っこする。頬に赤みがさし、唇には聖母像のような微笑みを浮かべている。ロモラはベッドの上で祈るように指を組み合わせた。かつての〝プティ〟がよみがえったように見えた。舞台の上では神と讃えられ、家のなかでは子を愛するよき父親であった頃の。

だが、それはたったの一瞬だった。ロモラが目を輝かせたのもつかの間、彼の表情からはみるみるうちに生気が消えていった。

——だめだった。

力を失ったニジンスキーの腕から看護師が赤子を取り上げ、揺りかごに戻したその瞬間、ロモラもまた子から興味をなくしていた。夫婦は、まるで初めからいなかったように赤子に背を向けてしまった。ニジンスキーの眼は宙をあてどもなくさまよい、ロモラはそんな夫を食い入るように見つめるばかりだった。

エミリアは深いため息をついた。

二人目を作ったところで、ニジンスキーが魔法のように回復するわけがないことは最初からわかっていた。あとには、この出産用の高級サナトリウムの入院費と、アム・シュタインホーフ精神病院の入院費と、たったの一瞬で両親に見捨てられた子が残ってしまった。

意を決して、エミリアはロモラにこう提案した。

「サナトリウムから退院したら、みんなでブダペストに帰りましょう」

幸いハンガリーの政情は落ち着き、街の治安も回復しつつあった。娘も、病気の娘婿も、不幸な孫たちも、まるごと自分が引き受けるしかない。自分が戦争中に娘夫妻を追い詰めてしまったのも、この状況を招いた原因のひとつかもしれない、と彼女は自覚していた。これはせめてもの贖罪《しょくざい》だ。

ところがロモラはその提案を拒んだ。ニジンスキーを治してくれる可能性がある一流の精神科医がいて、ニジンスキーがダンスの才能を発揮できる芸術とビジネスの盛んな街でなければ、絶対に住みたくないと言い張る。エミリアにとっては信じがたいことだったが、彼女はまだ、ニジンスキーの完全復活を夢見ているようだった。

「もう戻らないわよ。戦争前の世界が完全には戻ってこないのと同じ。少し良くなることはあっても、すべて元通りになるなんて絶対にありえないのよ」

そう言ってしまったら、ロモラのほうが発狂しかねなかった。

思い悩んだ末に、エミリアは提案の内容を変えた。

「それならせめて、子どもたちはわたしとテッサに預けてちょうだい」
その要望はロモラも喜んで受け入れた。相談の結果、長女のキラはブダペストで暮らし、タマラと名付けられた次女は、ブダペストと姉テッサのいるウィーンに交互に預けられることが決まった。キラは、祖父母と一緒に暮らせると聞いて大喜びした。すでに六歳になった彼女は、自分にちっとも構ってくれない母親よりも、若々しくて世話焼きなおばあちゃんを慕うようになっていた。

ロモラは、サナトリウムからの退院後も、ニジンスキーの治療のためにウィーンにとどまった。

ウィーンは芸術の都であるだけでなく、ニジンスキーの治療に適した環境でもあった。ニジンスキーが入院するアム・シュタインホーフ精神病院には、ユリウス・ワーグナー＝ヤウレックが勤めていた。精神疾患はマラリア熱を用いた身体的なショックを与えることにより回復する可能性がある、という主旨の論文を発表して注目を集めている医師である。さらにこの街には、精神分析家のジークムント・フロイトや、その弟子のアルフレート・アドラーもいた。ロモラは病院でニジンスキーの治療を進めさせるかたわら、彼らの情報を片っ端から調べ、候補リストに加えていった。

しかしロモラが目をつけた専門家や医師の多くは、ニジンスキーとの面会を受け付けてくれなかった。彼らはニジンスキーの病状もさることながら、必死の形相《ぎょうそう》であちこちの門を叩く患者の妻の姿に懸念を覚えた。勉強熱心なのはいいにしても、治療にあれこれ口出しして、患者との会話に割って入ろうとする家族は邪魔でしかない。クロイツリンゲンのサナトリウムで、院長のビンスヴァンガーと対立し、夫を無理やり退院させたという噂も伝わっている。医師たちは、夫の復活を夢見て瞳を燃やすこの依頼者をいぶかしげに見つめた。彼女は彼女で、解明すべき心の謎があるのかもしれない、と。

ウィーンの専門家は役に立たない。

約一年にわたる交渉を経て、ロモラはその結論に至った。それならば、別の街へ行こう。かつてニジンスキーが出演する舞台を都市から都市へと追いかけたように、いまはニジンスキーの復活のためなら世界のどんな専門家のところへも行きたい。

しかし、バレエ・リュスのツアーで稼いだギャラもいよいよ残り少なくなっていた。これからまだ、入院費や治療費を払わねばならないのに……。

——それなら、自分が大黒柱になって稼ごう。

何不自由ない家で生まれ育った〝ブダペストのお嬢さま〟が、ついに腹をくくった瞬間だった。

ロモラはブダペストの実家に出向き、娘たちを再び引き取った。今度はいったいどんな心境の変化だろうと眉をひそめるエミリアに、ロモラはこう返した。

「心配しないで。これからは〝普通の家庭生活〟で彼の回復を促すの」

これまでが〝普通の家庭生活〟ではなかった、という自覚はあったのか。しかし、性欲療法の次は家庭療法とは。いったい、どこの医者から吹き込まれたのだろう。

「どこで暮らすの？」

「パリ」そう答えたロモラは、なんの遠慮もなくエミリアに無心をはじめた。「だから、お願い。ちょっとだけ貸してほしいの」

孫の暮らしのためなら仕方がない。エミリアがしぶしぶ「貸した」使用人たちを引き連れて、娘一家のパリ生活は始まった。市内の一等地の部屋を借り、子どもたちには乳母を、夫には看護師を、家事には家政婦をあてがい、休日には着飾って観劇やドライブに出かける。近況報告の手紙を読んだエミリアは呆れ返った。娘にとってはそれが〃普通の家庭生活〃なのだろう。しかしそれは、貯蓄の底が見え始めた家にふさわしい暮らしではない。それを娘に教えてあげようにも、当のエミリア自身が、倹約《けんやく》の方法をろくに知らないのだった。

そんな豪勢な生活をいとなみながら、金策の悩みをエミリアや継父のオスカールに書き送るのだから全てがちぐはぐだった。ロモラの思いつきはどれもこれも現実離れしていた。ニジンスキーの半生を綴った本を出版する、と言ったかと思うと、タクシー会社を経営する、と宣言する。たしかにタクシーは流行《はや》りのベンチャー・ビジネスだったが、素人がうまく舵取りできるほど簡単な商売ではなかった。案の定、彼女は早々につまずいた。「四台か五台の車を使えば、一日で四百から五百フランの稼ぎにはなるって。でも修理代もかかるのに、いったいどうやってやりくりしたらいいの？」

あやしげな投資にも手を出した。フランスの化学者が開発した歯痛薬の製法を買収して売り出す、というビジネスだ。これもうまくいくわけがなく、資金は砂糖菓子のように一瞬で溶けて消えてしまった。

――わたし、事業主には向いてないみたい。

さすがのロモラも認めざるを得なくなったが、次に頭に浮かんだのは輪をかけて頓珍漢なアイデアだった。

――だったら、映画女優になろう！


演劇学を勉強したこともあるし、一応はハンガリーの大女優の娘だ。主演は無理でも、脇役くらいにはなれるかもしれない。そんな期待を胸に、ロモラは知人のつてを頼ってスクリーン・テストを受けた。しかし、その結果は惨憺たるものだった。彼女の古風でおとなしい瓜実顔には、トレンドの真っ黒なストレート・ボブヘアーも、肌の青みを強調した白粉も、鮮血のように真っ赤な口紅もまったく似合わなかった。もちろん、演技も素人同然だった。

そんな風に迷走しているうちに、ついに貯金はゼロになり、彼女は借金に手を出さざるを得なくなった。〝普通の家庭生活〟の華美がたたって、金額はあっという間に膨れ上がる。


ニジンスキーの主治医探しも難航した。

標準治療の効果があがらない焦りから、ロモラは代替療法にも目を向けるようになった。ルルドの洞窟に行って泉で顔を洗わせる、というおまじないだけで満足する彼女ではなかった。ひとつ失敗するごとに、よりディープな療法に食指が動く。アメリカのマサチューセッツ州発祥の新興宗教「クリスチャン・サイエンス」や、フランスのナンシー市を拠点とした催眠療法の「ナンシー学派」には特に心惹かれ、会合やセミナーが開かれるたび、ロモラは熱心に足を運んだ。

ロシアの宗教文化を土台にしたトルストイ主義にはなじめなかったが、アメリカやヨーロッパの富裕層女性をターゲットにしたそれらの団体の思想は、ロモラの耳にもすんなりと入ってきた。クリスチャン・サイエンスの創始者メリー・ベーカー・エディは女性の思想家で、なおのことロモラの共感を誘った。

キリストの子孫たる人間には、生まれながらに「癒し」の能力が備わっており、病気とは人間が不健康な思考回路に陥ったことによって生じる妄想にすぎない——。

その思想は、ロモラにとって大きな慰めになった。

わたしも、ニジンスキーを神秘のパワーで回復に導くことができるかもしれない。

ロモラはふと、エミリアから聞いたことばを思い出した。

「あなたは、おかしな夢をよく見る子だったわ」

たしかにそうだった。子どもの頃、ロモラは何度か予知夢を体験した。十二歳のある夜、ロモラは、エミリアが劇場の衣裳部屋で何者かに撃たれる夢を見た。汗びっしょりになって跳ね起きた彼女は、エミリアの寝室に駆け込み、母がのんきにあくびをしながら「どうしたの?」と訊く姿を見てわんわん泣きじゃくった。

その翌日。ハンガリー歌劇場のスタッフは、舞台衣裳をまとったエミリアが血まみれになって楽屋に倒れているのを発見して腰を抜かした。彼女を撃った犯人は、解雇されたばかりの衣褒係だった。自分がクビになったのは、主演女優のエミリアが支配人に陰口を吹き込んだせいだと誤解し、彼女を恨んでいたのだ。

幸いエミリアの怪我は軽かった。だが、そのエピソードは家族の間で長年語り草になった。

「この子には不思議な力が備わっているのかしら」

母親のように演技ができるわけでも、姉のようにピアノが上手なわけでもなく、何もかも十人並みな娘だったロモラにとって、それは生まれてはじめて自分が評価されたかのような嬉しいことばだった。少女時代の胸の高揚が、二十年ぶりによみがえる。

ニジンスキーの回復のためと思って集めた民間療法のパンフレットも、分厚い精神医学の本も、気づけば読むのが面白いと思うようになっていた。バレエ・リュスに出会って間もない頃、図書館でバレエに関する本を新旧問わず読み散らかした時期を思い返す。

――〝プティ〟をもっと知りたい。

その彼女の欲望の向かう先は、いまやバレエから精神世界へと代わっていた。彼について知ることが、自分自身を知ることにつながる。それは、芸術であろうとスピリチュアルであろうと変わらないのだ。

セーヌ川左岸の書店をぶらついて、精神治療や民間療法の本を漁るのが、ロモラのパリ生活の慰めになっていた。

ある日、彼女はふと、書棚の一角に懐かしい書名を見つけて足を止めた。

ジークムント・フロイト著『性理論に関する三つのエッセイ』、マグヌス・ヒルシュフェルト著『第三の性の人をどのように理解すべきか?』、リヒャルト・フォン・クラフト＝エビング著『プシコパシア・セクスアリス』——

はるか昔の記憶が彼女の脳裏によみがえった。バレエ・リュスの研修生になる許可を得て、ニジンスキーを追いかけていたあの頃。団員たちからニジンスキーの同性愛疑惑を吹き込まれて、慌てふためいた彼女は、やはりこの書棚の前で呆然と佇んでいたのだった。

性に関する専門書は、当時よりもさらに増えているように見えた。ぼんやりとその背表紙を追っていると、背後に人の気配を感じて、彼女は頰を赤くしながら逃げるようにその場を離れた。早足で書店からおもてへ出たところで、我に返って、ふっと笑いがこぼれる。二十一歳の乙女の頃ならいざ知らず、子どもをふたりも生んだ、中年にさしかかろうという女の仕草じゃない。

サン・ミシェル橋のひんやりした石造りの欄干に手をかける。つかの間のしのび笑いは、いつしか重いため息に変わっていた。あれから、もう十年以上が経ってしまったのだ。〝プティ〟をもっと知りたいと願い、その実、知りすぎることを恐れ、都合のいい夢だけで胸を満たしていたあの頃から。

——わたしは、結局、あの頃から何ひとつ変わっていないのかもしれない。

そんな自責がふいに胸を衝いて、ロモラは欄干にもたせかけた腕に額を載せた。

ニジンスキーの完全復活。彼女が抱くその夢は、〝普通の家庭生活〟の混迷とともに潰えつつあった。

一九二三年六月。

バレエ・リュスは、パリ公演を行っていた。

ニジンスキーがパリにいるという情報を聞きつけたセルゲイ・ディアギレフからの連絡に、ロモラは快く応じた。ディアギレフと会えば、舞台の上でもっとも輝いていた頃の彼に戻ってくれるかもしれない。そう思うと、長らく抱いていた敵対心は薄らいでいった。

現れたディアギレフは、三人の美しい若者たちを従えていた。ダンサーのセルジュ・リファールとアントン・ドーリン、そして台本作家兼秘書役のボリス・コフノだ。噂によれば、ニジンスキーの後釜として活躍した美貌のダンサー、レオニード・マシーンもまた、女性と交際したことでディアギレフを激怒させ、バレエ・リュスを去っていったという。

このひとも何ひとつ変わらない、とロモラは思った。同性の才能を切望する男。同性と愛し合うことで性と芸術への欲望を同時に昇華させる男。その資質こそがバレエ・リュスに新たな息吹をもたらし、生み出す作品は季節さながらに変化を遂げる。ディアギレフが天才プロデューサーと呼ばれる理由は、バレエ・リュスが奇跡のバレエ団と呼ばれる理由は、時代の波を泳いで生き続ける理由は、良くも悪くもディアギレフのそうした愛のスタイルにこそあった。

それなのに。

かつての恋人を前に、彼はいまにも泣きだしそうな顔をしている。

「ワツラフ、わたしにはきみが必要だ。バレエ・リュスとわたしのために踊ってくれ」

その上ずった嘆願の声に、ロモラは胸を詰まらせた。ひょっとしたら、この人はずっとニジンスキーを忘れられなかったのかもしれない。

ところがニジンスキーはどこまで理解できているのか、血の通わない、平坦な声でただこう返すのみだった。

「踊れない。ぼくは狂っているから」

また会いたい。別れ際にディアギレフは繰り返した。それは社交辞令ではなく、彼はパリ滞在の間、何度もニジンスキーを見舞いに来て、公演にも招待した。しかし元恋人の様子はまったく好転せず、ディアギレフの表情からはだんだんと希望の光が消えていった。打ちひしがれた彼の姿を見るのは、ロモラにとっても身を切るほどに辛かった。


この年のパリ公演では、ストラヴィンスキー作曲による新作がお披露目された。

振付は、ニジンスキーの妹のブロニスラワ・ニジンスカ。彼女も兄と同じく、一時期はバレエ・リュスと疎遠になっていたが、ディアギレフからの誘いを受けて再び団に戻っていた。

タイトルは『結婚』。物語はごくシンプルだ。まだ互いに会ったことがない花嫁と花婿が、身支度を整え、相手と顔を合わせ、式をあげ、初夜のために寝室に入っていく。それ以上の筋はない。しかしストラヴィンスキーの音楽は唯一無二の個性を放っていた。合唱とピアノと打楽器という珍しい組み合わせが、秘教めいたムードを醸し出している。

振付もユニークだった。ダンサーはほとんど男女同数。かといって、『眠れる森の美女』のように、男女で手を取り合って華やかな祝福のダンスを踊る場面はない。あるときは花婿と花嫁を囲み、あるときは平行の列をつくり、ほとんど同じダンスを踊る。男性だから力いっぱい跳躍したり、女性だから細やかな足さばきを見せたりといったパフォーマンスの違いはあまりみられない。それは主役の花婿と花嫁も同じだ。同じように髪を梳き、同じように親や友人から幸せを願われ、同じように行進する。

ニジンスカは結婚し、子どもを持ちながらも、舞踊家としてのキャリアを全うする道を選んだ。バレエ学校を創設し、舞踊に関する論文を書き、さまざまなアーティストとコラボレーションを重ね、振付家として独自のバレエを開拓している。

初対面の者同士が結婚させられるという因習めいた要素と、男女の身体的な性差や社会的役割の差異を重んじない革新的な要素が絡み合う『結婚』。新旧のはざまをいくこの不思議な世界は、ニジンスカの複雑な結婚観を反映しているのだろうか。

「その売春宿には、性のあらゆるいとなみがある。男に男を、女に女を売ることだってある。ぼくはそうした群像を前に、愛の美しさと破壊について踊りたい」

ニジンスキーが一時期しきりと口にしていた新作の構想を、ロモラは思い出した。ニジンスカの「結婚」は、フリーセックスを奨励する売春宿の世界とはまったく違ったが、既存の性のあり方に一石を投じるという意味では少し似ていた。ロモラはこんな想像をした。ニジンスキーが自分の構想をディアギレフに伝えていたなら、きっと彼は喜んでプロデュースしただろう、と。彼ら兄妹の性に対する新しい感覚と、ディアギレフのセクシュアリティの奇跡的な合致こそが、バレエ・リュスのアイデンティティを作り上げてきたのだから。

「結婚したい……!!」

その想いに憑かれてからすでに十一年。あまりに遠くに来てしまった。そう思うには充分すぎるほどの歳月が過ぎていた。

あのとき抱いた「結婚」という夢は正しかっただろうか。

その夢は、自分の本当の心の声だったのだろうか。

我が身を省みるように、ロモラは客席からその舞台を眺めていた。

14 新しい生活へ

次女タマラの幼い日の記憶のなかのロモラは、およそ母親らしくない不可解な人だった。朝九時か十時頃に起きて、リビングでお茶を飲むと、すぐに父親の部屋に行ってしまう。医者の往診さながら、事細かに患者の様子をチェックすること小一時間。その後は、新規ビジネスの打ち合わせやら、治療先探しやらで外に出かけてしまい、夜まで家に戻ってこないのが常だった。

ネグレクトされていたわけではない。乳母はいつも姉のキラとタマラを手厚く世話してくれたし、ブダペストの祖父母が送ってくれたおもちゃや絵本は山のようにあった。与えられるドレスや靴や帽子は小さな貴婦人さながらに上品で垢抜けていて、街に出れば、どこの名家のお嬢さまかしらと道ゆく人が振り返る。一家の生活は何不自由なく、実は経済的に逼迫していたと大人になってから知って驚いたほどだった。

だが、母親から愛情らしい愛情を注がれた思い出はなかった。深夜、タマラが悪夢に襲われて泣きながら膝の上に駆け込んでも、彼女は額にキスをして子ども部屋に連れ帰るだけだ。そんなときにタマラの頭をよしよしとやさしく撫でて、キッチンでバターとアプリコットジャムを塗ったパンを食べさせて、青と白のチェックの布でやさしく顔を拭いてくれたのは姉のキラだった。

——母は、父のことしか見ていない。

キラはすでにそう悟っているようだった。彼女はパリ・オペラ座付属のバレエ教室に通っていて、ダンスの世界に人生の喜びを見出しはじめていた。部屋でレッスンの復習をする六歳上の姉が舞う姿は、アカシアの花が風にそよぐように美しかった。ロモラもときおりその様子に目を留めて、カルサヴィナみたいと褒めるのだが、キラはかたく唇を結んで背を向けるばかりだった。姉の態度を見るうちに、タマラも自然と、母親に期待するのをやめた。かまってくれなくて寂しいという気持ちは消え、むしろ彼女が外出するとほっとするようにさえなった。

そんな姉妹でも、ほとんど意思疎通の出来ない父親のことはふしぎと好きだった。調子が良いときに、いっしょにサーカスやお芝居を観たり、ドライブしたり、ブローニュの森を並んで散歩できることが、彼女たちのいちばんの喜びだった。心の状態が悪くなって、ふいに石像のようにむっつりと押し黙ったり、看護師に向かってロシア語で何かわめいているときでさえも、あまり怖いとは思わなかった。

「何を考えているのかわからない」――その意味では、父も母も変わらないのに。

〝普通の家庭生活〟のキャストを増やすべく、ロモラは最近離婚した姉のテッサを、ウィーンからパリに呼び寄せて同居させた。キラとタマラは、母親よりも陽気でおおらかな、祖母のエミリアによく似た伯母を慕い、家の雰囲気はにわかに明るくなった。

しかし、すぐに問題が勃発した。

プルスキー家の長女として甘やかされて育ち、苦労を知らないまま結婚した姉は、ロモラに輪をかけた浪費家だった。家事をやってもらって使用人の数を減らすか、パリの金持ちと再婚させてそのおこぼれにあずかるか。どちらが叶えば万々歳とロモラは考えていたが、その目《もく》論見《ろみ》は外れた。家事はやらず、婚活もことごとく惨敗。でも、ショッピングやグルメは大好き。そんなテッサのおかげで、家の経済状況はますます悪化していった。使用人への給与の支払いも遅れはじめ、腹を立てた彼らはとうとう家事や子育てや看護をさぼりだした。家は汚くなり、子どもたちはかんしゃくを起こし、ニジンスキーの精神はますます荒れる。こうなれば、ロモラ自身が家事も子育ても看護も仕事もこなすしかなかった。新規ビジネスに見切りをつけた彼女は、一般の求人にも応募を始めた。だが、職歴もなければ、働くためのまとまった時間も確保できず、なかなか採用にありつけない。

悪いことは重なる。娘たちは流行のジフテリアにかかり、ロモラはひどい腰痛を患《わずら》って動けなくなってしまった。これでは家事も求職もままならない。みるみるうちに家庭は崩壊の一途をたどっていった。

たった四、五人の家さえも切り盛りできないだなんて。

ベッドの上で、芋虫のように背を丸めて腰の激痛に耐えながら、ロモラは自分の至らなさに打ちひしがれていた。

――〝普通の家庭生活〟療法は大失敗だ。

夫が普通でなくなってしまったのだから、普通の家庭生活が送れないのは当然だ。そう開き直ることもできる。しかし、ロモラはこの数年間のパリ生活で完全に悟っていた。〝普通〟ができないのは、妻であり母である自分の方なのだと。

自分には娘ふたりに最良の環境を与える義務がある、とロモラは考えていた。だからこそ大金をはたいて乳母を雇ったり、子ども好きの姉をわざわざウィーンから呼び寄せたりもした。衣食住は絶対に不自由させまいといつも気を配っている。しかし、それだけでは駄目だということにもロモラは気付きはじめていた。街で子を抱いた女性を見ていると、母猫が誰に教えられるでもなく生まれたての子の身体を舐めてやるように、みんな当然のごとく我が子に乳と血と知を注ぎ、いざとなれば自分の屍を肉として食べさせる覚悟を固めているように見えてくる。そう見えるだけかもしれないし、そういう役を演じているだけかもしれないが、そのどちらも自分には到底できない。どうにかしなければと焦っているのに、心も身体も冷えきって動かない。一家水入らずで食卓を囲んでいると、ふいに逃げ出したくてたまらなくなる。夫は無口だけれど穏やかで、娘ふたりもブリオッシュをちぎりながら楽しそうに笑っているのに、ここに居るべき四人目の家族は自分ではないような気がしてくる。

それはニジンスキーのせいではない。娘たちのせいでもない。明らかにわたし、ロモラ・ニジンスキー自身の問題だ。

分厚い埃をかぶったアパートメントの窓から、白くぼやけた陽光が落ちてくる。ロモラはベッドの上に片肘をついて、腰をかばいながらも、わずかずつ身を起こした。なぜなのか、という謎は解けない。

でも、家族の一員であり、実質的に舵取りをする立場でもある自分が、この生活に限界を感じているとするならば……。

持っている最後の力を振り絞って、ロモラは再び動き出した。

これまでにかかった治療費の精算。使用人への支払い。そのためのありとあらゆる金策。身を粉にして駆けずり回るさなか、思いがけず救世主が現れた。ポール・ボーフス・ヴィラコジという、父方の曾祖母の血を引くロモラの遠い親戚だった。ロモラより八歳年下で、美術や骨董品や映画に明るい道楽者の独身男だったが、困窮した一家の状況を見ると、お土産や食材をたっぷり買ってきて、実質的な経済援助をしてくれた。それだけにとどまらず、彼は得意のハンガリー料理を自ら作ったり、子どもたちの面倒を見たりと、優秀な家政婦さながら立ち回ってくれた。この助っ人のおかげで、ロモラはなんとか身を立て直して、パリ生活を畳む準備のために奔走することができた。

何より重要なのは、子どもたちの身の振り方と将来だった。ロモラは母親のエミリアにあらためて頭を下げて、子育てと教育費の援助を願い出た。エミリアは明らかにこの顛末《てんまつ》にほっとした様子で、それが最良の判断だと娘をなぐさめた。彼女のはからいで、キラは評判の高いスイスの寄宿学校に入学させた。タマラはまだ幼いので、当面はブダペストの祖父母のもとで過ごさせることになった。

病身のニジンスキーは、姉テッサに託した。容態は落ち着いており、当面は再入院の必要はなさそうだった。しかし症状が重くなれば、あるいはよりよい治療法が見つかれば、またビンスヴァンガーのサナトリウム〝ベルヴュー〟や他の病院に入院する可能性もあるだろう。そのための資金を絶やさないようにするのが、ロモラの今後の人生の目標だ。

ロモラは、単身でアメリカへ渡る決意を固めた。

一家離散。はたから見ればそうかもしれない。病身の夫と幼い子どもたちの世話を放棄して逃げた女、という世間からの非難は免れ得ないだろう。だが、男たちだって妻子を置いて出稼ぎに旅立つのだ。自分がそれをやってなぜ悪いのだろう、とロモラは我が身に問うた。いま、一家のなかで、働ける状況にある大人は自分だけだ。ニジンスキーの今後の治療費はもちろん、子どもたちの教育費にしても、エミリアに全てを頼るわけにもいかない。起死回生のためには、単身渡航する以外の手段はない。

「期待なさい、アメリカはすばらしい国よ」

「誰もが自由で、望んだ働き方で生計を立てられるの」

「社会の進歩を妨げてきた階級の区別だってないんだから」

かつて北米に向かう船上で、乗客たちから受けた激励がロモラの心によみがえった。ディアギレフとのギャラ交渉のために訪れた法律事務所のスマートな対応も。セントラル・パークをひとりで散歩したときのあの解放感も……。

一九一〇年代の世界大戦に中途から参加し、連合国軍の一員として勝利をおさめたアメリカは、満身創痍のヨーロッパ諸国を尻目に経済的活況の真っ只中にあった。自動車と化学とラジオと映画産業が大量の雇用と文化を生み出し、ジャズとチャールストンが大流行し、野球とアメリカンフットボールが男たちを熱狂させ、参政権を得た女たちが膝丈のスカートで街を闊歩している。すべてを失った女が裸一貫から出直すのに、これ以上ふさわしい場所はないだろう。

アメリカに行くにあたって、ロモラにはもうひとつ腹案があった。

それは、働きながら映画業界とコネクションを作り、ニジンスキーの伝記映画を制作することだった。

ロモラが知る限り、バレエ・リュスは映像をほとんど残していなかった。

プロデューサーのセルゲイ・ディアギレフは、大の映像嫌いだった。舞台の魅力は生でなければ伝わらないし、映画は舞台芸術の敵だというのが彼の信条で、ダンサーたちは映像用のカメラの前で踊ることを禁じられていた。

ロモラの考えは違った。映像であれば、劇場に行かずとも全世界に作品を広められるし、後世にも残る。映像技術が日進月歩の発展を遂げているのに、全盛期のニジンスキーのダンスをおさめた動画がないことを、彼女は前々から残念に思っていた。

アーティストの名声を爆発的に広め、そして永遠にとどめておける。それが映画なのに。

ニジンスキーは、一九一六年の北米ツアーの際に、ハリウッドのスタジオで『チャップリンの霊泉《ザ・キュアー》』を撮影中のチャーリー・チャップリンに会っていた。同世代の銀幕の天才と挨拶を交わし、子どものように目を輝かせた彼の姿をロモラは忘れていなかった。たとえ彼自身がニジンスキー役を演じられないとしても、自分の人生の物語や生み出した作品がスクリーンに映ればきっと喜ぶだろう。映像と音声を同期させる「トーキー」の技術も、大手の電機コンツェルンを巻き込んだ開発が進み、ほぼ実用段階に達している。ドビュッシーやストラヴィンスキーの音楽にのせてダンサーを踊らせる映画だって、決して不可能ではない。バレエ映画を世に出せる時代は、必ずやってくるだろう。

その夢を胸に、いざ始めよう。

まだ名もなき〝新しい生活〟を。

15 答え合わせの瞬間

ロモラがやってきたのは、アメリカの映画産業の中心地であるカリフォルニア州のカルバー・シティだった。

一九一〇年代に麦畑を切り開いて開発された、人口五千人に満たない小さな街だが、メトロ・ゴールドウィン・メイヤー・スタジオ、カルバー・スタジオ、ハルローチ・スタジオなどの大手スタジオが立ち並ぶ映画特区として世界に名を馳せていた。チャップリンと並ぶ無声映画のスター、ハロルド・ロイドの作品もこの街で制作されている。

映画業界はいまが旬なだけあって、仕事を得る機会はすぐにめぐってきた。雑用仕事をなんとかこなし、給金をもらって、スキルアップに励む。聖書に題材を得たいくつかの神秘劇の制作にスタッフとして参加し、脚本を書く勉強も始めだした。

「わたしの〝プティ〟を映画化したい……!」

その夢を掲げた日から、ロモラは本来の生命力を取り戻していった。

映画は、バレエやオペラの上演よりも大がかりなプロジェクトだ。監督やキャストやスタッフはもちろん、スポンサーも見つけなければならない。音楽家や美術家の協力も不可欠だ。何より、バレエ・リュスからも許可を得る必要がある。アンチ映像派のディアギレフをうなずかせるのは至難の業に違いなかったが、文句を言えないほどすばらしい製作陣を用意してやればいい。分厚い片眼鏡に覆われたあの眠たそうな眼が、ロモラの書いた企画書を前に光を宿しはじめるのを想像したら、笑いがこみ上げてきた。同じバレエ・ダンサーを愛する者同士だ。絶対に納得させてやる。

あの街にはいい役者がいる。あの人なら資金を出してくれるかも。そんな噂を耳にすれば、ハリウッドにでも、ロサンゼルスにでも、ニューヨークにでも、ヨーロッパにでも、どこにでも飛んでいった。「ワツラフ・ニジンスキーの妻」というカードは最強だった。出しさえすれば、みんな話を聞いてくれる。そのおかげで、ロモラはヴァイオリニストのフリッツ・クライスラーや、作曲家のイグナツィ・パデレフスキといった大物文化人とも縁を結んだ。世界各地を飛び回るロモラを「さまよえるオランダ人」と呼んでからかう人もいたが、彼女の燃えさかる情熱を止めることは誰にもできなかった。

もしかしたら自分はずっと、これをやりたかったのかもしれない。

〝プティ〟の魅力を輝かせる作品を企画制作したり、世の中に発信したりする仕事を……。

そんな風にさえロモラは思った。

振り返れば、バレエ・リュスの興行を追いかけていた頃は、自分が彼のファンであることは周りにひた隠しにしていた。結婚したあとも、結局のところ周囲から求められるのは妻としての内助《ないじょ》の功《こう》で、バレエ団の一員としての役目を担うには至らなかった。ロンドン公演では義妹のニジンスカから邪魔者扱いされていたし、バレエ・リュス復帰後のアメリカ・ツアーでもほとんど出る幕はなかった。だからこそ、ディアギレフとのギャラ交渉の場では、自分の出番とばかりに好戦的に立ち回ったりもした。

しかしそんなかつての状況から遠く離れて、いまのロモラは、自分自身の力でワツラフ・ニジンスキーの芸術の周知に力を尽くそうとしていた。これほどに胸躍るいとなみがこの世にあるだろうか。もっと早く、この世界を、この生き方を知るべきだった。

手始めに、映画の原作になりうるような伝記を出版する。

そんなアイデアも持ち上がっていた。すすめてくれたのは、映画の制作現場で出会ったロモラの女友達のひとり、フレデリカ・デッェンチェだった。絹糸のように細い金髪を首すじに垂らした、長身で瘦せぎすの若いオランダ人だ。いつも本を小脇に抱え、カレッジに通う女学生さながらの知的で落ち着いた雰囲気を醸し出す女性だったが、ロモラのニジンスキーとの馴れ初め話を聞くと別人のように相好を崩した。ホット・チョコレートが波立つほどにカフェのテーブルを叩き、目尻に涙をにじませ、ついには突っ伏して咳き込むくらいに笑っている。

「そんなにおかしい？」

問うたロモラも、相手があまりに大笑いしているので、つられて吹き出してしまう。舞台の上で観たバレエ・ダンサーに惚れ込んで、大西洋の船上まで追いかけ回したなんて、他人に言うような話ではないと思っていた。それをこんな風に楽しそうに受け止めてくれて、当のロモラも救われた気になった。

「ええ。おかしい」苦しそうに咳払いしながら、フレデリカは身を起こした。「ごめんね。ばかにして笑ったんじゃないの。すごい話だと思ったの。あなたと旦那さんの——いえ」彼女はいまいちど真顔になって、テーブルの上で指を組み合わせた。「あなたと〝プティ〟の物語。そう言ったほうが、わたしにはずっとしっくり来るけれど、ぜひ書いたらいいと思う」

ロモラは肩をすくめた。

「自分が著者になるのは想像してなかった。あれこれ内情を書いたら、さすがにディアギレフに怒られそう」

「気にすることもなかったりして。彼だって、もういい歳でしょう」

「でも、まだ六十歳にもなってないもの」

そう返しつつ、ロモラの心にふっと暗雲がよぎった。つい先ごろ、ロモラは姉のテッサから、パリ・オペラ座で撮影した集合写真を受け取っていた。ディアギレフから再度の招待を受けて、ニジンスキーと一緒にバレエ・リュスのパリ公演に出向いたときに撮った一枚だという。ブノワ、グリゴリエフ、カルサヴィナ、リファール——ロモラにとってもなつかしい顔が並んでいる。古巣の仲間たちに会えてうれしかったのか、右端にいるニジンスキーも、少年のように無邪気に笑っていた。気になったのは、そのニジンスキーの肩を抱いているディアギレフだった。口髭の下で、歯が見えるほどの満面の笑みを浮かべている。ロモラには、その不自然なほどに明るい表情が、笑顔の下でひとしずくの涙をこぼす道化師のペトルーシュカのように見えてならなかった。そういえば、いつも再会するごとに一回り身体が大きくなっていたのに、この写真では顔の肉が以前より削げたように見える。

もし、ディアギレフに万一のことがあったら——。

あのカンパニーは、空中分解する可能性が高いだろう、とロモラは想像した。作品のためにあれほど必死になって資金や一流の芸術家をかき集める泥仕事を、ほかのメンバーが引き継げるとは思えなかった。だとすれば、自分がバレエ・リュスの全盛期の記録を後世に伝える意義はますます上がる。

フレデリカの助言に勇気づけられたロモラは、アメリカ国内の複数の出版社に出向いて交渉をはじめた。初対面の編集者の前で、懸命にニジンスキーのダンスの魅力と、それを世に伝える意義をプレゼンテーションする。本を書き上げる自信は、実際にはまだなかった。だが、腕の立つゴースト・ライターの力を借りるにしても、ロモラ自身の実体験や知識が最大の情報源になりうることは間違いない。つまりは、ことばを探さなくてはならないということだ。一九一二年三月、舞台上にふいに現れたあのアルルカンの色気と躍動を。

——そう、あのときの彼はまるで猫みたいだった。

在りし日のニジンスキーの幻影を思い浮かべて、ロモラはことばをノートに書いたり、ボツにしたりと試行錯誤を繰り返した。ニジンスキーをはじめて観た二十一歳のあの日、自分は婚約者の出迎えも母親とのディナーも断って即座に家に帰り、机の上でこの作業に取り組むべきだったのかもしれない。当時は目がくらんだあまり、この異形の人が何者なのか、自分にとっていかなる存在なのかと、その答えを探すのにあまりに急《せ》いてしまった。でも、自分と彼との関係を慌ただしく定義づける必要がどこにあっただろう？　もっと近づかなければと気負う必要がどこにあっただろう？　ましてや、結婚という目標を掲げる必要などどこにあっただろう……。

ロモラは走らせていたペンを止めた。

いつの間にか、ホテルの窓の外は夜の帳《とばり》が落ちていた。備え付けのオイルランプの明かりをつけ、椅子から立ち上がって、カーテンを閉めにゆく。

最近は、都市から都市へ飛び回ってばかりで、自分がどこにいるかも忘れてしまう。フロックコートのビジネスマンと車がせわしなく行き交うウンター・デン・リンデンと、夕陽の最後のかけらを勝利の女神ヴィクトリアの杖の先端に光らせたブランデンブルク門を窓越しに眺めて、彼女ははじめて、ここがベルリンのホテル・アドロンであると思い出した。ドイツの映画スタジオを視察するために、彼女は遠路はるばるここまでやってきたのだ。

　では、ニジンスキーはいったいどこ？　それを思い出すまでにも、また時間がかかる。そうだ、彼はいま、姉のテッサとともにウィーンに住んでいるのだ。

「彼に会えなくてとてもさびしい」

　母親に宛てた手紙に彼女が綴ったニジンスキーへの想いは、決して嘘ではなかった。一緒に暮らしてはじめて知った彼の優しさ。妻や子どもに寄せる深い愛情。精神を病んでもなお失わなかった心根の美しさ。それらすべてが愛おしい。でも、舞台の上で飛翔し、色香を振りまく彼を観るときのあの燃えるような想いは、ここから六百キロ離れた先の音楽の都ではなく、いま彼女の腕の下で、ランプに照らされてほんのりと光を放っているノートの上にこそ在るのだった。

「とてもさびしい」

　そのことばを唇にのぼらせる。口に出しさえすれば、言霊が現れて心を満たしてくれる。夫を恋しく想い続ける妻でいられる。だが、「しなやかで」「猫のようで」「いたずらっぽくて」というノートの上の文字を見つめているうちに、ロモラの心は再びそのことばの世界に吸い込まれていった。椅子に座りなおすと、彼女は机の上に転がったペンをもういちど執《と》った。

　ドイツの中堅映画会社、フェーブス・フィルムを訪れたロモラは、ハンガリー出身の有名女優リア・デ・プッティがちょうど新作を撮影していると聞き、スタジオに案内してもらった。

いま探しているのはニジンスキー役の候補だったが、同郷の人と聞けば自然と好奇心がうずく。しかも彼女の父親はイタリア系の男爵、母親はブダペストの伯爵家の出身だという。つまりルーツでいえば、ロモラと同じく〝ブダペストのお嬢さま〟だった。

ロモラは、のちに『マイ・フェア・レディ』でアカデミー監督賞を受賞する映画監督のジョージ・キューカーや、『第三の男』の製作者として大成するプロデューサーのアレクサンダー・コルダといったハンガリー出身者とすでに親しくなっていた。リアとお近づきになれば、彼女のつてで良い俳優を紹介してもらえるかもしれない。

しかしロモラのそんな下心は、スタジオの重いドアを開けた瞬間に吹き飛んだ。

驚くほど大きな瞳。頬に豊かな陰影を作るツンと尖った鼻。濃いリップが似合うぽってりとした小さな唇。圧倒されるほどにモダンな風貌の女性がそこにいた。モノクロ・フィルムを通すと、その個性がなおのこと映える。これまでの漆黒のボブヘアーのイメージを一新して、新作のために金髪に染め直した髪もよく似合っていた。スクリーンの上で、うねる髪が白い光沢を放つ。

かつて不似合いなメイクでスクリーン・テストを受けたことを思い出したロモラは、ひそかに頬を赤くして顔を伏せた。彼女の恥じらうような視線に気づいたのか、リアは長い睫毛を扇のようにそよがせて、カメラの向こうのロモラを見つめ返した。

リア・デ・プッティは売れっ子女優だった。ハンガリーからルーマニア、ドイツ、アメリカまで、さまざまな国の映画で主演を張っていて、毎年四、五本の撮影をこなす。年齢はロモラより五歳下。これまでは、コケティッシュな魔性《ファム・ファタール》の女役で人気を博し、男たちを破滅させる美女マノン・レスコーを演じたこともあった。

だが、若手のポジションから外れる年齢を迎えつつあるいまは、この新作『お転婆シャーロット』のような軽妙なラブ・コメディにも挑戦して方向転換を模索していた。一度はアメリカにも進出したが、ハリウッドで撮った数作の評判はかんばしくなかった。

「とにかく、妖婦《ヴァンプ》とか悪女とか呼ばれるの、あたしはもう飽き飽きしちゃった」

ビューロー通りのナイト・クラブで、ため息をつきながらシャンパン・グラスを傾ける。そんな彼女の姿が、ロモラにはただただまぶしかった。最近はもう遊ぶのもやめた、と言いつつ、シガレット・ケースの銀のチェーンを腕にからませて、キスするように朱色の唇をとがらせて煙草をふかすそのさまは、アヴァンチュールを満喫する女のそれにしか見えなかった。むせかえるほどの色気をふりまきながら、身体の端々はどこか少年のようでもある。くしゃっと崩した金髪が肩の上で跳ねて、華奢な背骨に影を落としている。紫煙が自分の耳元をふっと撫ぜたような気がして、ロモラはまた頬を赤くした。以前も、こんな風に心がざわついた瞬間があった気がしてならなかった。思い返そうとしたが、彼女の記憶は人生のどこかでせきとめられて、それ以上さかのぼろうとしても、牧神のポーズでたたずむニジンスキーの肢体が浮かんでくるばかりだった。

「——というわけで、あたしには今後の活動を支えてくれる人が必要なの」

シャンパンの最後の泡のかけらを飲み干しながら、リアは言った。「いまは彼氏のヴァルター・ブルメンタールがマネージャーをやってくれてるけど、そういう人がもうひとりいたらいいなと思ってたところ。それに、ハンガリー語にも飢えてるし。よかったらあなたも、あたしのマネージャーになってくれない？」

報酬として、ニジンスキーをもういちどサナトリウムに入院させるための高額な費用をそっくり払ってくれるという。願ったり叶ったりの提案に、ロモラは身を乗り出した。姉のテッサから、ニジンスキーの具合が近ごろかんばしくなく、面倒をみるのも限界だという愚痴を手紙で聞かされていたのだ。

報酬はもうひとつあった。マネージャーを続ける限り、ホテルの自分の部屋に一緒に住まわせてくれるという。ロモラがためらっていると、「遠慮しないで。女同士なんだから」と、リアはロモラの肩に額を寄せながら声をたてて笑った。すみれの強い香りが鼻孔を衝く。

「どうしてこんなに親切にしてくれるの？」

そう尋ねると、彼女はロモラの母親エミリアの名前を挙げた。十代の頃、ブダペストのミュージック・ホールでデビューした折に、先輩女優のエミリアに出演の後押しをしてもらったらしい。そのおかげでリアは映画『皇軍兵士』への出演のオファーを受け、銀幕と劇場の両方で華々しくキャリアのスタートを切ることができたという。

主演女優としてのプライドが高く、いつまでもヒロインの役を譲らないエミリアが、若手の育成を積極的に支援していたとは意外だった。それならばなぜ、エミリアはリアの存在を自分に教えてくれなかったのだろう、とロモラはいぶかしんだ。映画関係者を訪ね歩く日々を送っていることは、すでに手紙でも報告していたはずなのに。

ニューヨーク・マンハッタンのバッキンガム・ホテルのスイート・ルームで、ふたりの共同生活ははじまった。アメリカの国内外からニューヨークを訪れる芸術家御用達のホテルで、業界人とのコネクション作りにもうってつけの環境だ。映画出演の報酬と実家の財産で潤っているのか、リアの金遣いはロモラとは比べ物にならないほどに派手だった。住まわせてもらっている身であるロモラは、それをいさめる立場にはなかった。この豊かな住生活の恩返しのために、アメリカでリベンジしたいと考えているリアのために、そして治療費を必要としているニジンスキーのために、頑張って働かなければ。彼女はあらためてそんな決意を固めた。

「あまりその子と仲良くしすぎるのもどうかしら?」

エミリアがそんな手紙を書き送ってくるのを、ロモラは不思議に思った。国際的な有名女優になったリアにひそかに嫉妬しているのだろうか。もしかしたら、女ふたりが一緒に生活すること自体が母親の想像の範疇を超えているのかもしれない、とも彼女は考えた。

同じ街生まれの、同じ業界の、同じ三十代同士の、素敵な女友達との共同生活。いったいそれの何が悪いのだろう? アメリカでもヨーロッパの大都市でも、女子大学生や働く婦人たちがひとつ屋根の下で暮らすのは珍しくない。エミリアの若い頃には、もう、そういう女性は居たはずなのに……。

とはいえ、大学卒であろうと職業人であろうと、女性はいつか誰もが必ず結婚し、男性と生活するものと思っていたロモラにとっても、働きながら共同生活をいとなんでいる都会の中流女性たちの姿は新鮮だった。互いの結婚を機に同居を解消するケースもあったが、なかには「わたしたちは親友で、人生のパートナー」と公言している女性たちもいた。三十年間にわたって共同生活を送った女子医学校創立者のエミリー・ブラックウェルと外科医のエリザベス・カッシャーや、作家のキャサリン・アンソニーと教育者のエリザベス・アーウィンのコンビは、ロールモデルのような存在として若い女性たちから支持を集めていた。

——もっと早くそういう生き方に出会っていたら、自分の人生も少し変わったかもしれない。パリで送った〝普通の家庭生活〟より、このニューヨークでの大人の女ふたりの暮らしのほうが自分にずっと合っている。ロモラはひそかにそう思いはじめていた。こんな豪勢なホテルライフではなく、小さなベッドを部屋にぎゅうぎゅうに並べ、互いのワンピースを貸し借りし合い、掃除当番を押しつけあって喧嘩するような、ごくつつましい暮らしであったとしても。

ところが、平穏だったふたり暮らしに少しずつ変化が起きだした。

いつからだったのかは、当のロモラ自身にもわからなかった。

自分が気づいていなかっただけで、出会った当初からその兆候はあったのかもしれない、とも彼女は考えた。だが、これはいよいよ見過ごせない事態だと彼女が気づいた頃には、すでにリアのおかしな行動は常態化していた。

ロモラを驚かせるように、背後から抱きついてくる。人形やペットの小犬にそうするような気安さで、頬に軽くキスしてくる。一緒に暮らし始めてから数ヶ月間は、せいぜいその程度だった。パリの女学校時代を彷彿《ほうふつ》とさせる、同級生や先輩後輩の気のおけないスキンシップ。ロモラ自身は、少女の頃からそうした戯《たわむ》れが大の苦手で、湿っぽい吐息やとがらせた唇の気配を感じるだけで恐れをなして、唯一の親友とセーヌ川の河岸に逃げ出すのが常だった。いくら大人になっていようとも、苦手なのは変わらない。「いま、忙しいの」と言って、腕を退けてしっしっと追い払う。リアはそんなロモラを見て、いたずらっ子の下級生のようにくすくす笑っていた。

そこまでは、まだ辛うじて我慢できた。

ロモラがはっきりと違和感をおぼえたのは、半年を過ぎた頃だった。その日のリアは、いつもと様子が違っていた。あとから思い返せば、ひどく酔っぱらっていたのかもしれない。ハイヒールの踵を床に倒しながらだんだんとしなだれかかって、自分の胸をロモラの腕に押し付けてくる。それから、頬ではなくて、耳たぶにキスしてきた。しかも口を一瞬つけるだけではなくて、ゆっくりとついばむように。上下の唇と小さな前歯の感触までもが生々しく皮膚の上を伝ってきて、ロモラは固まった。温かい息が耳の奥まで吹きかかって、またキスが始まる。

どれくらいの時間が経ったのか、リアは自分から身を離した。そのまま、ハイヒールをスリッパのように乱暴に突っかけて、ベッドルームから出ていく。「今日は追い払わなかったね？」質問ではない質問を、残り香のように部屋に残したまま。

ロモラはただあっけにとられて、そのまま立ちつくしていた。

その日以来、リアはロモラの身体には触れてこなくなった。その代わりに、妙な振る舞いを見せるようになった。ベッドの上で、いやでも目に入るほどゆっくりと服を脱いで、わざとらしく太ももをのぞかせる。ロモラがバスルームで着替えていると、狙いすましたように入ってきて、鏡を介して胸や腰回りを見つめる。やめてほしいと訴えると、ゆっくりとまばたきをして、目に焼き付けるようにもういちど半裸の彼女を眺め回してから、やっと出ていく。

リアが性的に奔放な女性であることは、映画業界人や映画ファンならば誰でも知っていた。まだ三十代になって間もないのに、すでに二回の結婚と離婚を経験し、過去の色恋スキャンダルは数しれず。恋人がいなかった時期はなく、いまも、もうひとりのマネージャーであるブルメンタールと交際している。たまに自分たちのホテルの部屋に彼やほかの男性を連れ込んでいることはロモラも察していたが、部屋やベッドを汚されない限り、口出しはすまいと決めていた。

——彼女は、同性ともセクシュアルな関係を持てる女性なのかもしれない。

その想像は、ロモラにとって難しくなかった。映画業界にもバレエ業界にも、文学やアートやブロードウェイの界隈にも、そういう人はいくらでもいる。ジークムント・フロイトにかぶれ、オスカー・ワイルドをリスペクトし、機会あらば同性同士で奔放な一夜を過ごしたい人びと。いうなれば、ニジンスキーもそうした世界の真ん中にいたのだ。

たぶん、出演映画の評判が悪くてくさくさしているのだろう、とロモラは察した。酒の量も、出会った当初よりだいぶ増えているように見えた。アメリカ合衆国は禁酒法が敷かれているというのに、どこの非合法なクラブで分けてもらったのか、リアは毎夜ブランデーやワインの瓶を抱えて帰ってくる始末だった。首すじや胸元に唇の形の痣《あざ》をつくっているのは日常茶飯事で、撮影の日にはロモラが白粉を塗り足してやることさえある。ブルメンタールなら、仕事柄、女優の肌に痕をつけないように気をつけるはずだから、明らかに別の男か——あるいは女と——遊んでいるようだ。それでもまだ物足りなくて、いちばん身近にいるロモラをからかっているだけだろう。

ちょっかいを出されるたびに溜まっていくわだかたまりを昇華させるべく、ロモラは仕事への意欲を燃やした。彼女の浮ついた気持ちを落ち着かせて、次回作を成功させよう。ファム・ファタール役を卒業したいと望んでいるのはリア自身なのだから、プライヴェートでも悪女ごっこは絶ってもらわねば。それがマネージャーとしての、年上の女友達としてのつとめだ。

だから、何を言われても、冷静に諭そう。

しなだれかかってきたら、きっぱりと拒否しよう。

あのうるんだ大きな眼でこちらをじっと見つめてきても、視線を返さないようにしよう……。


ロモラはベッドの上で、何度目かわからない寝返りを打った。

いま寝たら、絶対におかしな夢を見てしまう。

そう思うと、余計に彼女の目は冴えていくばかりだった。真夏でもないのにひどく暑い。パジャマを脱ぎたかったが、ホテルの滑らかなシーツに素肌を触れさせるのがなぜだか怖かった。背をぎこちなく丸めて、彼女はもういちど寝返りを打った。

過去のフィルムで、リアのトップレスの姿は何度も目にしていた。その上、ふたり一緒に暮らしていれば、同居人のはだけた胸や背中を見てしまうタイミングはいくらでもある。いちいち気にする方がどうかしている。

でも、いま、隣のベッドからきこえる小さな寝息。

シーツの上に投げ出されたしなやかな二の腕。

密造ブランデーと香水と体臭の入り混じった匂い。

ひとたびリアの肉体の存在を意識すると、頭の中がそれで支配されてしまう。腕やふくらはぎの肌がだんだんと粟立っていくのをロモラは意識した。その感覚を不快ということばに置き換えて安心しようとしたが、白魚のようなリアの手がそれを払いのけて、ロモラの頬や耳や唇をやさしく愛撫しはじめる。

おびえながら「これは夢」とつぶやくと、リアの唇が、彼女の耳元でゆっくりとささやき返す。

「そう、これはあなたが得意な予知夢。いつか現実になる夢」


当のロモラにも、何が起きているのかわからなかった。

わかるのは、ニジンスキーの身体がベッドのすぐ隣にあっても、こんな風には一度もならなかったということだけだった。

舞台で踊っているニジンスキーの身体を見つめるのは、ロモラにとって無上の喜びだった。ブダペストでの軟禁生活中に農民の女のダンスを踊ってくれたときには、そのセクシーなまなざしやしぐさに身も心も奪われて、彼の肢体を早くベッドの上に組み敷いて我がものにしたいと切望した。だが実際のベッドの上では、彼女はいつも彼の身体に侵入される苦痛に目をかたく閉じていた。あれほどに夢見た身体が、一糸まとわず自分の腕の中にあるのに、そして自分自身も同じ姿で相手の腕の中にいるのに、彼女はいつも必死で意識をそらそうとしていた。これは現実じゃない、とでも言い聞かせるように。これは自分じゃない、これは彼じゃない、これはれは男じゃない。これはアルルカンで、牧神で、薔薇の精だ。だから耐えなければ……。

バスルームに向かう前にリアが脱ぎ捨てていった、薄桃色のシルクのシュミーズが、ベッドの上にひとつ。

それにさえも、ロモラは抗えないほどの引力を感じていた。リアの吐息や、匂いや、腰まわりの曲線を残したその温かな抜け殻から、どうしても意識を離すことができない。

ニンフが落としていったスカーフを岩の上に置いて、ひとりでマスターベーションにふける牧神。彼のうめくような吐息が、弓なりに反る背中が、震えるほどの快楽が、一九一二年五月にパリのシャトレ座で観たあの舞台が、時間と場所の隔たりを超えて、ロモラ自身の心と身体に重なっていく。

――なぜわたしは、ワツラフ・ニジンスキーにあそこまで惹かれたのだろう。

牧神が吹くパンの笛の調べが、どこからか聴こえた気がした。

いや、それを吹いているのはロモラ自身だ。岩の上に四肢を投げ出して、うららかな陽の下で寝そべっているのも。たわわに実ったみずみずしいブドウを食べて、その汁と唾液を口からこぼしているのも。泉にやってきたニンフが、スカーフを脱ぎ捨て、たっぷりと水を浴びて、濡れて透けたドレスが腰や腿にまとわりつくその姿を想像するだけで、腹の下がじんわりと熱くなっていくのも。鼻から漏れる息が荒さと熱を増していくのも。

それはロモラ自身だ。

バスルームのドアが開く音がする。女の裸足が、床を撫でるように横から横へと移動し、少しずつ近づいてくる。気配を察知して、牧神は岩からすべりおりる。求めていた身体が、焦がれていた身体が、もうすぐ目の前までやってくる。その予感に身を震わせながら、寝室のドアを開ける。

果たして、リアはそこにいた。

「来たんじゃない？　あなたの人生の答え合わせをするときが」

スカーフではなく、バッキンガム・ホテルの刺繡《ししゅう》が入ったタオルをゆるく胴にまきつけながら。染め替えたばかりの黒髪の束から大粒の水滴を垂らして。その水流は、鎖骨を伝って、豊かな胸の谷間に吸い込まれていく。

ヴァンプなんて嘘。ファム・ファタールなんて嘘。そんな確信がロモラの胸を衝く。それは現代の映画業界がこしらえた、あるいはその源流である文学が、芝居が、文化がつくった空々《そらぞら》しいキャッチコピー。だって、自分もまた彼女と同じ女だから。わかっている。いま、ロモラの腕に絡みつこうとする指先も、蕾《つぼみ》のようにゆっくりと開く唇も、くっきりとした二重の奥にひそむ一対の濡れた瞳も、すべてが真摯《しんし》な問いを放っていることを。

もし、いつもは遊びであったとしても。彼女自身がそのコピーの烙印《らくいん》に苦しめられる不幸な姫君だったとしても。いまこの瞬間は、決してそうではないことを。

世界が拓けていく。幕が上がり、煌々《こうこう》とした光が眼前を満たすあの至福の瞬間のように。

舞台はニューヨーク。ベルリン。あるいは、パリ。賑やかなショッピング・ストリートから逸れて、細く狭い路地に入っていく女性たち。

マフの下に隠した手をそっと差し出し、爪の先を握り合い、楽しそうに何かをささやきあいながら彼女たちが向かうのは、鼠の巣のようにひっそりと在る小さなダンス・ホールやクラブ、あるいはカフェ。ある女は山高帽を斜めにかぶってひとり物憂《ものう》げに葉巻をふかし、ある女はローウエストのワンピースをそよがせてチャールストンを踊り、ある女学生は女性の権利拡大をうたう雑誌記事を書き、ある肉体労働者の女は油にまみれた腕をテーブルに投げ出す。日陰であって日陰ではない、世界の隅であって世界の隅ではないあの場所に集う、てんでばらばらの女たち。

それぞれの胸に抱えた小さな燻《くすぶ》りを隣の席の女と分かち合う奇跡が起きたとき、彼女たちは互いの目を見つめ、唇を重ね、祝福の合唱を浴びながら小さなベッドにもぐりこむ。

――ようこそ。

〝ブダペストのお嬢さま〟が、鏡のなかの影に優しくささやきかけた。

――ようこそ。この世界は、この時代は、あなたがここへやって来るのを待っていた。

その歓喜の唱和から逃げだす理由は、ロモラにはなかった。

16　人生の折り返し

「牧神みたい」

湿った吐息が、ロモラの頬にかかった。

目をこすりながら頭を起こす。見ると、夕刻の淡い橙《だいだい》色の陽がカーテンの隙間からこぼれて、全身にまだらの影が広がっていた。リアはその影の輪郭に自分の指を当てて、愛撫するようにゆっくりとなぞっていた。

「すごくよく寝てた」

「夢を見ていたの」

「また予知夢?」

答える代わりに、ロモラは身を起こして、リアの耳たぶにキスを返した。満足したようにリアは鼻を鳴らして、ベッドからすべりおりた。彼女もロモラと同じく全裸のままだ。腿の間の茂みは、烏の濡羽《ぬれば》のような黒色でもまばゆい金色でもなく、平凡な暗褐色で、はじめてそこに唇を這わせようとしたときに驚いたことをロモラは思い返した。

あれはもう、何ヶ月前のことだっただろう。

「着替えたら、ブルメンタールのところへ行ってくるから」

「泊まるの？」

「たぶんね」

短い答えとともに、寝室のドアが閉まる。絨毯を踏みしだく足音は二、三歩ほどで消えて、部屋は静寂に満たされた。車のクラクションの音だけが、夕焼けの摩天楼のかなたから微かに聞こえてくる。


ロモラは再びベッドに転がって、枕の上に頭を置いた。

まだ身体の奥に疼《うず》きが残っている。ほんとうはもういちど、リアと抱き合いたかった。だがいまは、ベッドの上で欲望を使い果たすべきときではない。これは、考えるために使うべきエネルギーだ。自分について。あるいは、自分とこれまで交わった人たちについて。

リアと身体を重ねる時間は、ロモラにとって、どの精神分析や瞑想よりも自分自身の心と向かい合えるひとときだった。

もっとも、わかったことよりわからないことのほうが、まだずっと多かった。いったいいつからなのか、ということも。そもそも明確なはじまりなんてあったのか、ということも。ニューヨークの書店や図書館に彼女が足を運んでわかったのは、自分のような人間を精神科医や性科学者たちはいまもって発見すらしておらず、本のページの上には自分の求める答えがないという事実に過ぎなかった。

リアが身をもって与えてくれた経験に感謝しなければ、とロモラは思った。彼女との行為はまるでカウンセリングだ。ことばにはできない。それでも、不安はなかった。人生半ばにしてふいに開けた可能性の広がりに、彼女はむしろ小さな幸福を感じていた。

リアは、ロモラとの恋愛関係なぞ夢にも望んでいない風だった。それはそれでいい、とロモラは思っていた。ロモラが病気を怖がっているのを知って、連日の夜遊びこそ控えるようになってくれたが、ブルメンタールとは変わらず交際を続けている。マネージャー兼、女友達兼、セックスフレンド。たぶん自分は、彼女にとってそれ以上の存在ではない。うっかり彼女に本気にならないようにしよう、とロモラは心の用心を重ねた。彼女は、自分の人生に大きなヒントを与えてくれた。それだけで充分だ。望みすぎて、悲しい思いをしたくはない。

第一、自分には夫がいるのだ。その現実は、ロモラの感情をせきとめる防波堤となった。ニジンスキーとの法的な婚姻関係を解消するつもりはなかった。もしも彼が健康で、対等な夫婦関係を築けていたなら、別の選択もありえたかもしれない。しかし、いまの彼は自分の助けなしでは生きていけない状況にある。彼の生活を守るのが、自分の使命であり責任だ。

「ねえ、早く旦那と別れてよ」

よもやリアがそんなことばを口にするようになるとは、ロモラは想像もしていなかった。一度目はあくまで冗談っぽく、しかし次は真顔で、その翌日はロモラの二の腕に爪を立てんばかりの勢いで。いつの間にか、それは彼女の口癖になっていた。はぐらかそうにも、世界を呑みこむようなその大きな瞳を前にすると、うなずく以外の選択肢が許されないような気になってくる。

「リア、あなただって恋人がいるでしょう」

「あたしも彼とは別れるから」

あっさりとそう返されるので、ロモラは慌てて「だめだめ」と言った。「彼がかわいそうじゃない」

口に出してはじめて、自分の身勝手さに思い至って愕然とした。マネージャー兼、女友達兼、セックスフレンドだなんて。都合のいい関係で済ませて、楽をしたかったのはほかならぬ自分のほうだ、とロモラは痛感した。いちど自分の負い目に気づいてしまうと、もう簡単には跳ねのけられなくなってしまう。

「とにかく、あたしとずっと一緒にいて。ニジンスキーと、あのオランダ人の娼婦のことはもう忘れてほしいの」

オランダ人の娼婦？

誰かと思ったら、ロモラの女友達のフレデリカ・デッツェンチェのことらしい。彼女のすすめでニジンスキーの伝記プロジェクトを始めたのが、リアには気に食わないようだった。どうやらリアは、フレデリカが同性愛者だとにらんでいるらしい。彼女にはフランス人の男性パートナーがいると聞いていたのに。ロモラにとっては予想外だったが、性指向に関するリアの勘があなどれないことは彼女自身もよく知っていた。

「ぜひ本にしたらいいと思う」――そう言いながら組みあわせたフレデリカのすらりと長い指

や、骨ばった広くて薄い肩の線を思い出して、ロモラは不覚にも胸がときめくのを感じた。リアに見られないように背を向けながら、熱を帯びた頬を必死で冷まして、頭から追い払う。いまはこれ以上、事態をややこしくしている場合ではない。

リアがロモラとのパートナー関係を強く求めはじめたのは、おそらく別の理由もあるだろうと彼女は察した。ストレスのはけ口として浪費に走ったリアは、ロモラと約束した仕事の報酬であるニジンスキーの入院費を払わなくなっていた。彼が再入院しているサナトリウム〝ベルヴュー〟の入院費は、すでに滞納状態になっている。ロモラが確認した限り、バッキンガム・ホテルの宿泊代は払い続けているようなので、すっからかんになったわけではないのは明白だった。要するにリアは、ロモラの夫のためにわざわざ金を出す気をなくしたのだろう。ニジンスキーと別れさせてロモラを自分の方に引き込んでしまえば、もう支払いの必要がなくなる。

世界的な恐慌の影響で大きな仕事のオファーが来なくなり、リアが悩んでいることは知っていたのに、滞納の件で何度か喧嘩して追い詰めてしまった自分も悪かった。そんなロモラの反省はあとの祭りだった。謝ったところで、もう彼女の暴走はとまらない。リアはロモラの身体に馬乗りになり、手をロモラの首にかけて、いまにも絞め殺しそうな勢いでぐっと摑んだ。

「ねえ、わたしたち、小さな王さまみたいに、三年いっしょに贅沢三昧で暮らしましょう」噛みつくようなキスが全身を這い回る。「――それから、一緒に死ぬの」

リアは精神を病んでいる。

ロモラはすでに察していた。ブルメンタールに対しても、別れを切り出したり撤回したりを繰り返すようになっていたし、昔の恋人とも喧嘩の末に自傷行為に走った過去がある。マスコミからはゴシップ女王扱いされて久しかった。

ニジンスキーとはタイプが違うにしても、このひとも治療が必要だ。普段のロモラであれば、冷静にそう考えられたはずだった。世に芸能マネージャーは数多《あまた》いるが、自分くらい精神科医や病院選びに通じて、患者の扱いに慣れた人間はいないだろう。きっと、いい治療法を一緒に探してあげられる。

それにもかかわらず、蛇に噛まれてその毒が回ったかのように、ロモラの頭にはリアから吹き込まれたことばがぐるぐると巡り続けていた。

「一緒に死ぬの」

ばかな、と一笑に付そうとした。だがそのことばは、日が経つにつれてゆるやかにロモラを支配していった。サイレント映画女優がささやく、観客のだれも知らない吐息まじりの肉声。「ばかな」から「まさか」へ、そして「それもありかも」から「それしかないのかも」へ。彼女の病の王国へ引きずり込まれていくのを自覚しつつも、ロモラはもはや逃げ出せなくなっていた。

「あなたは、もう彼を裏切ったの。いまさら誠実にふるまおうったって、無駄だから」

そう言われたら、黙ってうなだれるしかなかった。考えれば考えるほど、彼女のことばは正しい。結局のところ、自分はこんな形でニジンスキーを裏切ってしまった。相手が同性だろうが異性だろうが、不貞であることに変わりはない。しかもその相手との関係をこじらせたせいで、入院費を滞納して、彼の療養生活を危機的な状態に晒《さら》しかけているのだ。

リアはさらなる追い打ちをかけるように、毎日毎夜、ロモラの四肢に絡みつきながらことばを吹きこみ続けた。

「もしニジンスキーの方を選ぶなら、あなたは彼と一緒に餓死するしかない」

「あなたはわたしのもの。さもなければ、あなたはずっとひとりぼっち」


リアがロモラを抱き疲れ、瓶の底が透けるまでブランデーを飲み干して、ようやく深い眠りについた頃。昼なのか夜なのかもわからない、緞帳のように分厚いカーテンに覆われたスイート・ルームの暗い寝室の片隅で、ロモラはベッドから這いずり出て、やっとの思いで床に落ちた下着と皺だらけのワンピースを身につけた。リアに脱がされて投げ捨てられたことは覚えているが、それが何日前の出来事だったのかわからない。これで逃げられる。そう思ったが、霞《かすみ》がかかったように頭がぼんやりして、脚が動かない。床にへたりこみ、リアの微かないびきを聞きながら、ロモラはひとり打ち震えていた。

世界が遠い。

マンハッタンも、パリやロンドンも、故郷のブダペストも。母親も継父も姉も、ふたりの子どもたちも、そしてニジンスキーも。

ごめんね。ごめんなさい。わたしはあなたを愛せなかったし、あなたの治療にかかるお金ももう払えなくなってしまった。これはわたしのせい。リアに何かあったら、それもわたしのせい。すべてわたしという愚かな人間が招いた不幸。もう、この世の誰に見せる顔もない。

みんな、わたしがいなくなったら、それで許してくれる？

――死んではだめ。

どこかから、そんな声が聞こえた気がした。

――他人の思惑に流されてはだめ。あなたはあなたなんだから。


声の主は、女友達のフレデリカだった。

腕をつかまれ、スイート・ルームから引きずり出されたロモラの眼に、真っ赤な絨毯を敷いた、一直線の長い廊下が飛び込んできた。ここはいったいどこ？　パリ・シャトレ座の舞台袖から楽屋に続く廊下？　サナトリウム〝ベルヴュー〟の廊下？　南米大陸に向けて航走するエイヴォン号の船室の廊下？

一歩進むごとによろめき、崩れ落ちそうになる自分の身体を、フレデリカが何度も引っ張り上げようとする。ロモラは溺れかけている人のように腕をばたつかせた。彼女にしがみつこうとしているのか、振り払おうとしているのか、自分でもわからない。


気がつけば、ロモラはニューヨークの大通りに佇んでいた。

マンハッタン、西五十七丁目。バッキンガム・ホテルの目の前。通りのすぐ先にはカーネギー・ホール。セントラル・パークに沿って角を折れて、大小の劇場が立ち並ぶブロードウェイを行けば、その奥にはメトロポリタン歌劇場がそびえている。軟禁生活から解放されたニジンスキーが、数年ぶりに舞台の上であざやかな跳躍を見せた芸術の殿堂だ。怒号のような歓声をあげるニューヨークの観客たち。これまで見たこともない観客の反応に両手を上げて大喜びする歌劇場の支配人。自分も彼のように踊りたいと若い瞳を輝かせるレオニード・マシーン。これまでの諍いも別れの痛みもなかったかのように、世界で誰よりも愛されるダンサーが自分のプロデュースによって躍動し、世界に愛を注ぎ返すその姿を、まぶしげに、得意げに、幸福そうに見つめるセルゲイ・ディアギレフ。そして、これこそわたしのプティだ、と、自分の想いを確かめるかのように両手を胸に押し当てるロモラ。

あれからもう、十年以上の歳月が過ぎた。

フレデリカは、頭上から降り注ぐ陽の光を浴びて、通りのかなたを見つめているロモラの耳にこうささやいた。

——ワツラフ・ニジンスキーは、あなたの最愛の〝プティ〟。

それは彼を舞台の上で見つけてから今まで、ただの一瞬も変わらなかったでしょう？

両脚の震えを深呼吸で懸命に和《やわ》らげつつ、ロモラはひとりで再びホテルへと戻った。エレベーターの中で、フレデリカのことばをお守りのように繰り返しながら。

スイート・ルームのドアの前で、ブルメンタールが立ちつくしていた。エレベーターを降りて廊下に現れたロモラに気づくと、彼は蒼白な顔で駆け寄ってきた。「よかった。何日も連絡が取れないから、ふたりとも死んでしまったかと思った……」

ロモラはかろうじて声を出した。「ごめんなさい。ここで少し待っていて」

ドアを開けると、ブランデーと香水と煙草と汗の入り混じった匂いが強く鼻をついた。リアはまだ寝室にいた。背中をあらわにしたまま、ベッドに寝そべっている。耳の横からうっすらと煙が立ちのぼっていた。どうやらすでに目を醒ましているようだ。つかつかと歩み寄って、カーテンをつかんで全開にする。視界が真っ白になるほど明るい光が部屋になだれこみ、リアが小さく悲鳴をあげて煙草を落とした。ルージュがべったりついたその吸い殻をつまみあげ、サイドテーブルの上で押しつぶすと、ロモラは精一杯の勇気を振り絞ってこう告げた。

「わたしは聖なるニジンスキーのために、彼が病んでから十三年の歳月を捧げてきたの。十四年目でそれをやめるわけにはいきません」

不審な物音を聞きつけたブルメンタールが飛び込んでくるまで、ロモラは窓から飛び降りようとする彼女を必死で抑えつけなければならなかった。ブランデー瓶を壁に投げ、グラスを床に叩きつけて、嵐のように荒れ狂う彼女をなだめるためには、酒と薬を飲ませて、強引に眠らせるしかなかった。ベッドに寝かされたリアがブルメンタールと始めだしたうわ言まじりの口論を聞いて、ロモラははじめて内幕を理解した。リアは先ごろブルメンタールに結婚を迫り、彼がそれを断ったところ、ハンガー・ストライキをやると宣言し、それをやめさせるのにひどく手を焼いたらしい。つまり、リアは男女のマネージャー両方に手を出したのに、最終的にはどちらからも人生のパートナーになることを拒否されたのだ。

ハンガー・ストライキの影響だろうか。粗悪な密造酒で体調を崩すにとどまらず、摂食の状態もすでに正常ではなくなっていた。ロモラの拒絶から二日後、リアはなんとかベッドから起き出して、ふたりと昼食を囲んだが、その最中にふいに喉をかきむしり、ひどく苦しみだしてそのまま卒倒した。弱りきって細くなった喉に鶏肉の骨をつまらせてしまったのだ。ロモラとブルメンタールは、血相を変えて医者を呼んだ。

しかし傷ついてしまった彼女の臓器は、その後の二度の手術を経ても回復しなかった。著名な映画女優を助けるべく、四人もの外科医が手を尽くしたにもかかわらず、二度目の術後から一週間もたたないうちに容態が悪化して、あっという間に亡くなってしまった。一九三一年十一月末のことだった。公には三十二歳と称していた彼女は、実際には三十五歳だった。

ロモラはバッキンガム・ホテルからも近い、アメリカでもっとも大きなカトリック教会であるセント・パトリック大聖堂での葬儀を取りしきった。わずかな遺品と遺産を処理するために故郷ハンガリーの遺族と連絡を取り合うやりとりが一段落つくと、彼女は緊張の糸が切れたように呆然とした日々を過ごした。

きみたち、道連れにされなくてよかったよ。周りの映画業界の人びとや友人知人は、そう言ってロモラとブルメンタールを慰めた。リア・デ・プッティはそういう運命の女性だったんだから、と。エミリアに手紙で顛末を報告すると、リアの素行はハンガリーの社交界でも評判が悪かった、という返信があった。だからわたしは、あなたがあの子と仲良くするのを止めたのよ。

だが、誰に慰められようとも、ロモラの自責の念は消えなかった。自分が彼女の死を早めてしまったのかもしれない。拒絶するにしても、もっといい方法があったにちがいない。彼女はわたし自身さえも知らないわたしの正体を暴こうとしてくれた、たったひとりの女性だったのに。


そんな鬱々とした日々を送るロモラのそばにいてくれたのは、フレデリカだった。

この若いオランダ人の娘は、結婚間近という噂だった大富豪のフランス人の恋人と別れてまで、ロモラの世話を焼いて、食事や散歩に連れ出してくれた。

「あなた、わたしとなんか居てもいいことないよ。心休まらないでしょうし、贅沢だってできないんだから」

年上の女らしく、煙草をふかしながら懸命に格好つけてそう言っても、フレデリカはどこ吹く風といった様子でこう返すのだった。

「だってわたし、あなたに恋してしまったんだもの」

ロモラは目を丸くした。夜更けのグリニッチ・ヴィレッジかハーレムのナイト・クラブならさておき、真っ昼間のセントラル・パーク沿いのカフェで、ホット・チョコレートをすすりながら、こんな告白を堂々とするなんて。

「わたしなんかのどこがいいの」

「そりゃもう、〝プティ〟のこととなったら我を忘れてしまうところ」

そう言い出した先から、また笑い転げている。ロモラに恋しているならばニジンスキーに嫉妬してもよさそうなのに、「もっと見せて。ニジンスキーに夢中なあなたを」と、フレデリカはうっとりした目で言う。いまどきの若い子はよくわからない。だが、ロモラには彼女のその既成概念にとらわれないさまが不思議と頼もしく思えた。ブロードウェイではラストシーンで心中するレズビアンの芝居が上演されているけれど、現実はそのずっと先を行っている。時代は変わるし、ひとも変わるのだ。いままでも、これからも。

リアとふたりきり、死の絶壁の上で互いをつかみあったり脅したりしていた頃のすさんだ心は、ゆっくりと癒えていった。

美味しいごはんを食べる。よく眠る。散歩に行く。フレデリカに矯正されて、いかにこれまでの自分の生活が混沌としていたかをロモラは知った。煙草に火をつけようとすると、横からひょいと取り上げられる。

「これ、やめたら？　健康によくないもの」

ファム・ファタールがいないように、聖女だってこの世にいない。もちろん、「オランダ人の娼婦」も。だとしたら、この娘はいったいなんだろう。満身創痍の四十女の前に現れた、すらりとした、痩せぎすの——つまりどこか中性的な風貌の、そしていまとなってははっきりと自覚できるが——とんでもなく自分の好みの謎の天使。

「公園を散歩しよう。野鳥がたくさんいるの」

ロモラがどぎまぎしている間にも、フレデリカは涼しい顔で彼女の腕を引いて、園内を横切っていく。セントラル・パークの南の岬までやってきて、ようやく彼女はほっと小さく息をついた。楓《かえで》の樹が生き生きと枝葉を伸ばしツグミが自由にさえずるこの曲がりくねった遊歩道であれば、身を寄せ合っていても、手をつないでいても、秘密の会話を交わしたとしても、誰も気に留めないだろう。

わかったことも、口に出せることも、できることも、まだほんのわずかしかない。それでも、その小さなかけらを分かち合える相手がいることに、ロモラはいまいちど感謝した。

「最近、気づいたことがあるの」

「え？」

「わたし、ニジンスキーに出会う前に、婚約者がいたの。でもわたし、その婚約者じゃなくて、たぶん彼のお母さんに一目惚れしたんだと思う」

フレデリカは足を止めて微笑んだ。「そのとき、もしその想いを自覚したとしても、あなたはニジンスキーを追っかけてパリやロンドンの劇場に通ったでしょうね」


平穏な日々が訪れつつある一方、問題は山積みだった。リアに依存していた数年分におよぶニジンスキーの入院費も、未払いのままだった。サナトリウム側はいまのところ支払いを待ってくれてはいるが、それも時間の問題だろう。

散歩の最中も、つい金勘定を始めてしまう。楓の下をとめどなくぐるぐると回っていると、フレデリカに肩をつつかれた。

「そろそろ、書いたらどう？」

書く？

きょとんとしているロモラを、彼女は呆れ顔で見つめ返した。

「計画していたじゃない。ニジンスキーの伝記。書いて、売って、お金にしましょう」

「でも、まだディアギレフに許可を取ってなくて……」

「ロモラったら」フレデリカは青白い眉間に小さな皺を寄せた。「あなた、リアと暮らしていたときはそれどころじゃなかったものね。わたしが何度、新聞記事を見せても生返事だったたっけ。けど、さすがに忘れてはいないでしょう?」

小さく息を呑む。押し込めていた記憶がはじけ飛び、目の前に漆黒の見出しの文言がおどり出た。よたよたと足をもつれさせて、楓の幹にもたれかかるロモラを、フレデリカは背中から抱きしめるように支えた。「ロモラ、どうして……。人ってわからないものね」驚きの声はだんだんと弱まり、ロモラの耳に彼女のやさしい声がすべりこんだ。「泣いているの?」

一九二九年八月十九日。

セルゲイ・ディアギレフは、いつものヴェネツィアでの休暇中に急激に体調を崩して亡くなった。

最後の恋人たちであるボリス・コフノとセルジュ・リファールがその死を看取《みと》り、パトロネスのミシア・セールとココ・シャネルが葬儀代をすべて持った。世界の新聞が巨星の死を一面で報じ、亡骸はヴェネツィアのサン・ミケーレ島にあるロシア正教会の墓地に葬られた。

ディアギレフがいなくなれば、カンパニーは空中分解するだろう。そのロモラの予感は的中した。優秀なダンサーも振付家も大勢在籍していたのに、セルゲイ・グリゴリエフは翌九月に再契約なしの通知を関係者に送った。事実上の解散宣言だった。失業したダンサーやスタッフには厳しい生活が待ち受けていたが、バレエ・リュスはディアギレフあってこそのカンパニーだ、というグリゴリエフの判断に異議を唱える者はいなかった。彼の唯一無二のパーソナリティなくして、このバレエ団は存続し得ない。

プロデューサーが生を終え、愛することをやめたとき、彼が築いた拠点地なき帝国もまた終焉を迎えた。


その後、バレエ・リュスを惜しむ世の中の声に応じて、残された人びとはそれぞれの形で作品の再上演や団の再結成に向けて尽力した。一九三二年には、団の振付家のひとりであったジョージ・バランシンを初代芸術監督とするバレエ・リュス・ド・モンテカルロが誕生していた。パフォーマーたちは、さまざまな手段でバレエ・リュスの芸術の保存と継承をはじめていた。

だが、ファンのまなざしからあの黄金時代を書き留めておくこともまた必要なはずだった。なにしろニジンスキーには映像が残されていない。誰かが語らなければ、あれほど多くの観客を虜にした彼の伝説は消え去ってしまうかもしれない。


再びロモラはペンを執った。

何から始めよう。心に浮かんだのはやはり、自分が最初に観た彼の姿だった。


「しなやかで……

猫のようで……

いたずらっぽくて……

キュートで……

羽根のように軽く……

鋼のように強く……」


一九一二年三月、ブダペスト。舞台の上で鳥のように翔び、女のようにしなを作り、生き生きとステップを踏むアルルカンを思い出しながら、ひとつひとつ言葉を選び取っていく。

ハーバード大学を卒業したばかりの若い芸術愛好家リンカーン・カースティンが、ゴースト・ライターをつとめたいと名乗り出てくれた。英語ネイティブであり、かつ文才に恵まれた彼の力を借りて、伝記の執筆は順調に進む。彼はロモラから巧みにことばを引き出し、文章に磨きをかけていった。

着実に増えていくページを見つめながら、ロモラは、アメリカじゅうの書店にこの本が並ぶ姿を幾度も空想した。無事にそのときを迎えられたら、献辞にはフレデリカの名前を書きたい。


フレデリカがよく笑いながら咳き込む理由を知ったのは、ニジンスキーの伝記が形になりはじめた頃だった。少女の頃から肺結核を患っていて、もう何度もサナトリウムで療養生活を送っているという。しばらくは小康状態が続いていたが、ニューヨークの乾燥した気候もあいまってか、一九三二年の冬は大きく調子を崩してしまった。

「あなたの伝記の完成を待っていたいけど、この調子だと、いつどうなるかわからない」

かすれた声で、そう淡々と言った。

もちろん、だからといって一緒に死んでほしいとは言わない。夫と別れろとも言わない。むしろ、絶対に別れてはだめ、と彼女は言い張った。

「別れた妻が書いた元夫の伝記じゃ意味がないの。わたしはそれでもいいと思うけど、世間はまだそれを理解できないから。真実は、わかる人にだけわかるように書けばいい」

表向きは、ドラマティックなラブ・ロマンスのように見せるべき。フレデリカはそう断言した。たしかにそれが妥当には違いない。だが、ロモラの方は申し訳なく思っていた。相手は自分のためにに恋人と別れてくれたというのに、自分が彼女のために差し出せるのは本の献辞の一行だけで、それ以外に口に出せることばはすべて夢物語にすぎない。

「小さな家を買って、一緒に暮らしたいね」

フレデリカはただ笑うのだった。そうだね。

「みんな死んだら、天国で、わたしと、あなたと、ニジンスキーと、三人で暮らせればいいのに」

フレデリカはまた笑うのだった。そうだね。

故郷ブダペストにいるエミリアには、こんな手紙を綴った。

「わたしはもう、自分が男の子か女の子かわからないの」

男の子か女の子かわからない。ハンガリーの古いことわざで「わけがわからないほど忙しい」という意味だ。しかしそこには、暗にこめられた別の真意があった。これも「わかる人にだけわかる」ことばだ。エミリアは果たして、何かを察してくれるだろうか。

こうも書いた。

「すべての人間には、自分の人生を耐え抜くために、できる限り自身を整えるという大事な権利と義務があると思うの。外国で、自分をサポートして生きなければならないときは、なおさらそう。だから、わたしは自分の息が絶えるまで、ただ自分の義務に専念するだけ」

ブダペストでの軟禁生活中にニジンスキーが放ったあの忘れがたいことばも、カースティンに伝えて伝記のなかに挿入してもらった。

「もしきみが、ぼくよりもずっと愛する相手に出会ったら、すぐにぼくに話してほしい。もしその人がきみの愛を受けるにふさわしければ、ぼくはどんなことでもしよう」——カーステインから受け取った草稿を読み返しているなか、ロモラは息を呑んだ。ひょっとしたら、ニジンスキーはこのことばを口にした頃、すでに疑念を抱いていたのかもしれない。妻にとって自分は性愛の対象ではないかもしれない、と。彼自身は、ひとりの男性として、わたしの身体をきちんと愛してくれたのに。わたしを慈《いつく》しんで、欲して、一体になることを望んで、そのために精一杯の努力をしてくれたのに。わたしはそれにまったく応えられていなかった。応えられる相手に出会って、はじめてそれに気がついた。

ごめんね。わたしはあなたの愛を前に、ニンフのように身をすくませるしかなかった。ありがとう。そんなわたしのために、いつでも逃げ去れる道を作ってくれて。

草稿を読んでもらおうと、ロモラはフレデリカの部屋を訪ねた。

フレデリカは肘掛け椅子にもたれて眠っていた。長方形の格子窓が外に向かって半開きになって、月影と夜風がカーテンをもてあそんでいる。乾燥した冷たい空気は、彼女の肺に悪い。行って閉めようとしたところで、カーテンが袖幕のようにひるがえって、大きな影がひらりと部屋に飛び込んできた。びっくりして、一歩飛び退く。あまりにあざやかなジャンプなので、猫かと思った。だが、小さな着地の音に遅れて、紅薔薇の花びらが一片、くるくる小さな弧を描きながら彼女の足元に落ちた。

「――プティ」

思わず、声が出た。

切れ長の眼を月光と同じ黄金色に光らせて、薔薇の精は、膝を深く沈めたグラン・プリエの姿勢のままでロモラを見ていた。呼吸にあわせて、微かに肩が上下している。少しおびえているようにも見えた。目当ての少女の部屋に飛び込んだら、まったく別の少女に出くわしたかのように。あるいは、同じ少女目当てでやってきた別の男に出くわしたかのように。またあるいは、窓を飛び越えるつもりが、あまりに大きなグラン・ジュテを決めたせいで、うっかり舞台の向こうの客席に降り立ってしまったかのように。

踊って、とうながすように、彼女は草稿を持った手を部屋のなかに大きく伸べた。少しの沈黙のあと、彼は姿勢を正し、優雅にお辞儀をして、再び舞いはじめた。カルル・マリア・フォン・ウェーバーのワルツが夢見るように流れだし、彼の脚が三拍子のステップを刻む。羽根のように軽く、鋼のように強く、しなやかに、猫のように。

ロモラは『薔薇の精』の振付を完璧に記憶していた。タマラ・カルサヴィナとニジンスキーが踊るこの十分足らずの小さな作品が、本当に大好きだった。もうすぐ、薔薇の精が少女を起こす。あと二十秒、あと十秒、あと五秒。いつもこの瞬間を、息をつめて待っている。眠る少女が、薔薇の精の色香に操られるように、ゆっくりと起き出す瞬間を。

フレデリカが、ふっと薄目をあけた。椅子にあずけていた背を起こした彼女が、薄明かりのなかで見つめ返したのはロモラ自身だった。薔薇の蔓が自分の腕や脚をとりまき、蕾が割れては花弁を広げ、身体じゅうから甘く濃厚な香りが漂いだすのをロモラは感じた。万感の幸福が全身をつらぬいた。

「芸術って、すごい……」

ロモラの唇から、ことばがこぼれ出る。フレデリカはきょとんとして、それから空咳といっしょに小さく笑った。携えていた草稿を、ロモラはキスの代わりに彼女の膝の上にそっと置いた。フレデリカが自分の名を刻んだ献辞に手を触れようとしたそのとき、にわかに窓から強い風が吹きつけて、草稿が天井にまで舞い上がった。

『ル・カルナヴァル』が、『牧神の午後』が、『春の祭典』が、『ティル・オイレンシュピーゲルの愉快ないたずら』が、そしてサン・モリッツで披露した名もなき戦争の踊りが、ことばとなって、物語となって、花びらとなって、舞い散るように彼女たちの肩に降り注いだ。四十一年の人生が、いつまで続くともわからない長い帰路に向けて、ゆっくりと折り返しをはじめるのを、ロモラ・ニジンスキーは静かに感じていた。

ACT
3

Prelude

ことばを、失った。

しなやかで……
猫のようで……
いたずらっぽくて……
キュートで……
羽根のように軽く……
鋼のように強く………

ロモラ・ニジンスキーがそんな風に〝プティ〟を語ったのは、二十年以上前のことだ。
しかし。

一九五八年十一月。
四十八年前にとある若き作家の卵がイギリスで感知した変化が、ドーヴァー海峡をわたり、ライン川を横断し、虹色の渦を巻きながら大都市をめぐり、未曾有の大津波となって、ユーラシア大陸東端の島国の武庫川《むこがわ》下流にある歌劇場にまで到達していたことを、彼女はまだ知らない。だからこそ、彼女は再びことばを失った。

オーケストラ・ピットの暗がりから、波面《はめん》のように揺れながら立ち上がるメロディに、彼女は耳をそばだてた。

「ホフマンの舟歌」だ。オペラ『ホフマン物語』のなかで、主人公の詩人が、ヴェネツィアの娼婦ジュリエッタに想いを寄せる場面で歌われる。

この東洋の一国にも、劇場付の専属オーケストラがあり、かように豊かな音色を奏でているのだ。年季の入った批評眼を鋭く光らせて、彼女はいまいちど巨大な劇場を見渡した。収容人数は四千人といったところか。ニューヨークのメトロポリタン歌劇場や、往年のベルリン大劇場にも引けを取らない。指揮者ヘルベルト・フォン・カラヤンやボリショイ・バレエ団の来日公演にも使われているという。しかもこれほど立派な劇場が、大都市の中心部ではなく、大阪から三十分ほど列車に揺られた先の山間の終点駅にあって、連日の満員御礼を記録しているのだ。

観覧車やコーヒーカップ、トラやシロクマの檻、プールやボート池、さらに小さなロープウェーまでも備えたファミリー用のレジャー施設の南端に、この劇場のエントランスが姿を現したとき、彼女は驚きとともに一抹の不安をおぼえた。ひょっとして、観光案内所で職員がさかんにすすめてきた〝タカラヅカ〟とは、子ども向けのお遊戯を演《や》る劇団なのだろうか？　しかし、公演ポスターにはハリウッドの映画ポスターばりの美男美女の姿が描かれ、客席は髪をピンクのリボンで結んだおすまし顔の少女たちと、銀杏《いちょう》柄のキモノやカラフルなサックドレスをまとった大人の女性たちでひしめいている。

——いったい、何が始まるのだろう。

幕が上がり、舞台上に現れたのは、ひとめでヴェネツィアとわかる背景とセットだった。アドリア海を仰ぐように建つサン・マルコ寺院。黄色の灯りをともしたゴンドラ。日暮れの運河にかかる大きな橋とその影。三日月型の微笑をくりぬいた黒い仮面を付けた人びと。中世やロココ風の朱色や紫色のドレスの裾をひるがえして踊る若い娘たち。彼女はすぐに、それが謝肉祭《カルナヴァル》の光景であると見抜いた。

タイトルは『戯れに恋はすまじ』。十九世紀前半生まれのフランスの戯曲家、アルフレッド・ド・ミュッセの作品だが、この〝タカラヅカ版〟は、原作の設定を大きく改変していた。合唱付きの演劇をミュージカル仕立てにし、舞台はフランスの一地方から十九世紀末のヴェネツィアに置き換えている。

眼前に広がる風光明媚な水の都の一景に、彼女は眼尻の皺をさらに深くした。

ここは理解できる世界。彼女がすでに知っている世界だ。彼女もまた十九世紀末に生まれ、旧き良きヨーロッパの残照のなかで育った。ヴェネツィアの美しさはいまも昔も変わらないが、あの時代はもう還ってはこない。ジャック・オッフェンバックの優雅なメロディにくるまれた、偉大なる前世紀の記憶。

でも。

——こんな人は、知らない。

「星かげあわく　街の灯は水にゆれ……」

ヴィオラとチェロのはざまのような、涼やかで凜とした、神秘的なトーンの歌声が聞こえるやいなや、客席の空気が熱を帯びた。舞台の全景を泳ぐようにさまよっていた観客たちの視線が、にわかに一点に集中する。

橋の上に立ち、ゆっくりと歌い出したのは、ひとりの〝男性〟だった。

ウエストを絞ったフロックコートと白のスラックスが、脚の長さを際立たせる。コートの裾を八の字にひるがえし、橋の上をゆったりと大股で歩いていく。ひと目で主役とわかる堂々たる風格と、故郷の風景を追う儚げなまなざしのコントラストに、客席のあちこちから嘆息がもれる。

「ゴンドラは行く花につつまれて　ベニス　ベニス　水のベニスよ　忘れられぬ水の都よ……」

本作ではロベルトと名を改めているこの主人公は、ウィーンで学位を得て帰郷したばかり。同じく故郷に戻って間もない幼なじみのいとことの結婚を期待されているが、彼自身は都会でプレイボーイに成り果てており、身を固めることに興味がない。遊び人ならではの軽薄な色気と、純愛にあこがれる本心を交互に匂わせつつ、最初のナンバーを歌う。いかにも正統派のラブ・ロマンスらしい幕開けだ。

でも。

――こんな人は、知らない。

男のなりをしてはいるが、生まれながらの男性ではない。しなやかな曲線を描く腰回りも、細い指の先できらめく小さな爪も、ソフトでまろやかな声を放つ喉も、明らかに女性の肉体だ。太く優美な眉も、濃いブルーのアイシャドウも、スポットライトに照らされてつやを増す朱色の口紅も、決して、本物の男性の姿に近づけるための化粧ではない。

それなのに。この役者は、ウィーン帰りのプレイボーイの青年を完璧に憑依させている。悪友のアルフレッドと軽口を叩きあい、小間使いの娘にちょっかいを出し、立て襟の陰でキザったらしく笑い、軽薄な恋の戯れの果てに真実の愛に目覚めてゆく。なんという妙技だろう。身体とは異なる性を「役」としてこんな風に表現するだなんて。

いや、……。

彼女の記憶が、にわかに逆流をはじめた。

知っている。わたしはこんな人に人生でただ一度、出会ったことがある。

一九一二年三月、ハンガリー・ブダペストの劇場で。

その人は、黒い仮面の下に、女そのもののような薔薇色の微笑みを浮かべていた。

「似ている……」

彼女は思わず、声を漏らした。

切れ長の眼と目立つ頬骨ゆえに「日本人」というあだ名さえつけられていたかの人だ。舞台の上の日本人を見て、彼を思い浮かべるのは当然かもしれない。実際、伏し目になったときの表情はそっくりだ。小さくきらめく瞳がまぶたに隠され、長い睫毛が頬にまで濃い影を落とし、哀愁と色気を醸し出す。

でも、似ているのは顔だけではない。

男性でありながら女性。女性でありながら男性。生まれながらの性と、役柄としての性。いったいどちらが本物で、どちらが仮面なのか。見つめているうちに、妖しげな混乱に誘い込まれていく。

これは、往年のワツラフ・ニジンスキーの表現スタイルそのものではないか。

もし、彼女がハンガリーではなく日本に生まれ育っていたとしたら。

彼女はすでに、学校の噂話で、あるいはここに連れてきてくれた女友達からの耳打ちで、ひととおりの知識を叩き込まれていただろう。「宝塚歌劇ファン」として遵守《じゅんしゅ》すべきすみれ色のマナーを。入待ちと出待ちの場所を。整列の方法を。拍手のタイミングを。ファンレターの送り先を。あらゆる抜け駆けのご法度を。

「決して、本人に近づきすぎないこと」

そう、近づきすぎてはいけない。許されるのは喝采だけ。『歌劇』や『宝塚グラフ』や『おとめ座』の読者欄への投稿だけ。指定された場所で、スタッフに監視されながら交わす十数秒ほどの握手とおしゃべりだけ。最大限に無難なファンアートを隅にしのばせた手紙や、許される範囲でのプレゼントだけ。公式グッズの購入などの許可された消費活動だけ。美しいわたしで。美しいあなたで。「ファンです」「ありがとう」「また観に行きます」「ありがとう」。もし顔や名前を覚えてくれたら、プレゼントを身に着けてくれたら、とてもうれしいけれど。それ以上を望んではだめ。


なにしろ彼女が心奪われたそのひとは、ときの宝塚歌劇団のファンなら誰もが知り、誰もが憧れる、稀代の大スターだった。

明石《あかし》照子《てるこ》。愛称「テーリー」。

――宝塚歌劇団、雪組男役トップスター。


彼女はすでに理解していた。

バレエ・リュスの花形スターだったワツラフ・ニジンスキーに対して、若き日の自分がどれほど愚かな行為に走り、それがどれほどの過ちに結びついたか。人生を悔いてはいない。だが、もう二度とあんな真似はすまい。四十代、五十代と歳を重ねるなか、彼女は己に課した戒律を厳格に守り続けた。大丈夫だ、という確信もあった。ニジンスキーに並ぶほどのアーティストは、もう二度とこの世に現れないのだから。
実際、あのアルカンとの出会いから半世紀近くの歳月を経てなお、彼女の〝プティ〟は人生でただひとりだった。世界を駆けめぐって仕事をするなかで出会ったどんな一流のダンサーとて、歌手とて、役者とて、ニジンスキーほどには彼女の魂を揺さぶらなかった。

しかし、出会ってしまった。

四千の客席から潮騒のごとく起こる拍手とどよめきが、うっすらと汗を帯びた額の下の燦然《さんぜん》と輝く笑顔が、黒真珠のようにきらめく神秘的な東洋の瞳が、彼女の心の誓いをあっけなく破壊した。

ときは一九五八年だった。そして彼女は一八九一年生まれの六十七歳の女性ロモラ・ニジンスキーだった。言霊が暴発する条件は揃っていた。万雷の喝采を受け、腕を翼のように天高くひろげ、白鳥が嘴を湖面に浸すように身をかがめる、その男とも女ともつかない異形のきらめきを、ただなんとか理解して安心したいという衝動に駆り立てられた彼女は、ジャック・オッフェンバックの愛の調べを胸にかき抱きながら、取り返しのつかない一言を世界に放った。

「結婚したい……‼」

1　六十八回目の秋

「結婚したい、結婚したい、結婚したい……」

薔薇色の肘掛け椅子にもたれながら、ロモラ・ニジンスキーは数週間前に獲得したばかりのことばを何度も口にしていた。繰り返すごとに、ことばは迫力を増し、彼女の胸のつかえは下りていった。そう、そうなの、結婚したいんだ、わたしは。

結局、日本旅行の間には、あの男装の女優にじかに会うことができなかった。

「そのカメラで、一緒に記念写真を撮ってくれない？」

終演後、旅の連れのポール・ボーフス・ヴィラコジにささやくと、彼はすぐさま劇場の出口に佇む係員のところへ飛んでいった。かつてニジンスキーが付けた「鬼火のポール」というあだ名にふさわしい電光石火ぶりだった。ロモラの父方の遠い親戚であり、遠い昔、パリでの困窮生活から一家を救ってくれたこの富豪の紳士は、いまや年の半分はロモラとともに過ごし、秘書のごとく彼女に付き従うようになっていた。最近はアマチュア・カメラマンを名乗り、この日も、東京で買ったばかりのニコン製の新型一眼レフを自慢げにぶらさげていた。

ところがしばらくして、彼は肩を落として帰ってきた。多忙なトップスターたる明石照子は、舞台からはけるやいなや、次の仕事のために放送局に行ってしまったのだという。

結局、あの大劇場に心を残したまま、ロモラは現在の居があるサンフランシスコに帰ってきた。

日本を訪問したのはほんの気まぐれだった。フランスのロワール地方で予定していた撮影の立ち会いがキャンセルになり、つかの間の暇を持て余した彼女は、古城観光に出かけようとホテルのロビーでレンズを磨いていたボーフスにこうささやいた。

「シャンボール城もいいけど、ちょっと日本に行ってみない？」

「日本⁉」彼は飛び上がった。「〝ちょっと〟で行ける場所だと思っている？」

そう驚くこともあるまい。涼しい顔のまま、ロモラはコンシェルジュを手招きして、フライトの手配を相談しはじめた。日本にはかねてから興味があった。ニジンスキーは葛飾北斎の画の大ファンで、いつか日本をテーマにしたバレエを作りたいと何度も語っていたし、彼女自身も、若い頃からパリのギメ東洋美術館で仏像や宝飾を見るのが好きだった。ロックフェラー医学研究所に勤めていた医師の野口英世や、フランスに帰化した画家のレオナール・フジタとは対面したこともあった。

おまけに、この国の昨今のめざましい発展は世界じゅうから注目を集めている。第二次世界大戦に敗《ま》け、二十五パーセントもの資産を失いながら、日本はアメリカ合衆国をはじめとする連合国の占領統治を経て息を吹き返した。隣国で起きた朝鮮戦争の軍事特需によって経済は完全に復活し、欧米のバレエ団やオーケストラの世界ツアーでも、アジア圏の訪問地といえばまず日本が選ばれている。首都・東京は夏季オリンピックの開催地として名乗りを上げ、一九六〇年の開催権争いはローマに破れたが、次の一九六四年こそは最有力候補だろうとささやかれていた。

教育水準も想像以上に高いようだ。東京国際空港行きの飛行機のなかで、ロモラに話しかけてくる若い日本人の客室乗務員がいた。「ミセス・ニジンスキー。……ひょっとして、あの有名なバレエ・ダンサーのご関係の方ですか?」訊くと、彼はなんと母国の学校の授業でニジンスキーの名前を教わったのだという。

まさか、市井《しせい》の青年にまでニジンスキーの名が知れ渡っているなんて。

すっかり気を良くしたロモラは、降り立った東京の街を踊るように闊歩し、秋空に映える竣工間近の東京タワーをまぶしげに仰いだ。

だが……。

この東洋の一国に対するロモラのぼんやりとした憧れは、あの兵庫県宝塚市の劇場で生きた現実となった。

宝塚歌劇団、雪組、男役、タカラジェンヌ、大階段、銀橋、シャンシャン……

つい先日までは知らなかったことばが、いまは彼女の心臓の真ん中で熱く脈を打っている。もっと知りたい。〝タカラヅカ〟という世界を。そしてその世界のトップスターとして君臨する〝テーリー〟を。現地で得た情報とかき集めた資料を駆使して、彼女は猛烈な勢いでエッセイを書いた。それはロモラ流の「宝塚観劇レポ」だった。

「ザルツブルク、バイロイト、エディンバラ音楽祭さながらの芸術のメッカとして、何百万人もの劇場ファンが宝塚の温泉街を訪れます。三つの劇場、たくさんのレストラン、子どもの遊び場、植物園、動物園、競技場——。〝ムラ〟には旅館や食事処もあり、飛行機や電車で簡単にアクセス可能。演目はゴージャスで演出も巧みです。衣裳も背景も実にすばらしく、優秀なディレクターと舞台美術担当がいることがわかります。舞台上には廻り舞台の装置があり、役者たちは三方から登場します。古典的な歌舞伎風の芝居だけでなく、モダンな西洋風のオペレッタも上演されています」

書き始めると止まらない。勢い、彼女はテーリーについても熱く筆を走らせた。

「この歌劇団のなかでもっとも輝きを放つ美しきスターは、男役を演じている若き明石照子です。彼女は大きな才能に恵まれた、深みと強さを兼ね備えた演技派の女優で、コミカルな役どころも巧みに演じます。ビロードのように美しいメゾソプラノの持ち主で、優れたダンサーでもあります。日本の歌舞伎風の芝居を演じる彼女は、西洋の若い青年を演じるときと同じくらいに魅力的。日本じゅうが彼女を崇めており、劇場に来るすべての女性や若い娘たちが、彼女が扮した青年の放つ色香の魔法に惚れ込んでしまうのです」

気づけばエッセイは五枚にもなっていた。

五百メートルを全力疾走したかのように、ロモラは再び肘掛け椅子に倒れ込み、頭を天に向けて大きく息をついた。

書くことで欲望を昇華できるようになったのは、これまでの人生経験の賜物《たまもの》だろう。だが、ペンを置いても、彼女の胸にこみあげた昂奮はおさまらなかった。「色香の魔法に惚れ込んでしまうのです」——むしろ紙に落とし込んだことばが新たな導火線となり、想いは噴煙をあげて燃え上がるばかりだった。

また行かねば。あの宝塚の〝ムラ〟に。もう、客席からあの姿を仰ぐだけでは済まない。今度こそは、かのテーリーとじかに会わなければ。

舞台の上の人には、すぐには対面できない。これもまた人生経験の賜物として、彼女はよく理解していた。ニジンスキーのときも、はじめてことばを交わすまでにどれほど時間がかかったことか。

それにもかかわらず、ロモラは確信していた。願いは遠からず叶うだろう、と。

もはや自分は、あのときのような二十歳そこそこの〝ブダペストのお嬢さま〟ではない。あと数年で七十歳になろうという、欧米のバレエ業界で知らない者はいない名士——ロモラ・ニジンスキー未亡人なのだから……。

彼女の夫——ワツラフ・ニジンスキーは、一九五〇年四月八日にロンドンで生涯を終えた。長らく悪化の一途をたどっていた彼の精神状態は、一九二九年にビンスヴァンガーのサナトリウム〝ベルヴュー〟に再入院して以来、ゆるやかに持ち直していた。アメリカの居を畳んでヨーロッパに戻ったロモラは、当時の最新の治療法であったインシュリン療法を試させたり、高額な治療費の確保のために「ニジンスキー基金」を設立したりと、さらなる回復のために奔走した。

しかし、一九三九年に勃発した二度目の世界大戦がロモラの希望を打ち砕いた。アメリカに行こうとすれば、精神病患者にはビザは発行できないと拒絶される。やむなく故郷のブダペストに帰れば、「敵国人」が今度は何をしに来たのかと街の人びとから冷たくあしらわれる。郊外の小さな精神病院に入院させれば、精神病患者を皆殺しにせよという命《めい》がドイツ軍によって下され、オーストリア国境沿いの小さな町ショプロンに身を隠さざるを得なくなる。ロモラはニジンスキーを守るために身体を張る日々を送った。

そんなふたりの生活を陰で助けたのが、ポール・ボーフス・ヴィラコジだった。彼は隠れ家を探したり、食料を調達したりと、ロモラが恐縮するほど献身的に力を尽くしてくれた。

ボーフスは、ハンガリーに所有する広大な土地を運用しながら、オーストリアやフランドルのバロック絵画を研究する道楽者だった。資産家でこそあったが、ニジンスキーと同じく反戦主義者で、かつ反ナチス・ドイツの立場を表明しており、当局から危険人物としてマークされている身である。遠縁の親戚夫婦を助けるほどの余裕はないはずだった。「どうして」とロモラが尋ねると、彼は意を決したようにこう答えた。

「……実は、あなたが好きだったんです。子どもの頃からずっと」

にわかに彼女の眉間に警戒の暗雲が広がるのを見て、ボーフスはたちまち取り乱した。「あ、違う。そうじゃない。うまく言えない。ふさわしいことばがないんです。探そうとしましたが、あきらめたんです」戦禍を機敏に立ち回る日頃の頼もしさとはうってかわって、彼は震える肩に首をうずめ、蚊の鳴くような声を出した。「ご安心ください。ぼくはあなたの望まないことは決してしませんせん。ただぼくは、……あえて言うなら、あなたの夫のことも愛しているんです。あなたに対する気持ちと同じくらい、いや、もしかしたら……」

内気な子どものようにまごつくボーフスを前に、ロモラはしばらく沈黙した。目の前の男性への恐れは消え去り、小さな驚きと喜びがゆっくりと胸に満ちていった。まさか、自分の親戚のなかに、自分と限りなく似た魂の持ち主がいたとは。この人は、ことばを無理に探し当てないために、今までどれだけ強くしなやかな魂を必要としたのだろうか。ボヘミアン生活を愛する富裕の独身男という隠れ蓑をまといながら。

そういう人であるならば、むしろ共に助け合っていけるだろう。

表向きは、夫婦とその遠戚の男。真の姿は、互いの心と肉体の秘密を守り合う、名もなき三人の同志として。

終戦後、ようやく平和な日常を取り戻した彼らは、昔からニジンスキーの支援者が多くいるイギリスに移住した。最後の日々は平和そのもので、よもやちょっとした体調不良がニジンスキーを死に至らしめるとは、ロモラも周りの人も想像していなかった。死から六日後にロンドンの聖ジェームズ寺院で行われた葬儀には、バレエ・リュス時代の同僚や後輩が多数参列した。現役時代の名パートナーだったタマラ・カルサヴィナ、ひそかにニジンスキーに恋していた振付助手のマリー・ランベール、ちょうどニジンスキーのもとに遊びに来ていた後輩セルジュ・リファールが彼の棺を見送り、世界じゅうのメディアが天才の死を大々的に報じた。

未亡人、ロモラ・ニジンスキー。

そう呼ばれることに、ロモラはいつしか慣れていた。いまでは一シーズンのうちに何か国をも飛び回り、ニジンスキーやバレエ・リュスに関連するテレビや舞台の企画に名を連ねる多忙な日々を送っている。活動拠点のサンフランシスコの大学からは舞踊学の教授として、アート・センターからはキュレーターに就任してほしいというオファーも受けていた。ボーフスが彼女の秘書役を買って出てくれているおかげで、「男の子か女の子かわからない」ほどのめまぐるしい生活が成り立っていた。

ロモラといえばニジンスキー。ニジンスキーといえばロモラ。もはや世間は何の疑いもなくそう思っている。

しかし、彼女自身はひそかにこんな想いを抱いていた。

もう何十年も前から、自分はすでに未亡人だった、と。

フレデリカ・デッェンチェ。

その名は、いついかなるときも、ロモラの心から離れることがなかった。

去る一九三三年。彼女は、持病の結核で若くして亡くなった。

はじめて関係を持った女性リア・デ・プッティも、はじめての女性の恋人であるフレデリカも、彗星のごとくロモラの前に現れ、そしてわずか数年でいなくなってしまった。彼女たちとの関係も共に過ごした日々も、ほとんど誰にも知られぬまま、記憶と想いだけがロモラの魂に残り続けた。フレデリカの死の翌年に刊行された彼女の初著書『ニジンスキー』に刻まれた「フレデリカ・デッェンチェの思い出に捧ぐ」という献辞だけが、公にされた唯一の愛の記録だった。「彼女の愛情と友情なしにはこの本が書かれることなし」——

伝記は売れた。出版社やロモラ自身の想像をはるかに超えて売れた。『ニューヨーク・タイムズ』紙の「週間ベストセラー」コーナーでは一年以上にわたってランクインを続け、メディアもこの伝記をこぞって紹介した。「ニジンスキーの驚異のストーリー、偉大なるダンサーの妻が綴る注目すべき伝記」——世の求めに応じる形で、一九三六年にはニジンスキーが書いた手記の英訳抜粋版、没後の一九五二年には伝記の続編である『その後のニジンスキー』も刊行された。

この伝記によって高まったのは、ニジンスキーの名声だけではなかった。ロモラもまた、天才を支える良き妻として、あるいは彼の活躍を活写する優れた広報人として世に知られるようになった。そして本が売れれば売れるほど、「ニジンスキーの妻」という彼女の肩書は盤石になった。

「わたしは自分がとても大事にされていると感じた。ニジンスキーに対する恐れは消えた。人間として魅力的で、すべてにおいて優しくて、あふれるばかりに善良で、美しい人。だからこそ、ニジンスキーがわたしと夜を過ごすことを選んだ夜、わたしは自分を幸福という名の祭壇へ捧げるかのように感じたのだった」——

これほど美しい初夜の場面に出くわせば、誰もがロマンティックなラブストーリーを読んでいる気になるだろう。だが別のシーンでは、ロモラは大胆なまでに自責の念をむき出しにした。「わたしは、わたし自身のためにこそニジンスキーを変えてしまいたかった。だが、ずるいことにわたしは、自分が利己的ではないかのような祈りを捧げて、それによって神を欺《あざむ》いていた。全知全能の神は性的な関係においてオーソドックスな行為を望んでおり、自分が創造した形を認めないだろうとわたしは考えていたのだ」

オーソドックスな行為――つまり異性間のセックスこそが倫理的に正しく、だからニジンスキーは女性と結ばれるべきだと一途に信じているヒロインのロモラを、著者としてのロモラはときに批判的に描いた。ニジンスキー自身にもこんなセリフを堂々と言わせた。
「ぼくは、人生で経験するすべてのことは、真理を追い求める態度を持ち続けているかぎり、必ず精神を高めるものだと信じているから。だからぼくは、セリョージャとの関係を悔やんではいない。たとえ道徳家たちが非難の声を浴びせようともね」

伝記には、若き文筆家リンカーン・カースティンの手が多く入っていた。のちにジョージ・バランシンと共にニューヨーク・シティ・バレエ団を設立し、興行主としても精力的に活躍する人物だ。ロモラの共犯者としての役割を全うすべく、彼はゴースト・ライターとしてペンをふるい、深読みを誘う絶妙な表現を探し当てた。彼はバレエ・リュスの熱狂的なファンであり、詩人のウィリアム・プルーマーや作家のローレンス・ヴァン・デル・ポストらといった若い文化人たちで構成されるゲイフレンドリーなコミュニティの中心メンバーだった。自分の仲間たちを「本当の血でつながった一族」と呼ぶ彼は、いつも同志たちのために惜しみなく愛を注いでいた。

本当の血でつながった一族――。
カースティンの信念は、ロモラ自身のそれによく似ていた。
ロモラは、自分が恵まれた環境に生まれ育ったと自覚していた。実家から受けた経済的な恩恵や教育に感謝の意も抱いていた。だが、それと愛とはまた別だとも考えていた。家族だから、血が繋がっているからといって強制される愛などない。あるのは、自ら選ぶ愛だけだ。父親のカーロイや叔母のポリーのことは愛していたが、それは血がつながっているからでも、法的に結ばれているからでもない。あくまでも人間として慕っていたからだ。ふたりの娘たちとも、今では手紙をやりとりしたりおしゃべりを交わす機会が増えたが、それも彼女たちが大人になって、友人のように話ができる間柄になったからだ。

そうした考えがこの世にあるのだと、自分の家族にそうした考えの持ち主がいるのだと、おぼろげにでも理解してもらうしかない。フレデリカとの関係を不思議がる母親のエミリアに、彼女はときとしてこんな反論の手紙を書き送ることもあった。

「わたしは、母親や子どもに対する生まれ持った愛ではなく、自由意志でもって選んだ人に対する愛について言っているの。わたしにとっては、ワツラフとフレデリカだけがそういう人でした。彼らはふたりとも、心と魂に善をもっています」

しかし、そんな啖呵《たんか》を切ったはずのロモラ自身が、いま再び揺らいでいた。

現在のロモラは、法的なパートナーと死別した人間だった。その変化が、ロモラの人生に思いがけず新たな光を投げかけつつあった。

彼女はいま、れっきとした独身女性だ。しかも、そうなってからすでに八年が経っている。日本訪問によってにわかに生まれた新しい可能性が、否《いや》が応《おう》でも胸をうずかせる。

再婚——。

一九五〇年代。同性同士の婚姻が認められている国は、世界のどこにもない。

だが、同性同士が法的に結ばれるための代替手段はないわけではなかった。誰かと人生のパートナーシップを結ぶ。そのような考えは、この八年間まったく彼女の頭にのぼらなかった。彼女が考えてきたのは、亡きニジンスキーの偉業を彼女自身の手で後世に伝えるという一点だけだった。その仕事において自分はどこまでも自由で、やっとこの歳になって、自分が望む自分になれたような気がしていた。

それなのに。そんな気ままでしたたかなロモラ・ニジンスキーはどこかに吹っ飛んでしまい、いまは肘掛け椅子にぐったりと身をあずけて、あの男装の麗人《れいじん》のことばかり考え続けている。もし、あの薔薇をわが手に抱くことができたら。いや、タカラヅカならば、すみれの花と呼ぶべきだろうか……。

障壁は、舞台の遠さではない。日本の遠さだ。

飛行機を列車のごとく気軽に乗りこなすロモラといえど、太平洋を越えるとなれば、さすがに新作公演のたびに〝ちょっと〟出かけるというわけにもいかなかった。まずは手紙を書こう、と彼女は思い立った。かの愛しきテーリーは、英語かフランス語が読めるだろうか。読まれずに放置されては困る。日本語ができる人を探さねばならない。友人のテレビ司会者エド・サリヴァンは、自分のテレビ番組「エド・サリヴァン・ショー」に、日本人をゲストとして出演させたがっていて、日本の芸能事務所と交渉をはじめていると聞いた。彼ならば、きっと優れた日本語の代筆者を知っているだろう。

2　あなたはプティに似ている

タカラジェンヌにとって、外国人の観客は決して珍しくなかった。

神戸に近い土地柄から、在日外国人が劇場を訪れることも多い。外国人観光客の間では、京都・奈良・神戸・宝塚のコースはすでに定番になっていた。第二次世界大戦によって中断されていた海外公演は戦後にゆるやかに復活し、一九五五年からは連続でハワイ公演も行われている。

それでも、帰国先から、わざわざ日本語に訳したファンレターを送る外国人はそういない。

明石照子は、自宅の大きな三面鏡の前に腰掛けながら、はるばるアメリカから届いた一通の手紙を何度も読み返した。

彼女が雪組のトップの座に就いてからすでに久しい。だが、『戯れに恋はすまじ』のロベルトは、はじめてもらった洋物での伊達男《だておとこ》役で、人知れず役作りには苦労した。相手役の筑紫《つくし》まりの退団公演だったので、彼女のはなむけにふさわしい演技ができたかどうか気がかりでもあった。だからこそ、外国の薫りがする便箋にしたためられた絶賛のことばのひとつひとつが、彼女にとっては涙が出るほどにうれしかった。

「あなたに会いたいので、どうかご都合のよいスケジュールを教えてください」

差出人は、ロモラ・ニジンスキー――とあった。

もちろん、ニジンスキーという名は照子も知っていた。バレエの神さまのような人だ。宝塚歌劇団のダンス指導や振付を務めている小牧正英《こまきまさひで》は、生徒を褒めるときも注意するときも、ニジンスキーの名を出すのが常だった。もっとニジンスキーのように軽やかに、ニジンスキーのようにしなやかに、ニジンスキーのように色っぽく……。

それだけではない。宝塚歌劇団は、すでにニジンスキーゆかりの作品をいくつも世に送り出していた。一九二九年には『牧神の午後』、一九三五年に『薔薇の精』、最近では一九五一年に『シェヘラザード』を上演している。バレエ・リュスやニジンスキーは、日本の舞台ファンや文化人にとってつねに憧れの存在だった。

照子は謙虚なスターだった。これほどに自分を褒めちぎる手紙をくれたのが、かの天才ダンサーとゆかりのある人だとは想像もしなかった。ニジンスキーというのは、きっと外国では、鈴木や佐藤のようによくある名前なのだろう。そう考えた彼女は、もういちど手紙を表に返した。

芸術への造詣が深そうな口ぶりから、地位のある人物であることは明白だった。きっと日本にもよく来る人なのだろう。日本に支社を持つ大企業の社長夫人か、はたまた自ら世界を飛び回るキャリア・ウーマンか。そんな人物像が彼女の頭に浮かんだ。そのような人と縁ができれば、歌劇団の母体である阪急電鉄こと京阪神急行電鉄の経営陣も喜ぶかもしれない。団の先生がたに相談して、会う許可をもらうべきだろう。

一九五九年十月。

ファンレターの差出人は、予告どおりに日本にやってきた。

その月、照子は星組公演の『アモーレ』と『芦刈』に特別出演していた。終演後、頬を上気させた観客たちにまぎれて夕刻の宝塚大橋を小走りして、南口駅前の宝塚ホテルのロビーに着くと、大柄な白人の女性が、深紅の絨毯が敷かれた階段の前に佇んでいた。舞台化粧を落としたばかりの照子をひと目見るや否や、彼女は、蕾がほころぶように顔を輝かせた。まるで、大劇場の楽屋口で憧れのテーリーの姿を見つけた十四、五歳の少女のように。

しかし長身の照子と同じくらいの背丈も、貫禄たっぷりの身体つきも、襟口の大きく開いた漆黒のドレスも、首をふちどる三重の大ぶりなネックレスも、明らかに裕福な西洋の老婦人のそれだ。和洋折衷のモダニズムを織り込んだ宝塚ホテルの趣《おもむき》がなんともさまになっている。

ホテルの一室で、片言の英語と日本語でなんとか会話を交わすなか、照子ははじめて事実を知って仰天した。目の前で自分をうっとりと見つめたり、視線が合うや否やぱっと伏せたりを繰り返している老婦人が、仕事や所用のついでではなく、ただ自分に会うためだけに日本までやってきたことを。今回の長期滞在では、連日の観劇はもちろん、宝塚市内で日本語のレッスンを受ける算段までつけていることを。そして彼女が、「舞踊の神」と呼ばれたかのワツラフ・ニジンスキーの未亡人であることを。肉付きのいい指の上で色とりどりに輝くリングのひとつが、いまは亡き天才との婚姻の証であることを。

ニジンスキー未亡人の宝塚来訪に度肝を抜かれたのは、照子だけではなかった。

雪組の男役トップスターに華麗にエスコートされて、女王のごとくしずしずとシャンデリアの下を歩む碧眼《へきがん》の老婦人。……

そのツーショットをたまたま目撃し、思わず目を丸くした男がいた。ちょうど宝塚歌劇団での仕事のために、このホテルに長期滞在していた小牧正英だった。

小牧は、日本のバレエ界を造り上げた功労者だ。戦前に大陸に渡った彼は、ロシアから亡命してきたダンサーらによって結成された「上海バレエ・リュス」で活躍した。バレエ・リュスの主要作品を習得して帰国したのちは、東京バレエ団や小牧バレエ団の創設にかかわった。宝塚歌劇団では『コッペリア』『シェヘラザード』などの作品の振付を手掛けている。照子ともすでに幾度も仕事をしていたので、彼女のひときわ凛とした立ち姿は、遠目でもはっきりと見分けられた。

彼が驚いたのは、その連れのほうだった。

――自分の記憶が確かなら。あれは、亡きニジンスキーの妻ではないか。

噂は、あっという間に宝塚の〝ムラ〟じゅうに広がった。

歌劇団の関係者は、当初こそ想定外の事態にぽかんとしていたが、小牧の度を越した昂奮《こうふん》に後押しされるように目の色を変えはじめた。

あのバレエ・リュスの関係者が、我らが宝塚歌劇団のスターを見初《みそ》めてくれたのだ……!

戦前から海外公演を実施し、演出家をヨーロッパに視察旅行させたり、パリに留学中の日本人を衣裳製作者として引き抜いたり、地道に努力を重ねてきた甲斐《かい》があったというものだ。

一同は歓喜に湧いた。誕生からおよそ半世紀。宝塚歌劇団は、いま、世界の舞台芸術と肩を並べつつあるのだ、と。

バレエ・リュスと宝塚歌劇団は、誕生時期でいえばほぼ〝同期〟のカンパニーだった。

バレエ・リュスがパリ・シャトレ座で初公演を行ったのが一九〇九年五月十八日。

宝塚歌劇団が宝塚新温泉のプールを改造したパラダイス劇場で初公演を行ったのが一九一四年四月一日。いずれも、第一次世界大戦目前の時期にあたる。

似ているのは、創設のタイミングだけではなかった。

片や拠点をもたずに世界じゅうをめぐるバレエ・カンパニー。片や日本・関西地域の私鉄沿線開発の一環として設立されたローカルな歌劇団。まったく異なるように見えるが、その事業の根底には、舞台を介して祖国の力を広く世に示したいという壮大な夢があった。バレエ・リュスの創設者であるセルゲイ・ディアギレフは、ロシアの新しいバレエを世界に広めたいという夢。そして宝塚歌劇団の創設者である小林一三《いちぞう》は、日本の新しい国民劇を作るという夢。彼らは祖国オリジナルの舞台芸術を世に送り出すことを夢見て、財とセンスを投じてカンパニーの運営に情熱を注いだ。

とはいえ、この二つの団は、祖国の歴史や音楽ばかりをテーマとして扱ったわけではなかった。バレエ・リュスはしばしば東洋を、宝塚歌劇団はしばしば西洋を舞台にして、「ここではないどこか」に観客たちをいざなうことを得意とした。そして、どちらもジェンダーに関する独自性と革新性を持っていた。宝塚歌劇団のキャストはすべて女性のみで構成され、バレエ・リュスはヨーロッパで長らく不遇の状態にあった男性ダンサーの復権に貢献した。

だが、カンパニー存続の明暗は分かれた。

バレエ・リュスが火の車の運営を続け、プロデューサーの死によって約二十年で終焉を迎えたのとは対照的に、宝塚歌劇団は阪急電鉄の一事業として堅実な成長を遂げた。戦中は国策作品の上演を行い、さらに一九四四年から四五年にかけては劇場閉鎖を余儀なくされたが、歌劇団はこの危機の時代を耐えた。

明石照子が宝塚音楽舞踊学校に入学したのは、その戦中の時代だった。

平時であれば学校を卒業すれば即入団が許されるところ、照子の世代は、卒業と同時に大劇場が軍部に接収され、記念すべき初舞台の場を失ってしまった。勤労奉仕のために西宮航空工場へ駆り出され、どうなるかわからない不安のなかで、照子と同期の生徒たちは空白の時間を乗り越え、ようやく戦後の一九四六年に初舞台を踏んだ。

花組トップスターの越路吹雪《こしじふぶき》が歌いあげる『ミモザの花』を、同組に配属された十七歳の照子は感涙とともに聞いた。戦前と戦後をまたぐトップスターである彼女の代役として主演をつとめるチャンスに恵まれた照子は、ほどなく花組から雪組へと組替えし、一九五〇年代の半ばには、戦後世代のトップスターとして名を馳せるようになった。

——その新世代の象徴たる明石照子が、〝ニジンスキーの未亡人〟たる老婦人の心をとらえたのだ。

宝塚歌劇団の関係者が、そんな感慨に耽ったのも無理からぬことだった。

——小林先生が、もう少しだけ長生きしてくだされば……。

小牧もまた想いを馳せた。彼自身も生前に親しく接した小林一三は、ロモラの初観劇の前年である一九五七年一月にこの世を去っていた。亡くなる直前まで矍鑠《かくしゃく》たる姿を見せ、小柄な身体で日本全国を飛び回っていた彼の突然の死は、日本の財界や政界にとどまらず、歌劇団の生徒やファンにも大きなショックを与えた。

宝塚新温泉の正面入口には、建立されて間もない小林一三の胸像がそびえていた。袴《はかま》姿の音楽学校の生徒たちが深々とお辞儀をするそばで、小牧はその懐かしい面差しを感慨深げに仰いだ。


一方の照子は、大きな畏れを抱きながら未亡人と相対していた。

――まさか手紙をくださったのが、あのワツラフ・ニジンスキーの奥さまだったなんて。

「あなたは夫に似ているの」

ロモラが上ずった声で幾度も繰り返すそのことばもまた、照子を戸惑わせた。彼女が黒革のハンドバッグから大事そうに取り出した何枚かのブロマイド写真を見ると、たしかに顔立ちや肉付きは似ているように感じられた。照子は、自分を美人だと思ったことは一度もなかった。少女の頃は、男役よりも、娘役のぱっちりとした瞳や人形のように華奢な手足に憧れていた。だが当の自分は、眼は細いし、鼻は低くて丸っこい。背こそ高いが身体つきはすらりとした方ではなく、生まれ持った猫背がなかなか直らない。コンプレックスを抱いていた部分を崇められるのは、彼女にとっていささか複雑だった。

ただ、「これはとっておき」と未亡人から見せられた一枚には、思わず息を呑んだ。それは

『薔薇の精』に扮したニジンスキーの写真だった。バレエの五番ポジションで爪先立ちをして、右腕を薔薇の蔓のように天に掲げ、自分の肩に接吻するように頭を傾げて、歯が見えるほどにあざやかな笑みを浮かべている。ハンサムでも、手足が長いわけでもないのに、ぞっとするほど美しい。モノクロの写真なのに、濃厚な紅と深緑と夜の闇の色彩が眼に浮かび上がってくる。これが世に聞く、ワツラフ・ニジンスキーの両性具有の美か。この姿になぞらえうるのであれば、たしかに男役冥利《みょうり》に尽きる。

さりとて「似ている」ということばを鵜呑みにしてよいのだろうか、とも照子は疑念した。今回の星組公演『アモーレ』には、美しいソプラノ・ヴォイスで男役を演じる異色のスターである淀《よど》かほるや、大ベテランの星組組長である天城月江《あまぎつきえ》も出演している。照子は、目の前の老婦人を問い詰めてみたい衝動に駆られた。ノブさんやスロちゃんだって、男装の女優さんですよ。みんな、どこかしら〝ニジンスキー風〟なんじゃありません……?

対するロモラは、老貴婦人にふさわしい気品と余裕を装いながら、内心では床を転げ回りたいほどに有頂天になっていた。あれほど恋焦がれ続けた明石照子が、手を伸ばせば触れられるほどの距離にいて、白粉を落とした頰に控えめな微笑みを浮かべている。髪こそ青年のように短くて、最初は舞台の上と同じように低く喉を鳴らすようにことばを発していたが、緊張がほぐれたのか、トーンがだんだんと上がってきて、ときおり、若い女性らしくころころ声をたてて笑うようになった。ロモラがお土産のギラデリ・チョコレートを渡すと、「アイ・ライク・イット」と片言の英語で小さく叫んで、屈託なくほおばりだす。褒めれば褒めるほど一生懸命に否定するのは、よく話に聞く、日本人特有の美徳と礼節ゆえだろうか。舞台を降りれば、どこにでもいそうな日本のお嬢さんではないか。見ているだけで、ロモラの頬も自然とゆるんでいった。

すでに老いたる身であるロモラにとっての一年は、あっという間でもあり、気が遠くなるほど長くもあった。もし会えないまま、ポックリと死んでしまったらどうしよう。そんな心配を重ねて再び踏んだ、阪急宝塚駅から大劇場を結ぶ〝花のみち〟は、紅葉する桜の葉が春の花に見えるほどに輝いていた。

「あなたのお住まいはどこなの？」

ロモラがそう訊くと、照子は花のみちの先を指さした。

彼女の住まいは、宝塚大劇場から目と鼻の先の、武庫川に面した通りの一角にあった。立派な石造りの門構えの先に、芝を敷いたこぎれいな庭と、平屋の一戸建てがある。実家ではなく、照子自身が最近建てた家だと聞いて、ロモラは驚いた。応接室のレンガ造りの暖炉も、白レースのカーテンも、畳が青々と光る簡素で美しい和室も、すべて彼女自身の趣味で誂えたという。台所をのぞくと、家政婦の中年女性と、下宿人の下級生が水仕事をしている。「わたしは、家事を、全然しなくって」と、照子は照れ隠しのように手で口を覆った。

うれしくなって、ロモラの方は胸を張るように答えた。「あら、わたしと一緒じゃない」

庭の一角には、小さな神社のような祠《ほこら》があった。ロモラが二つの赤い鳥居を物珍しげに見上げていると、照子が説明した。

「これは、お稲荷さんっていうんです」

「オイナリサン……」

「おばあちゃんが、わたしが宝塚で成功するようにって、いつも、近所のお稲荷さんに、お祈りしていたんですって。それが叶ったので、これは神さまへの、御礼として、作ったんです」

裏庭のテラスから、腰に手を回した祖母がゆっくりと顔をのぞかせて会釈をした。ロモラよりもはるかに高齢に見える。ご両親は？　とロモラが問うより前に、照子はこう言った。

「父はわたしが九歳、母は十一歳のときに、病気で亡くなりました」

照子は苦労人だった。

彼女の父親は医者で、幼時は何不自由ない〝神戸のお嬢さま〟として育てられた。だが両親が相次いで亡くなり、戦争が勃発すると生活は一変した。移住先の西宮は戦時の爆撃で破壊されてしまい、伊丹にある伯母の家に頭を下げて居候した時期もあった。戦中に十四歳で宝塚音楽舞踊学校に入ったのは、女学校の先輩が願書を取り寄せていたのをたまたま目にしたからだった。聞くと、学費もかからず、卒業すれば歌劇団で団員として働いてお給料がもらえるという。

宝塚に入れば、祖母に恩返しができる――。

それが照子の志望動機だった。欧米の音楽学校や良家の子女が通う高等女学校をモデルに運営され、芸能界というよりも女子修道院のような雰囲気さえある規律と平和が保たれた学校のなかで、不遇な育ちをはねのけるように芸の習得に熱を燃やす照子は異色の生徒だった。

彼女の歌声や、場を圧するような迫力は、そうした不断の努力の賜物だったのだ――。

心を打たれたロモラは、思わず、お稲荷さんに向けて深く頭を垂れた。

スピッツ犬を連れた照子と武庫川の川べりを散歩しながら、ロモラは言った。

「実はね。わたしの父も、わたしが八歳のときに亡くなったの」

「ご病気で？」

ロモラはその問いには答えず、しばらく、ダムの周りで舟遊びをしている子連れの家族や恋人たちを見つめていた。それから、静かに口を開いた。

「わたしの母は、国を代表するような名女優だった。それであなたのように家を建てたの。自分の力でね。プルスキー家の先祖代々の財産だと思っていたものの多くは、母が一世一代で築いた。それに気づいたのはごく最近だった。母はそのお金で姉とわたしを育ててくれた」

息をつめて、懸命に英語を聞き取ろうとする照子に、ロモラは微笑みかけた。

「わからなくてもいいの。でも、ありがとう。女ひとりの稼ぎで、好きな家を建てて、好きな再婚相手と暮らせるほどに強い女性だったと、やっと気がつくことができた」

老婦人のうるんだ淡いブルーの瞳を、照子はただ神妙な顔で見つめ返すばかりだった。


ちょうどその頃、ソビエト連邦からモイセーエフ国立舞踊団が来日した。

舞踊家イーゴリ・モイセーエフが一九三七年に創立した、ロシアの民族舞踊をアクロバティックにアレンジした芸術作品を上演するバレエ団である。宝塚大劇場では、海外のオペラやバレエの巡業公演もしばしば催されており、そうした折は、タカラジェンヌたちも客席に降りて舞台を鑑賞するのが常だった。

先に開催された東京公演が絶賛を浴び、関西のダンスファンが心待ちにしていた公演だ。ハイテンポなリズムで繰り広げられるカルムイク地方のダンスや水兵のおどけた踊りを、照子も胸躍らせて見つめていた。

　ロモラさんもきっと楽しんでいるだろう。バレエ・リュスを生んだ国からやってきたカンパニーの公演なのだから……。

　ふっと首を横に向けようとした照子は、そのまま身をこわばらせた。

　視線を受けるのには慣れている。舞台の上はもちろん、生徒がいつも早足で通り抜ける花のみちの側道でも、モダンなタイル貼りの歌劇団事務所の入口でも、〝男役スターさん御用達〟のズボンや縞《しま》シャツがぶらさがった行きつけのブティックでも、パン屋でも、喫茶店でも、郵便局でも。いつどこで、ファンが自分の姿を見つけ、頬を染めて立ちつくしているかわからない。


　でも、隣の席から迫るこの強く熱いまなざしは。

　確かめなくてもわかる。照子は首を真っ直ぐに戻し、胸の動揺をしずめるように深く呼吸をした。ロモラは、舞台の上のダンスなぞそっちのけで、一心不乱に照子の横顔だけを見つめていた。

3　My baby, Terry.

――これはいったい、どういうことなのだろう。

照子は、目の前で起きている出来事に困惑していた。

自分の薬指に、人肌の温かさが残るにぶい金色の指輪がはめられる。

相手が男性であれば、それは紛れもなくプロポーズだろう。だが、目の前にいるのは老婦人。

しかもそのリングは、つい先ほどまで彼女の薬指におさまっていたものだった。

一年前に演じた『戯れに恋はすまじ』のワンシーンが、照子の胸によぎった。

「ごらん、これはシルヴィアとの許婚の約束の指輪だ」戯れの恋の相手である小間使いのロゼットの鼻先に、指から外したリングをちらつかせ、ロベルトは皮肉っぽい微笑みを浮かべる。

「しかし、こんな物は今の僕には不要になった！」

ロゼットのセリフを真似て、冗談っぽくまぜかえしたかった。「まあ、ロベルト、そんなことをしては」と。だが、いま照子の目の前にいる女性は、〝戯れ〟とはほど遠い真摯な顔つきで、彼女を見つめ返しているのだ。

「テーリー。あなたに夫の面影を求めて日本に来たけれど、いまはもう、あなたは〝ベイビー〟のようなもの」

ベイビー――〝赤ちゃん〟？

そのニュアンスを判じかねたまま、照子はそっと辺りを見回した。夕刻の宝塚大橋の上だ。

劇場は休演日だが、遊園地から帰る客がちらほら通りかかる。歌劇団の関係者がいつ現れてもおかしくない。誰かに見られてはまずい。女が女の手に、指輪をはめているなんて。

だが、彼女は自分の怯えを奇妙にも感じていた。自分は毎日のように、何千人もの観客に見せているではないか。女同士がひしと抱き合ったり、痴話喧嘩をしたり、涙を流しながら永遠の愛を誓い合っているシーンを。

「返事はいまでなくてもいいの。でも、わたしと一緒にアメリカに行きましょう。歌を勉強したいなら、パリでも構いません」

いま自分が浮かべている戸惑いの表情も、やはりワツラフ・ニジンスキーに似ているのだろうか。照子は押し黙ったまま切れ長の目を伏せた。とにかく、この大事な指輪はお返ししなければ。彼女が左の薬指に手をかけると、ロモラはそれを押し留めるようにそっと自分の手を添えた。そして口を開いた。

「つまり、わたしの〝養女〟になってほしいの」

照子はわずかに目を見開いた。それは、彼女の想像をはるかに超えた提案だった。


――これはいったい、どういうことなのだろう。

ロモラの次女タマラは、母親からのエア・メールを前に困惑していた。

封筒から現れた、東京・帝国ホテルの便箋。そこには、これからの日本旅行の予定と、ご執心の日本人女優〝テーリー〟のことが、浮き立つような筆跡で綴られていた。

あまりいい思い出とはいえない幼少期のパリ暮らし以来、長いあいだ疎遠だったロモラとの交流は、数年前から復活していた。

再会した彼女は、幼い頃の記憶とはまるで異なっていた。十九世紀生まれの貴婦人らしい上品な顔立ちの、家事が苦手で、どこかよそよそしい雰囲気をまとった痩身の女性は、身振り手振りの激しい、おしゃべりで、でっぷりと肥った老婦人になっていた。最近の旅の災難やら、今後の執筆予定やら、ニジンスキーにかかわる訴訟案件やら、ありとあらゆる近況を怒濤の勢いでしゃべる。同席した夫のラスロが、その勢いに呑まれて口をぽかんと開けているのを見て、タマラは深いため息をついた。いずれにしても、やはりこの人は苦手かもしれない。

それでも、母親が年下の女友達に接するように気さくに声をかけてくれるのはうれしくもあった。二度の大戦を乗り越えてきた知恵や機転は頼りにもなった。一九五六年にハンガリーで大規模な反政府デモとそれを鎮圧するソビエト連邦軍との衝突が起き、政情が不安定になった折にも、ロモラはタマラと夫をブダペストから脱出させる手助けをしてくれた。ブダペストの人形劇団で働いたキャリアを活かして、カナダでも夫と人形劇団を作って活動したいと言うと、喜んで支援を約束してくれた。

こんな出来事もあった。新天地で子ども向けの人形劇の興行を成功させたタマラは、大人向けの興行として、バレエ・リュス作品のひとつ『薔薇の精』を人形劇で上演することを思いついた。だが彼女自身は、父親の十八番として世に知られるこの作品を実際に観たことがない。

どうしたものかと困っていたところ、奇《く》しくも、ロモラを乗せたアメリカ発ヨーロッパ行きの飛行機が、エンジンの不具合のためモントリオールに不時着した。タマラと夫はすぐさまロモラが泊まる仮宿に乗り込み、煙草をふかしながらパジャマ姿でベッドに寝そべる母に、『薔薇の精』の踊りを教えてほしいと懇願した。

するとロモラはベッドからすべり降り、これからセンター・レッスンをはじめるダンサーのように床の上にすっくと立った。夫がウェーバーの「舞踏への勧誘」の音楽をハミングするのにあわせて、ロモラは自ら手足を動かしながら、薔薇の精と少女の立ち位置やアーム・ポジションやステップのひとつひとつを説明してくれた。タマラはホテルの紙ナプキンを広げて慌ただしくメモを取った。彼女の記憶は生ける舞踊譜のように完璧だった。思い出をたどりながら、徐々にうっとりと瞬き出した淡いブルーの瞳には、一九一〇年代のバレエ・リュスの舞台と、妖しげな微笑で少女を誘惑するニジンスキー、そしてその色香に惑える少女役のタマラ・カルサヴィナの姿が映っていた。

タマラの胸に感激がひろがった。

――伊達に、ニジンスキーに人生をかけてきた人ではない。

亡き夫を偲《しの》んで余生を送る慎ましやかな未亡人とはほど遠い、いまなおニジンスキーへの愛に燃えて活動を続ける母親の姿を見ていると、タマラの子ども時代の負の記憶は薄らいでいった。自分はたまたま、こういう性質の女性から生まれてしまっただけだ。祖父母からは並の親に優るくらいの愛情を受けたし、決してすべてにおいて不幸な少女時代だったわけではない。積年のわだかまりが溶けはじめているのは、母親の側も同じように見えた。最近のロモラは、タマラに対して、自分の過去を悔いることばを率直に手紙に書いてくれるようにさえなっていた。「わたしは、キラとあなたをあのとき手放すべきではなかったと思っている」と。

ロモラの日本人女優への執心を知ったのは、タマラがその手紙にひそかに涙した矢先だった。母親を許してもいいと思っていた。でも、これまであれほど実の娘に構ってこなかった母親が、つい先日出会ったばかりの若い東洋人の女を、自分の新しい娘にしたいと願っているとすれば話は別だ。

彼女はいったい、何を考えているのだろう。

手紙の筆跡を指で撫でたタマラは、息を呑んだ。

両親と姉と伯母とのパリ生活を終え、祖父母に再び引き取られてブダペストに暮らしていた頃。ニューヨークや出張先から不定期に届くロモラの手紙を読んで、祖母のエミリアもやはり困惑の表情を浮かべていた。祖母はその手紙をキラやタマラには決して見せなかったし、ロモラが娘たちに送ってくるのは、自由の女神やエンパイア・ステート・ビルディングの写真付きのありふれたポストカードだけだった。だから結局、祖母宛の手紙に何が書かれていたかは知るよしもなかった。

しかし祖母はもう亡くなり、ブダペストの屋敷から持ち運んできたいくつかの遺品は、いまタマラの管理下にある。

何事もなければ、見るつもりはなかった。それは母親のためではなく、母親の手紙を隠すことを望んだ祖母のためだった。だが、タマラの考えは急激に揺らぎだした。かような人生の局面を迎えたいま、自分には真相を知る権利があるのではないか、と。

タマラはアパートの一室にある人形の製作部屋から、山積みにした箱のひとつを引っ張り出した。約三十年の歳月と第二次世界大戦の戦火をくぐりぬけた紙の束は、埃と黴《かび》と硝煙《しょうえん》の匂いにまみれている。ロモラの筆跡とおぼしき手紙を、拾い上げては手当たり次第にめくった。最初は、借金の申し出の手紙だった。ついで、タクシー事業を始めたいという手紙。消印はパリだ。見るべきは、もう少しあとの時代だろうか。箱の奥に手を差し入れて、適当に引き抜いた一通を開いた。流し読みのために視線を泳がせると、こんな一文が目に飛び込んできた。

「早く天国で彼女に再会したい」

手伝おうか、と夫のラスロが背中から声をかけてくるのにタマラが気づいたときには、もう一時間あまりが過ぎていた。箱の周りに読み散らかしたままにしていた手紙を、慌てて両腕でかき集め、裏に返しながら、彼女は「いいの」とだけ短く答えた。何を焦っているのだろう、と我が身に問いながら。

自分も、この手紙を隠したいのだ。

そう気がついて、タマラは愕然とした。ほかの家族には知られたくないと思っているのだ。祖母がかつてそう思ったように。「それより早く、次作の脚本を書いてちょうだい」そう言ってラスロを部屋から追い出しながらも、彼女の胸の動悸はおさまらなかった。ロモラの手から紡がれたことばの群れが、頭に焼きついて離れない。

「フレデリカが最後の呼吸をし終えたときに、わたしは自分自身も消えてしまったように感じたの」
「わたしにはもう生き続ける意志はない」
「わたしは、母親や子どもに対する生まれ持った愛ではなく、自由意志でもって選んだ人に対する愛について言っているの。わたしにとっては、ワツラフとフレデリカだけがそういう人でした。彼らはふたりとも、心と魂に善をもっています」

日本から送られてきた手紙とは似ても似つかない、心の憔悴が伝わってくるような弱々しい筆跡だった。なんとか生きる気力を振り絞って、乱れた心をそのままに書きなぐっているような。

箱に手を入れて、もう少し日付をさかのぼると、リア、という名も出てきた。これはひょっとして、ニューヨークで客死したというあの夭折の大女優リア・デ・プッティだろうか。ロモラとリアが知己の仲だったとは、本人からはもちろん祖母からも一度も聞いたことがなかった。

タマラが知っている祖母のエミリアは、先進的な女性だった。芸術的な才能のある女で、稼ぐ女で、情の深い女で、夫を亡くしたあとも娘ふたりを育て、自分を慕ってくる年下の男を再婚相手として選んだ。だが成功者であるがゆえに、次女が生まれ持った魂の性質を、青春のつまずきを、荒れた海の水平線の果てにきらめく星を見つけて必死でオールを漕いでいく生き方を、そしてその果てにようやく見つけた愛の形を、理解しえなかったのかもしれない。もし何かに勘付いていたとしても、誰にも見せないように、自分自身もなるべく見ないように、手紙の束ごと幽閉するしか成す術がなかったのではないだろうか。

膝をついて床に座るタマラの横で、手紙の山が音を立てて崩れた。

——これはいったい、どういうことなのだろう。

ポール・ボーフス・ヴィラコジは、先ごろからのロモラの豹変に困惑していた。〝わたしのベイビー〟に贈るのだと、やれ感謝祭のマフラーだ、クリスマスのネックレスだ、成人の日のショールだとしじゅうショッピングに出かけ、夜ともなればワインを傾けながら、宝塚で買い求めたレコードをすりきれるほどに聴いて、泣いたり笑ったり酔いつぶれたりを繰り返している。最初は晩酌に彼を付き合わせていたが、やがてそれさえもしなくなり、二度目の日本にはとうとう独りで行ってしまった。ロモラの自由奔放ぶりには彼も慣れている。だが、長年ともに生活していて、こんな状態を目にするのははじめてだった。

彼女の書斎の机の上には、いつの間にか、『薔薇の精』のニジンスキーと、『戯れに恋はすまじ』の明石照子のブロマイドが仲良く並んでいた。ほら、だってこんなに似てるんだもの、とでも言いたげに。

ボーフスは、バレエ・リュスの舞台で踊るニジンスキーを観たことが一度もなかった。はじめて彼と親しく接したのは、第一次世界大戦の終結間際、一家が静養しているスイスのサン・モリッツに遊びに行ったときだ。すでに精神を病み、パステルで円ばかりを描いているニジンスキーを連れ出して、ボーフスはつかの間の散歩に出かけた。そのときの彼の、ロシア語とフランス語の混ざった支離滅裂なおしゃべりに、雪の残る山の端をさまよう生気のないまなざしに、中年にさしかかって薄くなった額や肉の乗りはじめた腹に、それでも急斜面を駆け下りるときに垣間見せる天性の敏捷さに、うっかり転びかけた自分の前に何のてらいもなく差し出される温かな手に、ボーフスはいつしか心を奪われていた。彼にとってのニジンスキーとは、あのときのニジンスキーだった。

――ロモラ。きみはいったい、彼の何を見てきたんだ。

そんなことばがボーフスの喉からこみあげた。死んでなお、ダンサーとしての全盛期のニジンスキーだけを愛しているのか。ゆえに、明石照子を彼の分身として追い求めているのか。それでは彼があまりにかわいそうではないか。

まして、照子を自分の養女にする――つまり実質的な〝再婚〟を望んでいようとは。

「ポール、ロモラと結婚しないの？」

共通の友人知人からそう問われたのは、一度や二度ではなかった。薄い血縁があるとはいえ、万年独身男と未亡人の女が、年の半分は一緒に過ごしているのだから無理はない。アメリカでの永住権を求めて合衆国に連名で訴えを起こしたときも、ナチス時代に逮捕歴のあるボーフスの手続きが難航して、いっそおふたりが婚姻関係にあれば楽なのですが……と、職員から仄《ほの》めかしを受けたものだった。

それでもロモラが頑《がん》としてその道を選ばないのは、ニジンスキー姓を手放したくないからだろうとボーフスは考えていた。彼女が仕事をする上で、それは当然の望みに違いなかった。

「詮索されると面倒だから、世間にはいとこと名乗っておこう」と提案したのは彼の側であり、彼自身にとってもその選択のほうが好都合だった。ロモラとは、人生を共に生きる同志でいたい。だが、ゲイ・カルチャーのメッカたるサンフランシスコで暮らして、金曜の夜に女人禁制の地下クラブに通わずに過ごす人生は、彼にはもはや想像できなかった。結婚したら、ロモラ自身は許しても、世間はこの暮らしを許すまい。

同志のひとりたるニジンスキーは死んだ。だからいまは、残された同志ふたり、彼を悼《いた》み、彼への想いを絆として生きていく。

それがボーフスの信念だった。だが、ロモラのいまの様子を間近で見ていると、彼は途方もないもどかしさに襲われた。

彼女ほどの人でさえも、誰かに心を燃やすと、結局はまたありふれたことばの方へ巻かれ始めてしまうのだ。一対一の関係を法的に結ぶことを、無条件に愛の成就と称したがる連中のように。そんなことばはまやかしだと、彼女自身の前半生が証明したはずではないのだろうか。

もし、ロモラと照子が本当に結ばれて、法的な親子関係になったとしたら。

捨てられる、という心配は彼の心になかった。ロモラが仕事や暮らしの上で彼を頼る日々は、今後も続くだろう。生前のニジンスキーがいた場所に、照子が取って代わるだけだ。

最大の懸念は、その状況に置かれたときの彼自身の愛情の行方だった。

――これはいったい、どういうことなのだろう。

日本文化研究者のドナルド・リチーは、沈痛な面持ちの客人に困惑していた。最初に会ったときには、まるでグリム童話の『ヘンゼルとグレーテル』に出てくる魔女のようだ、と思った。眉毛を不自然につりあげ、血よりも赤いルージュを厚く塗り込み、首や指や手首に宝石という宝石をぶらさげた、成金の老婦人。そんなロモラに笑顔で寄り添って、はいはいと言うことを聞く自称「いとこ」の初老の男は、魔女にさらわれて檻のなかで洗脳された気の毒なヘンゼルのようだった。

それが、再会した今日はびっくりするほど上品な装いになった。濃緑色のジャケットと膝下丈のシンプルなスカートをまとって、約束した浅草のバーに現れたロモラを目にしたときには、日本の皇族がお忍びで遊びに来たのかとさえ錯覚した。アクセサリーは減って、化粧はごく薄くて品がいい。真っ直ぐに通った美しい鼻筋に、若い頃の面影が漂う。

しかし洗練されたにもかかわらず、表情は憂いを帯びている。「ご贔屓《ひいき》はその後どうです？」と問うと、彼女は重たく首を振った。

「お金はあるけど――プレゼントがとってもたくさん必要で。成人の日、彼女の誕生日、天皇誕生日、こどもの日、それから――」

リチーは目をむいた。「祝日のたびに、いちいちプレゼントをあげているんですか？」

天皇誕生日はナシでもよいでしょう。そう突っ込みたくなったが、心底しょげている彼女の様子を見て口をつぐんだ。そもそも何をこんなに落ち込んでいるのか、リチーは呑み込めずにいた。愛するご贔屓にたっぷりと貢《みつ》ぎ物《もの》をする。その見返りとして銀橋を颯爽と歩くスターを一等席で仰ぎ、美と芸に酔いしれる。金持ちの未亡人の道楽として、まことに結構ではないか。

「ドナルド、教えてちょうだい。あなただったらどうする？」

「どうする、とは何です？　わたしが？」

「つまり……あなたってことじゃなくて。この国では、こういう人たちに対して。難しいの。わたしにはわからない」

おそろしく持って回った言い回しを前に、リチーは鋭く目を光らせ、居住まいを正した。

「要するに、それは……」問いかけ直して、また打ち消す。

たいへんな告白を聞いてしまった。

もっとも、客人からこの手のカミングアウトをされるのは珍しくない。リチーがバイセクシュアルであることは、文化人の間では周知の事実だった。彼が二十代の終わりから母国のアメリカを離れ、日本に住み始めたのは、ゲイ・バーやダンス・ホールの摘発が絶えないアメリカよりも、罰則らしい罰則がない日本のほうが暮らしやすいと考えたからだった。その予想は当たり、いまは三島由紀夫の行きつけである後楽園のジムに通って、隆々と育った筋肉を見せびらかしあう、のどかな三十代の日々を送っている。仕事も順調で、日本文化の紹介や映画評の仕事が次々と舞い込んでいた。資金が溜まったら、同性愛をテーマにした映画を撮りたいというのが当面の目標だ。

欧米から日本を訪れる文化人のおもてなしも、自分の役目のひとつであると自負していた。ただ、わざわざ二回以上自分のところにやってくる客には少なからず何かがある。思いつめた表情。遠回しな問いかけ。意味深長な目配せ。

なるほど、琥珀《こはく》色のデンキブランを傾けながら、英語という名の暗号を使うにはぴったりの話題にちがいない。給仕も客も、ガイジン二人を物珍しそうに見るだけで、会話にはまるで気を留めない。生まれ故郷のオハイオの酒場では、もはやこれほど生々しい話はできまい。

それにしても、いったいなんと答えたものか。

この老婦人は、根本的に思い違いをしているのではなかろうか。リチーはそう勘ぐった。

六十代といえば、二十世紀前半の欧米のゲイ・カルチャーにどっぷりと浸かった世代である。バレエ・リュスの熱狂的なファンダムの一員であった彼女が、パリ左岸やニューヨークのハーレムやサンフランシスコのレズビアン・バーの客であったとしても特に不思議ではない。その世代の欧米人の目から見れば、宝塚歌劇や歌舞伎の舞台は、オリエンタルの魔法がちりばめられたクィアな創造物に見えるだろう。宝塚歌劇の男役と、欧米のレズビアンの世界の男役たる〝ブッチ〟を区別するのは決して簡単ではない。

しかし、宝塚歌劇の理念はそうしたカルチャーとはむしろ対極にある。団は「清新にして高雅なる娯楽」を理念として掲げ、生徒は「一生懸命に技芸に勉強に品行方正に、質素に、真面目に」稽古に励んで舞台を作り上げる。小林一三は、日本の国民劇を作るという壮大な夢を抱く一方、生徒に対しては、「家庭の人」「理想の奥さん」になることを目指してほしいと訴えた。舞台に立つために励む歌や踊りの稽古も、教養も、すべては良妻賢母にふさわしい健康美を手に入れるための下地だ。宝塚は芸能界ではなく、女学校や花嫁学校の派生形なのだから。

もちろん、それだけが宝塚の本質とはいえない。「宝塚歌劇が少女をレズビアンにさせる」という非難は定期的にメディアを賑わせていたし、過去には同性愛スキャンダルだってあった。

もしかしたら小林は、そうしたバッシングをかわす苦肉の策として「良妻賢母」像を強調していたのかもしれない。

　ましてやトップスターたる明石照子の芸を、嫁入り前のお稽古事というのは無礼の極みだろう。世間が思っているほどに、宝塚ファンの女性たちは通り一遍のラブ・ロマンスばかりを求めているわけではない。むしろ、芸が建前をわずかに逸脱するその瞬間にこそ宝塚歌劇の輝きはあって、だからこそセーラー服の少女たちも、嫁ぎ先の紋付きの色留袖《いろとめそで》をまとう奥さま方も、その刹那に魅了されるのだ。

「お気を確かになさい」リチーにできるのは、ロモラをやんわりとたしなめることだけだった。

「あなたはもうお歳なんですよ」

　それでもロモラは肩を落としたままだ。「第一、彼女は日本の宝塚女優なんですから」追い打ちをかけながら、リチーの方もため息をついた。

　口ではそう言いつつも、奇跡がないとも言い切れないのが人生だ、ともリチーは思っていた。なにしろこの人はかつてあのワツラフ・ニジンスキーを手に入れたのだ。彼女の何がニジンスキーを惹きつけたのかはわからないが、同じことが二度起きないとは断言できない。

　ざわめきが心地よい異国のバーで、ひさびさに母国語を使ってスパイめいた会話を交わしていたからか。リチーの心に、ちょっとした悪戯心が湧きだした。もしもロモラが、意外とうまくテーリーを口説き落としてしまったら、それはそれで面白いではないか……。

「テーリーは、パリには興味があるみたいなの」

「なるほど。いいじゃないですか」うっかり、助け舟を出してしまう。「彼女を誘って、連れていけばいい」

4　たとえば、銀橋から高く飛翔したなら

宝塚歌劇にとって、パリは特別な場所である。

一九二四年の宝塚大劇場の落成は、宝塚歌劇の世界観を大きく変えた。四千人を収容する空間にふさわしいスペクタクルな作品を求めた結果として生まれたのが、第一次世界大戦後に世界で流行した、歌とダンスとドラマを詰め込んだ華やかな音楽劇「レビュー」だった。演出家・岸田《きしだ》辰彌《たつや》は、欧米研修旅行から得た体験をもとに、一九二七年にレビュー『モン・パリ～吾が巴里よ！～』を制作した。主人公の串田福太郎が、宝塚を起点に中国、スリランカ、エジプトなど世界各地をめぐり、最後にパリにたどり着いて、ヴェルサイユ宮殿の前でフィナーレを迎えるというストーリーだ。劇中で歌われるヴァンサン・スコット作曲のシャンソン『モン・パリ』は、まさにパリの美しさをたたえ、その思い出を懐かしむ歌だった。

『モン・パリ』は空前のヒットを呼び、続編『パリゼット』ほか、パリを舞台とする豪華絢爛たる作品が数多く制作された。まだ海外旅行が特別だった時代の人びとにとって、宝塚の観劇は擬似的なパリ体験だった。

照子もまた、『シャンソン・ド・パリ』『ボンジュール・パリ』『ウイ・ウイ・パリ』などの新作レビューで、観客にパリの香りを届け続けた。とはいえ、照子自身はまだパリへ行ったこ

とはない。これらのレビューの作・演出を手掛ける高木史朗《たかぎしろう》が自慢げに語るパリの思い出話を、ただ羨ましく聞くだけだった。シャンソンを得意とする歌い手である彼女にとって、この花の都へのあこがれは人一倍だった。半ば勘によって磨いてきた自分の歌唱が、どこまで本家に追いつけているのか確かめたいという気持ちもあった。

「パリに行けば、シャンソン歌手のイヴ・モンタンにだって会わせてあげられる」

しじゅう戸惑った顔で金の指輪を見つめていた照子が、そのことばにだけは切れ長の眼を強く輝かせたのを、ロモラは見逃さなかった。

明石照子が、ニジンスキー未亡人から養女になってほしいと請われている。

その噂は、すでに宝塚の内部を超えて世間に広まっていた。

一九六〇年一月の照子の祖母の死が、その噂の信憑性をますます高めた。八十六歳の大往生だった。近いうちにそのときが来ると覚悟はしていたが、それでも唯一の肉親の死は照子の心にひどくこたえた。建てたときはあれほど誇らしかったマイホームが、いまは武庫川から吹きつける冬の風に寂しげにさらされていた。

葬儀から四十九日の間にも、ロモラからは定期的に電話や手紙やプレゼントがあった。祖母の不幸を打ち明ける気力はまだなかったが、彼女が自分に心を寄せて、心身の健康を気遣い、最近の舞台の成功や新作の予定に大喜びしてくれることは、天涯孤独の身に少なからぬ慰めになった。いつしか照子は、郵便受けからエア・メールを見つけるのを楽しみにするようになっていた。

ある日、ロモラからの手紙を開けた照子は、その文面を一読して思わず息を呑んだ。そこには、つい最近見たという風変わりな夢について記されていた。ロモラが日本の田舎道をひとりで歩いていると、お寺の門の前にひとりの老婦人が立っている。よく見ると、それは照子の祖母だった。驚いて立ちつくしていると、彼女は照子がまだ幼い頃の写真をロモラに渡して、こう言ったという。

「この子を、わたしの代わりに世話してください」——

こんな奇跡があるだろうか。まだロモラには祖母の訃報を伝えていないのに。夢を介して、祖母が彼女に自分の面倒を託しただなんて。

照子は震えるような思いでその手紙を胸に抱きしめた。そして、しばらくぶりに庭の鳥居をくぐり、お稲荷さんの前まで歩み寄ると、祈るように深々と頭を下げた。

一方のロモラは、その手紙を投函した瞬間からひどく気落ちして、サンフランシスコの自宅で鬱々とした日々を過ごしていた。

照子の祖母の夢を見たのは嘘ではなかった。自分に予知夢の才があるのも知っている。だが、こんな夢を果たして予知夢と呼べるだろうか。ロモラはそう疑念した。すでにかなりの高齢である彼女の祖母の死は、そう遠くないうちに起きることだ。自分はあんな手紙を書き送って、やがて天涯孤独になる彼女の弱みにつけこんでいるのではないか。

自分には娘ふたりがいる。孫もいる。姉もいる。内縁の夫といってもおかしくないポール・ボーフスもいる。プルスキー家の一族もいる。自分を孤独なぞとうそぶけば、世間が牙を剝くだろう。

そう自覚しつつも、ロモラは照子を手に入れようと必死になる自分を止められなかった。丈夫とはいえない身体を酷使して、長旅を繰り返してきたせいだろうか。サンフランシスコに帰ってきた途端、糸が切れたように体調を崩すことも増えた。そんな日には日本に国際電話を掛けて、おぼえたばかりの「さびしい」という日本語で照子の気を引いて、甘えたくなった。彼女は自分の娘よりも年下で、しかも歌劇団のトップスターとして多忙な生活を送っているのに。

申し訳なさをおぼえながらも、自分はこのことばを口にするのを我慢してきた、ともロモラは思っていた。年の功とうそぶいて押しとどめていた感情が、とめどなく溢れだす。五十歳のときも、六十歳のときも耐えられたのに、照子との出会いがすべてを決壊させてしまった。

結ばれるには年をとりすぎている。その通りだ。他人が言うことはいつだってすべて正しい。

でも、それは他人だからだ。

受話器を握りしめながら、つい、弱々しい声を出してしまう。できることなら、照子にも同じことばを返してほしい、と願いながら。

「会いたい」


「外国人のいう〝養女〟は、日本で考えるほど大それたものじゃない」

照子にそう助言したのは、小牧正英だった。宝塚ホテルでふたりを目撃して以来、彼は照子と稽古場で顔を合わせるたび近況を尋ね、相談に乗るようになっていた。

「娘分として面倒を見る。いわばパトロンにシンニュウを付けたようなものだ」マイムさながらの優雅な仕草で、天に指でシンニュウの流線を描く。「明石くん、これは絶好のチャンスとみるべきだよ」

自身も海外のバレエ団で欧米人と肩を並べて踊り、外国人アーティストの日本招聘《しょうへい》にも力を入れる小牧は、世界の壁の高さも、それに挑戦する困難もよく知っていた。潤沢な資金とコネクションを得て海外で経験を重ね、表現者として何段階も飛躍できるチャンスがあるならば、それは最大限に利用すべきだ。小牧は照子にそう熱弁した。

顔を曇らせたままの照子の背中を押すべく、彼はつとめて明るくこう言い放った。

「それに、相手は同性だろう。いいじゃないか」


宝塚歌劇団も、ロモラ・ニジンスキーの存在を大いに歓迎していた。

それどころか、ロモラの照子への執心を積極的に内外に喧伝《けんでん》しさえした。宝塚ファン向けの公式雑誌はもちろん、一般の新聞や大衆雑誌にまで、ロモラと照子の関係を書き立てた記事が掲載された。もちろん、照子にはまだまだ宝塚で活躍してほしい。海外暮らしが気に入って、うっかり移住などされてしまっては困る。だが著名な外国人にそれほどまでに目をかけられている事実は、彼女自身のみならず宝塚歌劇団にも箔《はく》をつける。

多忙な男役トップスターたる照子に対して、前代未聞の特別休暇——「芸の見聞を広めるための二週間のパリ旅行」が団から許可されたのもそうした理由からだった。亡き小林一三は、演出家や美術スタッフのみならず、生徒自身の海外旅行や遊学の機会を増やしたいと語っており、この旅行はある種のテストケースでもあった。

日本じゅうのテーリー・ファンが、このニュースに沸いた。ニジンスキー未亡人からパリに招待されるなんて、さすが我らのご贔屓！　歌劇団や公式雑誌には、大興奮したファンからの投書が殺到した。「こんなトピックスニュースは是非詳しく知りたいことなのです」「もし載らないのでしたら内緒でソッと教えて下さい」「たとえ二、三行でもかまわないから」……

出発の二日前、雑誌『歌劇』の記者からの取材を受けた照子は、トップスターにふさわしい貫禄の微笑を浮かべながらこう答えた。

「ロモラさんは一ヶ月位とおっしゃってるんだけど、わたしも遊んでる身じゃないしそうもいかないのよ」

〝ファンの皆さん〟へのコメントを求められると、彼女は小さく咳払いして、誌面越しに小粋なウインクを送った。

「すぐ帰ってきますから待っていてネ」

一九六〇年十一月二十二日、照子は東京国際空港からパリに向けて飛び立った。

パリの街は、照子の想像を裏切らない魅力に満ちていた。自分の庭のようにパリの街をよく知るロモラに連れられて、彼女はあらゆる観光名所を巡った。凱旋門、モンマルトル、エッフェル塔。舞台のセットで、あるいは歌詞の一部として知るだけだった建物が、いま目の前にそびえている。薄暗くて雨も多い冬どきなのに、レビュー『パリゼット』そのままのように、花屋の娘がすみれ色のライラックを売っているのには心から感激した。宝塚とパリは、すみれを介してひとつに繋がっているのかもしれない。

「大阪の御堂筋《みどうすじ》みたい」

シャンゼリゼを歩きながら照子がそう言うと、ロモラは涙が出るほど大笑いした。つられて彼女も笑いだす。そうしたらセーヌ川は武庫川かしら、とロモラが返す。「宝塚大劇場は？」と訊くと、ロモラは川の右岸にそびえる劇場を指差した。

「ほら、シャトレ座なんてどう？」

「素敵な建物ですね」

「あそこで、バレエ・リュスは最初の公演を行ったの。わたしも『牧神の午後』の初演を観に行った。二十一歳の頃にね」

どうやら、パリの街はロモラの思い出が詰まっている場所のようだった。「宝塚音楽学校は、あの広場の少し奥」と、彼女はサン・ミシェル橋から左岸を指で示した。少女時代に通った女学校があるという。たしかに広場の噴水の前では、在学生とおぼしき若い女の子たちが、辞書や本を抱えておしゃべりに興じていた。交際したての恋人のように控えめに腕を取り合って、川岸を散歩している十六、七歳くらいの二人組の少女もいる。ロモラと照子は橋の上を歩きながら、その初々しい姿を横目で眺めていた。

「あなたも、あんな風に武庫川を歩いたことがある？」

ロモラからの思いがけない問いに、照子はふっと歩をゆるめた。

たしかに、そんなこともあった。しかも、さほど昔の話でもない。これまで、たくさんの娘役と組んできた。初舞台が同年だった筑紫まりや新珠三千代《あらたまみちよ》、下級生の浜木綿子《はまゆうこ》――。役作りと称して、昼も夜も休演日も相手役と一緒に過ごすことは、彼女にとって珍しくなかった。まりは三歳年上の姉御肌《あねごはだ》の悪友だったが、一歳下の三千代はどこか色っぽい、不可思議なムードをまとう娘だった。猫のように大きな瞳をきゅっと細めて、「ねえ、明石照男さん」とからかうように呼びながら、応接間のソファで真っ白な頬を寄せてこられると、照子の方もここが舞台なのか、自分の家なのか、自分が男なのか、女なのか、微かな混乱に巻き込まれていくのが常だった。

だが、世間では名コンビと呼ばれた相手たる三千代も、照子を置いて先に退団してしまった。いまは映画の世界に足を踏み入れ、情念と可憐さをあわせもつヒロインとして引っ張りだこになっている。初舞台から十四年。舞台上で添い遂げたいと切望するほどの相手とは、ついに出会えなかった。男役の舞台人生として、それは少々さびしいことかもしれない、と照子はしみじみと思った。

「ロモラさんは、どうでした?」

再び歩き出しながら、照子は問い返した。すると、今度はロモラのほうが、橋の中途で歩をゆるめた。

「驚いた……」小さくなっていく女学生たちのシルエットを仰ぎながら、ため息のような声をもらした。「この歳になっても、気づくことがあるなんて」

日が暮れれば、劇場通いが待っていた。ミュージック・ホールであるモガドール劇場ではオペレッタを観て、モンマルトルのナイト・クラブではシャンソンを聴いて回った。約束通り、シャンソン界のスターであるイヴ・モンタンの美声を聴くこともできた。レビューの女王と呼ばれたミスタンゲットの『サ・セ・パリ（そうよ、これがパリ）』は、照子もよく知る曲だった。

「パリは世界の女王　パリは金髪娘　いなくなっても必ず帰る　パリ、あなたの愛に！」

ワンフレーズも聞き終えないうちに、照子はハンカチを探すためにバッグをひっくり返していた。陽気な歌なのに、目頭が熱くなってかなわない。なみなみと注がれたブルゴーニュ・ワインを飲みすぎたからだろうか。宝塚からひとときを離れて異国へやってきた感傷だろうか。旅のお土産話を聞いてくれる祖母がもういない現実が胸にこみあげたからだろうか。

それとも隣に、自分を大切に思ってくれる人がいるからだろうか。……

涙で曇った眼をハンカチでぬぐうと、そこには、テーブルに片肘をつき、煙草をふかしながら微笑んでいるロモラがいた。宝塚大劇場で、ふたり並んでモイセーエフ国立舞踊団を鑑賞したときは、すぐそばから迫りくる熱い視線に戸惑いをおぼえた。しかしその恐れは、いつの間にか、霧が晴れるように照子の心から消えていた。

「ショーは……」間奏のピアノに導かれるように、照子は口を開いた。「四十分も、場を持たさなければならないんですね。下級生のコーラスも、相手役もなしで、たったひとりで……」

一生懸命にことばを探しているうちに、照子の切れ長の眼からまた新しい涙がこぼれた。

「それがあたりまえの世界なんですね。ここは」

深夜。

チュイルリー庭園に近い一等地の老舗オテル・ロティの一室で、照子は旅疲れとほろ酔いで怠《だる》くなった身体をベッドに横たえていた。

晩酌を断って、ひとり先にベッドに倒れ込んだのに、心臓が波打ってなかなか寝つけない。舞台初日の前夜でさえ、平気でぐっすり眠れるほどの胆力は身につけたと思っていたのに。

隣室につづくドアの隙間から、薄明かりと紫煙の匂いが漏れている。グラスがワイン瓶と触れ合う音。ときおり行き交うスリッパの足音。小さなため息。咳払い。すぐ近くに他の誰かがいる気配。

自分はいつも、それが絶える日を恐れてきた気がする。


幼くして両親を亡くしたさびしさは、宝塚歌劇団に入って和らいだと思っていた。小林一三は生徒たちを実の子どものように可愛がり、ときに自分を「お父さん」と呼ばせた。いうなれば、宝塚は血の繋がりのない大家族だ。男役も娘役もない。みな、この歌劇団のなかでは永遠に未婚の娘たちであり、日本経済を担う関西一の私鉄会社を父として、社長や運営陣に手厚く守られながらひたすら芸を磨いていられた。

だがその小林は三年前に世を去った。自分も永遠にここにいるわけにはいかない。トップにまで上り詰めた以上、いつかは誰もがその座を降りる。

その先を考えるのは、照子にとって死を想像するのに匹敵する恐怖だった。最後の肉親であった祖母ももういない。〝男役〟でも〝娘〟でもなくなるこれからの人生を、いったいどう生きればいいのだろう。銀橋の上でひとり身をすくませていたところに、客席の最前列から、彼女を受け止めるべく大きく腕を広げてくれる人が現れた。

〝養女〟――その人が放ったことばの意味を、照子はいまいちど想った。きみたちはみんな、わたしの娘だ。そう言った小林一三の後釜のようにやってきた人、それがロモラ・ニジンスキーだった。血の繋がりなきまま、肉親以上に心を通わせる。その魂の交友の果てに、宝塚を去ったあとの新しい人生のステージが待っているのかもしれない。

舞台上で男役としていくつも演じてきた運命的な愛の物語が、いま、自分の実の人生にまで降りてきた。そんな奇跡さえも照子は感じていた。

――けれど。


隣室から、ロモラが自分を呼ぶ声がする。

「ベイビー。起きているの?」

照子はゆっくりと身を起こした。

開演の直前にいつもそうするように、胸に両手を当てて深く息を吐きだす。宝塚大橋の上で渡されて以来、バッグのなかにひそめていた金のリングを、手に握りしめた。ドアを開けると、ロモラは紫色のパジャマの上に長いストールをまとって、ソファに静かに座っていた。首がほんの少し傾いていて、後ろ姿だけを見ると眠っているようにも見える。右手に持つグラスの底に、ワインの赤色が瞬いて、背後に佇む照子のシルエットを静かに映していた。

この旅のどこかで、自分なりのことばを彼女に告げなければならない。

そう決意していたはずなのに、照子が口を開くまでにはもうしばらくの時間が必要だった。

――かの〝薔薇の精〟も、かつて、彼女を前にこのように葛藤したのだろうか。

手のひらの上のリングにそっと短いキスを落とすと、再び握りしめて、照子はロモラの向かいのソファに腰を下ろした。

5　A Room of One's Own

彼女のためにわたしたちが仕事をすれば、彼女はきっと来るでしょう。

――Virginia Woolf, *A Room of One's Own*

母親の手紙から〝テーリー〟の話題がなくなったことに、次女のタマラは気がついた。ともかくも「終わった」のだろう。そう察するよりほかなかった。それがどういう形であったかも、つまるところそれが何であったのかも、明確にはわからないにせよ。

明石照子とは、ロモラにとって第二のニジンスキーだったのか。

それとも、第二のフレデリカだったのか……？

照子に対する、実の娘としての戸惑いや敵対心はすでに消えていた。代わりにタマラの胸にこみあげたのは、ロモラという人間に対する不可思議な愛おしさだった。

母親に敵が多いことは、タマラもよく知っていた。

親の遺産や夫の治療のための基金で贅沢三昧をしている、と言いふらす人もいた。妻という称号を利用してニジンスキーの権威を気取っている、と非難する人もいた。ニジンスキーの生前からポール・ボーフスと関係があったんだろう、と邪推する人もいた。タマラと姉のキラを、愛情に飢えた娘たちと気の毒がる人もいた。それらすべてを根拠のない中傷と言い切ることはできない。しかしタマラには、真っ向から反論したい想いもあった。彼女の心の秘密を推し量る想像力もなしに、いったい彼女の何を批判できるだろう、と。

タマラは静かに心を固めていた。もし自分がいつか公の場で、ロモラについて何か語るときがあったとしても、敵にみすみす彼女を渡すような真似は決してしない、と。娘として、あるいはひとりの女性として、彼女の人生の秘された一端に触れてしまった以上は。

実際には、照子とロモラの交友は完全には途絶えていなかった。

照子のパリ来訪から二年後の一九六二年。ロモラはまだ、彼女に手紙を送り続けていた。サンフランシスコの自宅に居ては、いつまでも鬱々としてしまう。それに、ポール・ボーフスの心配そうなまなざしに当てられるのもかなわない。ロモラは逃げるように、スイス・チューリヒに生活の拠点を移していた。ヨーロッパでの仕事が増えたため――というのは、ただの口実だった。駅前のホテル・シュヴァイツァーホフを定宿に決めたロモラは、日本語のレッスンや手紙の代筆をしてくれる新たな人を探しはじめた。できれば同じチューリヒか近郊に住む日本人がいい。そんな折、知人のつてを頼って出会ったのが、市内のC・G・ユング研究所に留学していた三十四歳の日本人男性——河合隼雄《かわいはやお》だった。

奨学生としてユング派分析家の資格を得る勉強に専念していた河合は、語学のアルバイトと聞いて一度はその話を断ろうとした。しかし、その相手がかのワツラフ・ニジンスキーの未亡人であると知って、即座に依頼を受けると決めた。ストラヴィンスキーをこよなく愛する河合にとって、『ペトルーシュカ』を踊り『春の祭典』を振り付けたニジンスキーは、雲の上の大スターだった。しかもニジンスキーといえば、このチューリヒでオイゲン・ブロイラーの診察を受けた人ではないか。彼女から、夫の治療をめぐる興味深いエピソードを聞き出せるかもしれない。

河合はロモラに会う前に、彼女の著作『ニジンスキー』を三日かけて読み込み、すっかりバレエ・リュスやニジンスキーの精神世界に魅了されてしまった。ある夜など、とうとう自分がニジンスキーになる夢まで見た。研究所の先輩や教授たちはそんな彼の様子に呆れてこう言った。「夢のなかで、完全な他人になるのはすごく難しいのに」

ホテルで顔を合わせたロモラは、快活で社交的な老婦人だった。人間を外向型と内向型に二分するなら、間違いなく前者に属するだろう、と河合は分析した。すでに七ヶ国語が話せる、と聞いて舌を巻いた。実際、母国語のハンガリー語はいうまでもなく、フランス語でもドイツ語でも英語でも、話しかけられるとほとんど無意識でよどみなく返事をする。語学が不得意だったという「内向型」のニジンスキーとは正反対の人物だ。

「でも、どうして日本語を?」

河合がそう問うと、ロモラは満面の笑みを浮かべてこう答えた。

「あたくし、宝塚歌劇団の明石照子さんのファンで、彼女にお手紙を送りたいの」

河合はそのことばを信じた。のちに日本を代表する臨床心理学者として大成する彼の眼力をもってしても、その笑顔の奥にある秘密を即座に見抜くには至らなかった。


明石照子が予定より一週間も早くパリから帰国したことをいぶかしむ関係者は、ほとんどいなかった。やはり仕事一筋のトップスターは、花の都の優雅な旅暮らしよりも汗の匂いのする稽古場が恋しいようだ。タカラジェンヌの年末は多忙である。宝塚芸術祭の本番が終わるや否や、正月公演の準備が待っている。旅の思い出に浸る暇さえもない働きぶりだった。

尋ねられたときにだけ、さらりとこう答えた。男役にふさわしいポーカー・フェイスを崩さぬまま。

「ちょっと、ロモラさんの体調が思わしくなくてね」

だからこそ、その翌々年の春の彼女の告白には、みなが度肝を抜かれた。

明石照子、婚約――!?

あれほど忙しくしていて、男性と交際しているゆとりがどこにあったのだろう。突然のビッグ・ニュースに場がざわつくなか、彼女ははじめて、種明かしをするように相好を崩して、左手の薬指にきらめくダイヤモンドの婚約指輪を見せた。

「パリで自分を見つめ直した結果です」


相手は、九州の大学院で精神医学を研究する医者の卵だった。東京郊外の精神科病院の子息で、父親も兄たちもみな医者という一族である。男だらけの環境で勉強漬けの日々を送る青年だった彼は、宝塚歌劇には疎《うと》く、お見合いの席で姉から紹介された〝村上孝子さん〟の芸名も、その活躍ぶりも、まったく知らなかった。

「ヅカの人をお嫁にもらうなんて、男冥利《みょうり》に尽きるな」

有名人と言われてもピンと来なかったが、博士課程の同期や兄たちからそう囃《はや》し立てられると、彼自身も悪い気はしなかった。

結婚したら仕事は辞めて、家庭に入ってくれるのだろう。

当たり前のようにそう思っていた彼を変えたのは、宝塚大劇場の舞台上の彼女だった。女性ばかりが溢れかえる大劇場のロビーにカルチャー・ショックを受け、居たたまれなさのあまり客席で小さく身を縮めた彼だったが、その年の芸術祭賞を受賞することになる、南九州の郷土芸能をテーマにした作品『火の島』がはじまると、思わず身を乗り出した。ヨーロッパの宮殿のセットの前で、王子さまとお姫さまが結ばれるお話を繰り広げるのが宝塚歌劇かと思っていた。だが、この演目には王冠も甘い恋のセリフも出てこない。代わりにあるのは、赤く轟々《ごうごう》と溶岩を噴出して煙を噴く桜島だ。彼女は十八人の青年たちを率いる大将として、袴に鉢巻きをしっかり締め、身長より高い白棒を携えて颯爽と登場した。ふだんの関西なまりのおっとりした声とは似ても似つかない、鹿児島方言の、低声をぞんぶんに効かせた朗々《ろうろう》たる歌いっぷりにあっけにとられた。

続くミュージカルも彼を驚かせた。舞台はパリで、彼女が演じているのは貧しい青年画家アンジェリック。ファッションモデルのギャビイと恋に落ちてパリで結婚するが、ナチスのスパイに追われてアルジェリアまで逃亡する。ラブ・ロマンスではあるがサスペンスの趣もあり、アンジェリックがぶじパリに帰れるのかと始終ハラハラする。これほどハードな物語を、世の女性たちは好んで観ているのか。

そういえば、彼女は昨年の暮れにパリ旅行をしたと聞いた。その思い出話をする彼女はいつも楽しそうで、「シャンゼリゼは御堂筋にとっても似ているの。本当なんだから」と言って彼を笑わせるのが常だった。だが、舞台の上でパリでの暮らしを思い浮かべるアンジェリックのまなざしは、深いかげりと憂いを帯びていた。

「どんなに愛し合っていたってね、人間というものはね、思い出して御覧、パリで二人は結婚して、あんなに幸福だった」……

彼は勉学の合間を縫って、〝明石照子〟の出演する舞台にいくども足を運んだ。最初は姉が付き添ってくれなければ劇場に入るのが怖かったが、だんだんと平気になってくる。うっとりとため息をつく女性客に混じって、気づけば彼自身もうっとりとため息をついているので、またびっくりする。すっかり、明石照子のファンになってしまったようだ。

彼女が演じているのは、現実にはいない夢の世界の男だ。しかし男は男でまた、女に夢を抱いている。彼のように医者の家系で、かつ医学部のような男所帯に長くいたとなれば、それはたちの悪い凝り固まった幻想と化している。舞台の上の彼女を観ていると、その積年の悪夢が不思議と溶けていくような気がした。

お見合いをしてから一年後の春、彼はついに決意の言葉を告げた。

「ぼくたち、結婚しましょう。あなたは結婚しても、チャンスがあれば舞台に立ってください」


――負けた。

と、さわやかに笑えるほど、ロモラはその報に平静ではいられなかった。

宝塚歌劇団は、結婚後の在団を認めていない。照子も在団延長の可能性を懸けて団と交渉したが、その願いは叶わず、他の先輩と同じく寿退団ののち東宝に移籍する道を選んだ。その代わりに千秋楽の東京公演で、照子が活躍した思い出の名場面を振り返る一幕が挿入された。その後も宝塚歌劇団の伝統として続く、トップスター退団を記念する「サヨナラショー」の先駆けである。

結婚すれば、団を去らねばならない。

宝塚歌劇団のその厳格なルールは、ロモラにバレエ・リュスの記憶を思い起こさせた。ニジンスキーの結婚を知り、怒りにかられて彼を解雇したディアギレフ。照子の結婚と退団は、半世紀前に起きたあの事件の再来のようにも思われた。

いつかは辞める。自分ももう三十歳になって、その時期を考える年齢に達している。そう照子から聞かされてはいた。だからこそロモラは、彼女をアメリカやヨーロッパに連れていって、第二の舞台人生のための研鑽《けんさん》を積ませたいと願った。明石照子は世界にはばたくべき人だ。ロモラはそう信じていた。彼女がパリのキャバレー「リド」で、あるいはサンフランシスコの「ビリティスの娘たち」の総会で、あるいはCBSの「エド・サリヴァン・ショー」で、東洋の男装の麗人として歌い踊り、観客や視聴者を熱狂に巻き込むさまを想像するだけで胸が躍った。自分がプロデューサーとして、マネージャーとして、彼女の人生に尽くしたい。——そして願わくば、公私ともにパートナーでいたい。

その夢は破れた。それ自体は仕方がない。

でも、だからといって、こんなに急ぐようにお見合いをして、結婚を決めて、寿退団の道を選んでしまうなんて。

ロモラの胸に、こんな考えがよぎった。

——わたしの暴走が、結果として、彼女の〝退団〟を早めてしまったのかもしれない。

照子とふたり、ホテル・ロティの一室で、ルームサービスのホット・チョコレートをすすりながら語らった遠いパリの夜。

彼女は、ロモラの強引さを咎めることも、心を踏みにじることもしなかった。ただ訥々《とつとつ》と、自分自身について語った。過去について、それから、これからの望みについて。まったく知らない話もあれば、辞書を引いたり日本語教師に頼ったりしながら、一生懸命に雑誌の対談やインタビュー記事を読み漁って、すでに知っている話もあった。だが、ロモラが驚くような話は何ひとつなかった。そう、本当はすべてわかっていた。少なくとも途中からは気がついていた。気がつかないわけがない。近づかなかったならばさておき、これだけ近づいてしまったのだから。

いくつかの誤解があったことも判明した。それはできることならば彼女に弁明したかった。たとえば、わたしはあなたを男性として見ていたわけじゃないの、とか。パリの人たちにはあなたをちゃんとマドモワゼル・アカシとして紹介して回ったじゃない？　とか。あなたはとてもかわいい女性よ、舞台の上でどうあってもね、とか。しかし、それを言ったところで彼女の意志が変わるわけではないこともロモラは承知していた。訊かねばならないのは、この一点だけだった。

「そうしたら、宝塚は……」

照子はおっとりと微笑んだ。

「宝塚だけが舞台ではありません。ロモラさんが、それを考える勇気をわたしに授けてくださったんですよ」

その穏やかなことばは、バレエ・リュスからの解雇通知を受け取ったニジンスキーがロモラにかけた、なぐさめの一言を思い起こさせた。

「悲しむことなんて、ないよ。ぼくはアーティストなのだから、バレエ・リュスにいなくても、仕事はできる」

あんなにも優しいひとたちを思いつめさせてしまったのは、それぞれの世界で絶頂にあった彼らを舞台から引きずり下ろしてしまったのは、他ならぬ自分ではないか。

どうして、わたしは同じ過ちを繰り返してしまうのだろう……？

わからない。

でも、七十一年分の膨大な記憶をひとつひとつ剝がしていった心の中核に、手を触れずにいた古い記憶が、凍土のように息をひそめていることを彼女は知っていた。愛する人たちと出会うよりはるかに前。自分が生を受け、幼い日々を過ごしたあの世界が眠っていることを。

ホテルのデスクに並べて飾った、ニジンスキーと明石照子のブロマイド。ロモラがため息とともに紫煙を吐き出すと、彼らの妖艶な微笑みが舞台のスモークのように覆い隠された。

ソファに寝そべって、母親のエミリアがぶつぶつとつぶやきながら台本をめくっている。ドナウ川から吹きつけるそよ風に乗って聴こえてくるのは、サロン・ルームに置かれたグランド・ピアノの音。弾いているのは姉のテッサだ。「この子は才能があります」——ピアノ教師から告げられたのは、彼女がまだ六歳の頃。エミリアは大喜びして、さっそくピアノを最新型のベーゼンドルファー製に買い替えた。わくわくするわね。ハンガリーからついに女版のフランツ・リストが生まれるのよ。いよいよ二十世紀がやってくるわ。

家の裏手に行けば、馬車から積み下ろされたロマン主義の風景画の数々が、台車に載せられて展示会場に運ばれているのが見えた。図面を手に、運送人たちに指示を送っているのは父親のカーロイだ。すぐに飛んでいって、毎晩おやすみの挨拶代わりにそうしているみたいに、あの腕にお猿さんみたいにぶらさがって甘えたい。でも、大きな荷物を運んでいるときは、危ないから近づいてはだめと言われている。ぷっくりと頬をふくらませて、どど！　どど！　とやみくもに地団駄を踏んでいると、父親は振り返って、髭の下に優しい笑みを浮かべて小さく手を振ってくれた。

わたしはそこにいた。

ドナウの真珠と称えられる河畔《かはん》の街、ブダペスト。ペスト地区の川岸に学芸を護る殿堂として聳《そび》えるハンガリー科学アカデミー。その一角にかつてあったプルスキー家の住まいに。

週末ともなれば、エミリアの見栄で贅沢なサロン・パーティーが開かれる。黄金色のシャンパンの泡がはじけるごとにどっと笑う芸術家たち。ほろ酔いの客人たちの間で突然はじまる滑稽な寸劇。ドイツ・リートの夕べ。いったいどこまでが舞台で、どこからが客席なのか。長女が伴奏のピアノを弾いている間、次女のロモラをかわるがわる膝の上に乗せてやりながら、アーティストたちがエミリアの耳にささやく。

「この小さなお嬢ちゃんもいずれ、女優か音楽家になることでしょうな」

すると、エミリアはむき出しの白い肩をすくめて、どこか気まずそうに微笑むのだった。

「さあ、どうかしら。何か芽が出るものがあればよいのだけど……」

一家で観劇や旅行に出かけるとき、母親はいつも姉のテッサの手を引いて、父親はロモラの手を引いた。はたから見ればごくありふれた育児上の役割分担のように見えただろう。しかしそれには潜在的な理由があった。彼らは娘ふたりに、それぞれ自分と似た魂のかけらを探し当てて、小さな同志とみなしたのだ。女優の母親は、ピアニストの卵である長女を。美術キュレーターの父親は——まだ何ものでもない、ただおそらく芸術家になることはないであろう次女を。「ママとテッサはアーティストだ」小さなロモラを連れて美術館の回廊を歩きながら、父親はロモラにこう言ってきかせた。「われわれは幸いにしてそうではない。幸いにして——と言った理由がわかるかい？　アーティストならざる者には、ならざる者だからこそ、芸術のために尽くすべき大切な使命があるんだよ。パパはその仕事のために生きているんだ」

カーロイは、一八九九年にオーストラリアで自殺した。動機はいまもって闇の中だ。ただ、美術館収蔵の作品を収集する仕事に熱中するなか、購入したある絵画がラファエロの偽画であると嫌疑をかけられ、その恥辱に耐えきれずに死を選んだのではないかとささやかれていた。ハンガリーの名家に生まれ、古代から十九世紀のロマン主義に至るまでのあらゆる芸術の教養を身につけ、美を選定する職に人生を捧げた彼が、最後には自分の脳を砕いて死んでしまった。愛する次女にこんな最後のメッセージを残して。

「小さなかわいいロモラ——わたしはおまえを誇りに思っている。忘れないでくれ。おまえがやがて学校で教わることは、おまえが学ぶべき物事のごく一部に過ぎないことを」

——わたしは、果たしてその意を汲み取れたのだろうか。

父の死後、わたしは心を閉ざしてしまった。芸事も勉強もほどほどで、友達の少ない、ナポレオンに心酔するおかしな少女になった。何を考えているかわからない、と母親や姉から言われるのは当然だった。わたしはいわば唯一の同志を自死によって失ったのだ。それを察して、自分の味方になってなぐさめてくれたのは、叔母のポリーだけだった。予知夢という名の悪夢に襲われて泣きながら目を覚ました深夜、人気の絶えたサロン・ルームに駆け込み、亡き父の革張りの蔵書コレクションをめくるのだけが、唯一ほっとできる時間だった。これは、父がわたしに遺してくれた唯一の安全な蒐集《しゅうしゅう》品だ。ここでおとなしく過ごしてさえいれば、誰もわたしを殺しに来ないし、わたしが誰かを殺してしまう危険もない……。

その長年の闇が一気に晴れたのが、忘れもしないあの運命の日。
目の前に躍り出たひとりのアルルカンだった。

彼をもっと知りたくて、バレエや舞台芸術について一生懸命に勉強した。舞踊史の本を読み漁り、バレエのレッスンも受けた。そこまではよかったのに、それだけでは終われなかった。お金を払って小さな座席ひとつの権利を買うにとどまらず、オペラグラスを目に押し当てて彼の指先から爪先までを凝視するにとどまらず、舞台に咲くあの艶やかな薔薇の花を手折りたいと願ってしまった。高く飛翔した次の瞬間に、自分の人生の側に飛び降りてきてほしいと願ってしまった。

いったい、「どうして」。……

ロモラは、ゆっくりと眼を開いた。

紫煙はとうに消え果てていた。ニジンスキーと明石照子の微笑みが昼下がりの淡い光に照らされているのを、ロモラは夢見心地で見つめていた。舞台の輝きと、客席の熱気と、時代の咆哮が、一葉の写真それぞれに封じ込められて、ポプリのように微かに香っている。

ふたりとも、若くて美しい。ブロマイドのなかでは、いつまでも。

自分はもう、こんな年寄りになったというのに。

人生は、「答え合わせ」ができない謎だらけだ。


振り子時計の針が二時に迫っている。河合隼雄との日本語レッスンの約束を思い出して、ロモラは今年はじめてのコートを羽織り、ハンドバッグを携えて、足早にホテルを出た。心理学クラブが併設されたユング研究所は、チューリヒ湖の北端に近いゲマインデ通りの一角にあった。


「なるほど、自殺ですか……」

河合は、ロモラの話に思わず腕を組んだ。

ロモラの父親の話ではない。ニジンスキーの精神治療中に起きたある事件についてだった。

彼らの日本語レッスンは、ロモラのおしゃべり好きと河合の聞き上手のおかげで、いつも大きく脱線するのが常だった。ニジンスキーの病に関心を抱く河合にとっては願ったり叶ったりだ。

ニジンスキーは、チューリヒでのオイゲン・ブロイラーの診察を経て、ルートヴィヒ・ビンスヴァンガー経営のサナトリウム〝ベルヴュー〟で長い療養生活を送った。ビンスヴァンガーはかつてユングと共同実験を行った仲であり、その縁あって、ユング研究所はいまでもこのサナトリウムと親しい関係にある。ロモラは、一時期こそビンスヴァンガーに不信感を抱き、ニジンスキーを強引に退院させたものの、その後は彼に再び治療をゆだねるようになった。

ところが、あるときビンスヴァンガーの長男が自殺してしまう。この出来事は、患者たちの家族をひどく動揺させた。もちろんロモラもその例外ではなかった。精神病の夫を預けていた病院の院長の家族が精神に異変をきたし、最悪の悲劇に至ったのだから、当然といえば当然だろう。

しかしロモラの話を神妙に聞いていた河合は、ふと、ある考えに思い至った。

ビンスヴァンガーは、のちに「現存在分析」という理論を生み出している。フロイトのように患者の幼少期に精神状態の原因を見出すのではなく、ユングのように現在や未来に求めようとする考え方だ。ひょっとしたら彼は、息子の自殺という悲劇を体験し、死してなおその原因を遡ることとの限界を痛感した結果、この理論を見出したのかもしれない。

ニジンスキーもまた、現存在分析を用いた治療を受けたのだろうか。晩年のニジンスキーは、ひところよりもずいぶん回復して、穏やかに過ごしていたと聞いている。ひょっとしたら、インシュリン療法ではなく、「過去に原因を見いださない」というビンスヴァンガー式の療法こそが、彼を救ったのではないだろうか……。

真正面から視線を感じて、河合は顔を上げた。

こんな話をしたかったわけじゃない、と言いたげな老婦人の顔がそこにあった。すみません、レッスンに戻りましょうか。そう詫びて日本語に頭を切り替えようとした矢先、ロモラはそれをさえぎるように口を開いた。

「誰にも言っていないのだけど、あなただけに聞きたいことがあるの」

河合はわずかに目を見開いた。

「ニジンスキーは、ディアギレフとの同性愛関係を保つことによって踊り続けることができていたのではないかと思うんです。あのふたりの間にわたしが割り込んで結婚したせいで、彼は病におかされてしまったのでしょうか」

秋の風が押し寄せ、黄に色づいたニセアカシアの葉が窓をなぶった。

沈黙のなか、河合はロモラの顔を見つめ返した。これほどまでに頼りなげで、これほどまでに青ざめた色をした、いまにも風に巻かれて消えてしまいそうな彼女の姿を見るのははじめてだった。

「ビンスヴァンガーなら、こう言うでしょうが」

そう前置きしようとして、河合は口をつぐんだ。いま、彼女の目の前にいて、彼女の問いを受け止めねばならないのは彼自身だった。

「ニジンスキーという人の人生は……」

彼は再び口を開いた。

「同性愛を体験し、異性愛を体験し、ほんとに短い時間だけ世界の檜舞台《ひのきぶたい》にあらわれて、天才として一世を風靡した。しかしその後一般の人からいえば分裂病になってしまった。しかし、ニジンスキーにとっては非常に深い宗教の世界に入っていったということもできる。そういう軌跡全体がニジンスキーの人生というものであって、その何が原因だとか結果だとかいう考え方をしないほうがはるかによくわかるのではないか──と思うのです」

──あなたの人生もそうではありませんか？　マダム・ニジンスキー。

最後にそう付け加えることもできた。だが、河合はそれをしなかった。

対するロモラは、その発さなかったことばをたしかに受け止めた顔をしていた。血色の戻った頬に泣き出しそうな微笑みを浮かべ、長いため息をついたあとに、ささやくような声音でこう言った。

「ほっとしました。これはずっと、わたしの心のなかにあったことなんです」

河合の見送りを断って、ロモラはひとりユング研究所を出た。

ハンドバッグの中には、河合が代筆してくれたテーリー宛の手紙が入っていた。彼女は心のなかで河合に詫びながら、便箋を小さく丸めて、チューリヒ美術館前の錆びたくずかごに葬り去った。

街路の紅葉が、薔薇を思わせるくらいに朱《あか》く輝いていた。生命が尽きる間際の、最後のみずみずしいきらめき。チューリヒにはチューリヒの花のみちがある、とロモラはふと思った。散歩をして、自分ひとりの部屋に戻ろう。そして戻ったら、仕事をしよう。ニジンスキーの伝記映画の計画は、一進一退を繰り返しているけれど、まだあきらめてはいない。それに、大学からの登壇依頼にも回答をしなければ。サンフランシスコに置いてけぼりにしてしまったポール・ボーフスも、きっと連絡を待ちわびている。彼とも、しばらくぶりに互いの心を打ち明け合う時間が必要だろう。ことばではない、別の何かで。

たっぷり働いて、たっぷり眠ろう。そうすれば、もし未来への不安をあおる予知夢を見たとしても、薔薇の精が亡霊となって自分を呪うために現れたとしても、とめどないさびしさに枕を濡らしたとしても、ちゃんと現実の朝がやってくるだろう。

ブダペストからパリへ、ロンドンへ、そしてブエノスアイレスへ、ニューヨークへ、さらにタカラヅカへ。愛を追い求めて世界を駆けめぐった七十代の彼女の足は、長く濃い影を背後に落としながらも、アルルカンのダンスのように軽やかに、日没間近のチューリヒ湖に面した大きな銀色の橋を歩んでいった。

本作における疾患、セクシュアリティ等をめぐる描写は
作中の人物の視点にもとづいており、
今日（二〇二三年）の標準的な理解とは異なる場合があります。

主要参考・引用文献／映像一覧

・Buckle, Richard, *Nijinsky: A Life of Genius and Madness*, New York: Pegasus Books, 2012 (originally published in 1971)

・Fehér, Ildikó, *Károly Pulszky and the Florentine acquisitions for the Szépmüvészeti Múzeum in Budapest between 1893 and 1895*, *Mitteilungen des Kunsthistorischen Institutes in Florenz*, 54. Bd., H. 2, pp. 319-364, 2010-2012

・Garafola, Lynn, *Diaghilev's Ballets Russes*, New York: Oxford University Press, 1989

・Gassner, Hubertus und Daniel Koep(hrsg.), *Tanz der Farben: Nijinskys Auge und die Abstraktion*, Hamburg: Hamburger Kunsthalle, 2009

・Ingram, Susan, "When her story becomes cultural history: The autobiographical writings of Zarathustra's Sisters", Ph.D Thesis, University of Alberta, 2000

・*New York Times*, Nov 24, 1931: p. 28/Nov 26, 1931: p. 29/Nov 28, 1931: p. 15/Dec 1, 1931: p.27/Jan 6, 1996: p.1

・Nijinska, Irina and Jean Rawlinson trans. and ed., *Bronislava Nijinska: Early Memoirs*, Durham: Duke University Press, 1992 (originally published in 1981)

・Nijinsky, Romola, *Nijinsky and the Last Years of Nijinsky*, London: Victor Gollancz, 1980 (originally published in 1934 and 1952)

・Richie, Donald, *The Japan Journals: 1947-2004*, California: Stone Bridge Press, 2004

・Tozzi, Romano and Peter Herzog, *Lya de Putti: Loving Life and Not Fearing Death*, New York: Corvin, 1993

・Nijinsky, Tamara, *Nijinsky and Romola*, London: Bachman & Turner, 1991

・ジョージ・エリオット『ロモラ（世界文学全集 40）』工藤昭雄訳、集英社、1981年（原著：1862–63年）

・ロバート・オールドリッチ『同性愛の歴史』田中英史、田口孝夫訳、東洋書林、2009年（原著：2006年）

・エドワード・ショーター『精神医学歴史事典』江口重幸、大前晋監訳、みすず書房、2016年（原著：2003年）

・シェング・スヘイエン『ディアギレフ 芸術に捧げた生涯』鈴木晶訳、みすず書房、2012年（原著：2009年）

・クラウス・クライマイアー『ウーファ物語（ストーリー）　ある映画コンツェルンの歴史』平田達治ほか訳、鳥影社、２００５年（原著：１９９２年）
・セルゲイ・グレゴリエフ『ディアギレフ・バレエ年代記　１９０９－１９２９』薄井憲二監訳、森瑠依子ほか訳、平凡社、２０１４年（原著：１９５３年）
・アーサー・ゴールド、ロバート・フィッツデイル『ミシア　ベル・エポックのミューズと呼ばれた女』鈴木主税訳、草思社、１９８５年（原著：１９８０年）
・アン・ドーリイ「バレーの天才、ニジンスキーとの霊界通信」岡田光生訳、『心霊研究』第19巻第7号、36－39頁、１９６５年7月
・V・ニジンスキー『ニジンスキーの手記　肉体と神』市川雅訳、現代思潮社、１９８９年（原著：１９３７年）
・ヴァーツラフ・ニジンスキー『ニジンスキーの手記　完全版』鈴木晶訳、新書館、１９９８年
・ロモラ・ニジンスキー「神との結婚　ヴァスラフ・ニジンスキーの生涯」三田正道訳、『世界ノンフィクション全集　27』筑摩書房、１９６２年、3－１６５頁（*Nijinsky*の抄訳）
・R・ニジンスキー『その後のニジンスキー』市川雅訳、現代思潮社、１９７７年（原著：１９５２年）
・リチャード・バックル『ディアギレフ　ロシア・バレエ団とその時代』（上下巻）鈴木晶訳、リブロポート、１９８３－１９８４年（原著：１９７９年）
・リリアン・フェダマン『レスビアンの歴史』富岡明美、原美奈子訳、筑摩書房、１９９６年（原著：１９９１年）
・ジークムント・フロイト「性理論のための三篇」渡邉俊之訳、『フロイト全集6　１９０１－０６年』、１６３－３１０頁、岩波書店、２００９年（原著：１９０５年）
・ジョン・ルカーチ『ブダペストの世紀末　都市と文化の歴史的肖像〔新装版〕』早稲田みか訳、白水社、２０１０年（原著：１９８９年）
・ジェニファー・ロバートソン『踊る帝国主義　宝塚をめぐるセクシュアルポリティクスと大衆文化』堀千恵子訳、現代書館、２０００年（原著：１９９８年）
・朝日新聞出版編『宝塚歌劇　華麗なる１００年』朝日新聞出版、２０１４年
・伊井春樹『宝塚歌劇から東宝へ　小林一三のアミューズメントセンター構想』ぺりかん社、２０１９年

・海野弘『華麗なる「バレエ・リュス」と舞台芸術の世界 ロシア・バレエとモダン・アート』パイ インターナショナル、2020年
・海野弘『ホモセクシャルの世界史』文藝春秋、2005年
・糟谷里美『日本バレエのパイオニア バレエマスター小牧正英の肖像』文園社、2011年
・河合隼雄『未来への記憶 自伝への試み』(上下巻)岩波書店、2001年
・河合隼雄『深層意識への道』岩波書店、2004年
・小林一三『宝塚漫筆』阪急電鉄、1980年
・「月刊 神戸っ子」編集室『神戸っ子』1961年3月号
・『週刊女性』主婦と生活社、1960年3月27日号
・『週刊明星』集英社、1962年7月29日号
・新国立美術館編『魅惑のコスチューム バレエ・リュス展』2014年
・鈴木晶『踊る世紀』新書館、1994年
・鈴木晶『ニジンスキー 神の道化』新書館、1998年
・全国宝塚会、宝塚ふぁん社『宝塚ふぁん』142号(1958年1月)
・宝塚歌劇団『宝塚歌劇脚本集』193号(1958年11月)宝塚歌劇団出版部
・宝塚歌劇団『宝塚歌劇脚本集〔東京公演〕』188号(1961年11月)宝塚歌劇団出版部
・宝塚歌劇団『歌劇 Takarazuka revue』398号(1958年11月)/409号(1959年10月)/424号(1961年1月)
・宝塚歌劇団『宝塚グラフ』76号(1953年4月)/86号(1954年7月)/90号(1954年11月)
・高橋正雄「統合失調症者としてのニジンスキー 妻の側からみた病い」『日本病跡学雑誌』第79号、70-80頁、2010年6月
・田丸理砂、香川檀=編著『ベルリンのモダンガール——一九二〇年代を駆け抜けた女たち』三修社、2004年
・津金澤聰廣、近藤久美=編著『近代日本の音楽文化とタカラヅカ』世界思想社、2006年
・津金澤聰廣、田畑きよ子、名取千里=編著『タカラヅカという夢 1914〜2014 100th』青弓社、2014年
・中西希和「バレエ・リュスの作品におけるオリエンタリズムとファッション ポール・ポワレのオリエンタリズムとの比較」『服飾文化学

会誌』第7巻第1号、11‐20頁、2006年
・長澤均『20世紀初頭のロマンティック・ファッション　ベル・エポックからアール・ヌーボー、アール・デコまでの流行文化史』青幻舎、2018年
・芳賀直子『ビジュアル版バレエ・ヒストリー　バレエ誕生からバレエ・リュスまで』世界文化社、2014年
・芳賀直子『バレエ・リュス　その魅力のすべて』国書刊行会、2009年
・『毎日グラフ』毎日新聞社、86号（1957年）
・『毎日新聞』1960年11月19日朝刊（10面）／1962年7月14日夕刊（4面）
・宮崎かすみ『オスカー・ワイルド　「犯罪者」にして芸術家』中央公論新社、2013年
・村井俊哉『統合失調症』岩波書店、2019年
・安田努「マーク・トゥエインとクリスチャン・サイエンス」『文学研究論集』第9号、57‐73頁、1998年
・渡辺裕『宝塚歌劇の変容と日本近代』新書館、1999年
・Eliot, George, *Romola, Project Gutenberg*, 2021（初出：1862‐63年）
https://www.gutenberg.org/ebooks/24020［2023年3月1日参照］
・Mann, Thomas, *Der Tod in Venedig, Project Gutenberg*, 2004（初出：1912年）
https://www.gutenberg.org/ebooks/12108［2023年3月1日参照］
・Woolf, Virginia, *Mr. Bennett and Mrs. Brown*, Project Gutenberg, 2020（初出：1924年）
https://www.gutenberg.org/ebooks/63022［2023年3月1日参照］
・Woolf, Virginia, *A Room of One's Own, Project Gutenberg Australia*, 2002（初出：1929年）
http://gutenberg.net.au/ebooks02/0200791h.html［2023年3月1日参照］
・Woolf, Virginia, *The Voyage Out, Project Gutenberg*, 2006（初出：1915年）
https://www.gutenberg.org/ebooks/144［2023年3月1日参照］
・新国立劇場ウェブサイト　2013／2014シーズンバレエ公演「バレエ・リュス」特設サイト『バレエ・リュス「結婚」歌詞全文掲載しました。』

https://www.nntt.jac.go.jp/ballet/13russes/alacarte/223/［2023年3月1日参照］
・新国立劇場ウェブサイト　2013／2014シーズンバレエ公演「バレエ・リュス」特設サイト『宝塚歌劇とバレエ・リュス～シリーズ：大正ロマンとバレエ・リュス（1／3）』
https://www.nntt.jac.go.jp/ballet/13russes/alacarte/185/［2023年3月1日参照］
・日本郷土芸能研究会取材・構成『日本民俗舞踊第4集　南九州編　火の島　8景　宝塚歌劇団　雪』1961年（映像）

謝辞

本作につきまして、鈴木晶先生に精神医学史、バレエ・リュス、バレエ史、芳賀直子先生にバレエ・リュス、バレエ史に関する貴重なご助言をいただきました。御礼を申し上げます。

本書は、二〇二一年三月〜十二月、
著者の個人ウェブサイトにて、
『わたしが推した神』のタイトルで連載したテキストを、
全面改稿の上で刊行したものです。

かげはら史帆　Shiho Kagehara
1982年、東京郊外生まれ。法政大学文学部日本文学科卒業、一橋大学大学院言語社会研究科修士課程修了。著書『ベートーヴェン捏造―名プロデューサーは嘘をつく―』（柏書房、2018年）、『ベートーヴェンの愛弟子　フェルディナント・リースの数奇なる運命』（春秋社、2020年）。本作が単行本として刊行される初の小説。

ニジンスキーは銀橋《ぎんきょう》で踊《おど》らない

二〇二三年五月二〇日　初版印刷
二〇二三年五月三〇日　初版発行

著者　かげはら史帆
発行者　小野寺優
発行所　株式会社河出書房新社
〒151-0051　東京都渋谷区千駄ヶ谷2-32-2
電話　03-3404-1201［営業］
03-3404-8611［編集］
https://www.kawade.co.jp/
組版　株式会社創都
印刷　株式会社暁印刷
製本　大口製本印刷株式会社
Printed in Japan　ISBN978-4-309-03107-1